走向世界的中国作家

日子

陈忠实 著

文化发展出版社
Cultural Development Press

图书在版编目(CIP)数据

日子/陈忠实著.—北京：文化发展出版社，2019.6
ISBN 978-7-5142-2620-1

Ⅰ.①日… Ⅱ.①陈… Ⅲ.①短篇小说－小说集－中国－当代②中篇小说－小说集－中国－当代 Ⅳ.①I247.7

中国版本图书馆CIP数据核字(2019)第074253号

日 子　RIZI

陈忠实　著

出 版 人：武　赫
策划编辑：肖贵平
责任编辑：肖贵平
责任校对：岳智勇
责任印制：杨　骏
排版设计：盟诺文化

出版发行：文化发展出版社（北京市翠微路2号　邮编：100036）
网　　址：www.wenhuafazhan.com
经　　销：各地新华书店
印　　刷：天津嘉恒印务有限公司
开　　本：889mm×1194mm　1/32
字　　数：245千字
印　　张：9.5
版　　次：2019年10月第1版　2019年10月第1次印刷
定　　价：49.80元
ＩＳＢＮ：978-7-5142-2620-1

◆ 如发现任何质量问题请与我社发行部联系。发行部电话：010-88275710

"走向世界的中国作家"文库编辑委员会

主　编

野　莽

成　员

(以姓氏笔画为序)

王池英（美）	立松升一（日）	吕　华
安博兰（法）	许金龙	周大新
贾平凹	野　莽	

不仅是为了纪念

——"走向世界的中国作家"文库总序

野芒

在一切都趋于商业化的今天,真正的文学已经不再具有二十世纪八十年代的神话般的魅力,所有以经济利益为目标的文化团队与个体,像日光灯下的脱衣舞者表演到了最后,无须让好看的羽衣霓裳作任何的掩饰,因为再好看的东西也莫过于货币的图案。所谓的文学书籍虽然也仍在零星地出版着,却多半只是在文学的旗帜下,以新奇重大的事件,冠以惊心动魄的书名,摆在书店的入口处,引诱对文学一知半解的人。

这套文库的出版者则能打破业内对于经济利益的最高追求,尝试着出版一套既是典藏也是桥梁的书,为此做好了经受些许经济风险的准备。我告诉他们,风险不止于此,还得准备接受来自作者的误会,此项计划在实施的过程中不免会遭遇意外。

受邀担任这套文库的主编对我而言,简单得就好比将多年前已备好的课复诵一遍,依照出版者的原始设计,一是把新时期以来中国作家被翻译到国外的、重要和发生影响的长篇以下的小说,以母语的形式再次集中出版,作为中国当代文学的经典收藏；二是精选这些作家尚未出境的新作，出版之后推荐给国外的翻译家和出版家。入选作家的年龄不限，年代不限，在国内文学圈中的排名不限，作品的风格和流派不限，陆续而分期分批地进入文库，每位作者的每本容量为十五万字左右。就我过去的阅读积累，我可以闭上眼睛念出一大片在国内外已被认知的作品及其作者的名字，以及这些作者还未被翻译的本世纪的新作。

  有了这个文库，除为国内的文学读者提供怀旧、收藏和跟踪阅读的机会，也的确还能为世界文学的交流起到一定的媒介作用，尤其国外的翻译出版者，可以省去很多在汪洋大海中盲目打捞的精力和时间。为此我向这个大型文库的编委会提议，在编辑出版家外增加国内的著名作家、著名翻译家，以及国外的汉学家、翻译家和出版家，希望大家共同关心和参与文库的遴选工作，荟萃各方专家的智慧，尽可能少地遗漏一些重要的作家和作品，这个方法自然比所谓的慧眼独具要科学和公正得多。

  遗漏总会有的，但或许是因为其他障碍所致，譬如出版社的版权专有，作家的版税标准，等等。为了实现文库的预期目的，在全书的编辑出版过程中，出版者会力所能及地逐步解决那些障碍，在此我对他们的倾情付出表示敬意。

2018年5月12日改于竹影居

目　录

蚕儿 / 1

马罗大叔 / 10

毛茸茸的酸杏儿 / 25

到老白杨树背后去 / 40

两个朋友 / 54

日子 / 76

李十三推磨 / 86

十八岁的哥哥 / 101

蓝袍先生 / 175

陈忠实主要著作目录 / 286

蚕儿

从已经开花的粗布棉袄里撕下一疙瘩棉花，小心地撕开，轻轻地扯大，把那已经板结的棉套儿撕扯得松松软软，摊开，再把铜钱大的一块缀满蚕子儿的黑麻纸铺上，包裹起来，装到贴着胸膛的内衣口袋里，暖着……在老师吹响的哨声里，我慌忙奔进由关帝庙改成的教室，坐在自个从家里搬来的大方桌的一侧，把书本打开。

老师驼着背，从油漆剥落的庙门口走进来，站住，侧过头把小小的教室扫视一周，然后走上搬掉了关老爷泥像的砖台。教室里顿时鸦雀无声，只有我的邻桌小明的风葫芦嗓门里，发出"吱吱吱"的出气声。

"一年级写大字，三四年级写小字，二年级上课。"

老师把一张乘法口诀表挂在黑板上，用那根溜光的教鞭指着，领我们读起来——

"六一得六……"

我念着，偷偷摸摸胸口；那软软的棉团儿，已经被身体暖热了。

"六九五十四。"

胸口上似乎有毛毛虫在蠕动，痒痒儿的，我想把那棉团掏出来；瞧瞧老师，那一双眼睛正盯着我，我立即挺直了身子……

难以忍耐的期待中，一节课后，我跑出教室，躲在庙后的房檐下（"风葫芦"说蚕儿见不得太阳），绽开棉团儿——啊呀！出壳了！在那块黑麻纸上，爬着两条蚂蚁一样的小蚕，一动也不动；两颗原是紫黑的蚕子儿变成了白色，旁边开着一个小洞。我取出早已备好的小洋铁盒，用一根鸡毛把小蚕儿粘起来，轻轻放到盒子里的蒲公英叶子上。再一细看，有两条蚕儿刚刚咬开外壳，伸出黑黑的头来，那多半截身子还卡在壳儿里，吃力地蠕动着。

"嚯……"上课的哨儿响了。

"二年级写大字……"

写大字，真好啊！老师给四年级讲课了。我取出仿纸，铺进影格，揭开墨盒……那两条小蚕儿出壳了吧？出壳了，千万可别压死了。

我终于忍不住，掏出棉团儿来。那两条蚕儿果然出壳了，又有三四条咬透了外壳。我取出鸡毛，揭开小洋铁盒；"风葫芦"悄悄蹿过来，给我帮忙；拴牛也把头挤过来了……

"哐"的一声，我的头顶挨了重重的一击，眼里直冒金星，几乎从木凳上翻跌下去，教室里立时腾起一片笑声。我看见了老师，背着的双手里握着教鞭，站在我的身后。慌乱中，铁盒和棉团儿都掉在地上了。我忍着头顶上火烧火燎的疼痛，眼睛仍然偷偷瞄着扣在地上的铁盒。

老师的一只大脚伸过来，从我坐的木凳旁边伸到桌子底下去了。一下，踩扁了那只小洋铁盒；又一脚，踩烂了包着蚕子儿的棉团儿……我立时闭上眼睛，那刚刚出壳的蚕儿啊……

老师又走回四年级那第一排桌子的前头去了。教室里静得像空寂的山谷。

放学了，我回到家里，一进门，母亲就喊："去，给老师送饭去！"

又轮着我们家管饭了。我没动，也没吭声。

"噢！像是受了罚！"母亲看着我的脸，猜测说，"保险又是贪耍，不好好写字！"

我仍然立在炕边，没有说话。

母亲顺手摸摸我额头上的"毛盖儿"，惊奇地睁大了眼睛："啊呀！头上这么大的疙瘩？"她拨开我的头发，看着，叫着，"渗出血了！这先生，打娃打得这样狠！头顶上敢乱打……"

我的眼泪流下来了。

"不打不成材！"父亲在院子里劈柴，高声说，"学生哪有不挨板子的？"

母亲叹口气："给老师送饭去。"

"我不去！"

"去！"父亲威严地命令，"老师在学堂，就是父母，打是为你学好！"

我一手提着装满小米稀饭的陶瓷罐，一手提着竹篮——竹篮里装着雪白的蒸馍、菜碟、辣碟，走出了街门。这样白的馍馍，我大概只有在过年过节时才能尝到的。

进了老师住的那间小房子，我鞠了躬，把罐和竹篮放到桌子上，就退出门来，站在门外的土场上等；待老师吃完，再去取……

"来！"从小房里发出一声传呼，老师吃完了。

我进了小房，去收拾那罐儿碟儿。

老师挡住我的手，指着花碟子，说："把这些东西带回去，不准丢掉……"

我一看，那盛过咸菜的花碟里，扔着一块馍，上面夹着没有揉散的碱面团儿；另有稀饭中的一个米团儿，不过指头大，也被老师挑出来。我立时觉得脸上发烧——这是老师对管饭的家长最不光彩的指责……

母亲看见了，一下子跌落在板凳上，脸色羞愧极了。

父亲瞅着，也气得脸色铁青，一把抓起"展览"着碱团儿和米团儿的花碟子，一扬手，摔到院子里去了。

后晌上学的时候，"风葫芦"在村口拉住我，慷慨地说："我再给你一块蚕子儿！"

我心里冷得很："不要咧。"

"咋咧？"

"我不想……养蚕儿咧！"

没过几天，学校里来了一位新老师，分了班，把一、二年级分给新来的老师教了。

他很年轻，穿一身列宁式制服，胸前两排大纽扣，站在讲台上，笑着给我们介绍自己："我姓蒋……"说着，他又转过身，从粉笔盒儿里捏起一节粉笔，在木头黑板上，端端正正地写下他的名字，说，"我叫蒋玉生。"

多新鲜啊！往常，同学们像忌讳祖先的名字一样，谁敢打问老师的姓名呀！四十来个学生的初级小学，只有一位老师，称呼中是不必挂上姓氏的。新老师一来，自报姓名，这种举动，在我的感觉里，无论如何算是一件新奇事。他一开口，就露出两只小虎牙，眼睛老像是在笑："我们先上一节音乐课。你们都会唱什么歌？"

大家你看看我，我看看你，没有人回答。我们啥歌也不会唱，从来没有人教给我们唱歌。我只会哼母亲教给我的那几句《绣荷包》。

蒋老师把词儿抄在黑板上，就领着唱起来：

解放区的天是明朗的天

……

没有经受过丝毫音乐训练的偏僻山村的孩子，这一句歌词儿，怎么也唱不协调。我急得张不开口，喉咙里像哽着一团什么东西，无端地落下一股泪水。好久，在老师和同学们的歌声中，哽在喉咙里的硬团儿，渐渐溶化了，心里清爽了；我张着嘴，唱起来：

解放区的天是明朗的天

……

我爬上村后那棵老桑树，摘了一抱最鲜最嫩的桑叶，扔给"风葫芦"，就往下溜；慌忙中，松了手，摔到地上，半天爬不起来，嘴里咸腻腻的，一摸，擦出血了，烧疼烧疼。

"你俩干什么去了？"蒋老师吃惊地问。

我俩站在教室门口，低下头，不敢吭声。

"脸上怎么弄破了？"他走到我跟前。

我把头勾得更低了。

他牵着我的胳膊朝他住的小房子走去。"这回该吃一顿教鞭了！"我想，"他不在教室打，关在小房子打起来，没人看见……"

走进小房子，他从桌斗里翻出一团棉花，撕下一块，缠在一根火柴棒上，又在一只小瓶里蘸上红墨水一样的东西，就往我的脸上涂抹。我感到伤口又扎又疼，心里却有一种异样的温暖。他那按着我的头顶的手，使我想到母亲抚按我的头脸的感觉。

"怎么弄破的？"他问。

"上树……摘桑叶。"我怯生生地回答。

"摘桑叶做啥用？"他似乎很感兴趣。

"喂蚕儿。"我也不怕了。

"噢！"他高兴了，"喂蚕儿的同学多吗？"

"小明，拴牛……"我举出几个人来，"多咧！"

"你养了多少？"

"我……"我忽然难受了，"没养。"

"那好。"他不知我的内情，笑眯眯的眼睛里，闪出活泼的好奇的光彩，"你们养蚕儿干什么？"

"给墨盒儿做垫子。"我说着，话又多了，"把蚕儿放在一个空盒里，它们就网出一片薄丝来了。"

"多有意思！"他高兴了，拍着手，"把大家的蚕儿养在一起，搁到我这里；课后咱们去摘桑叶，给同学们每人网一张丝片儿，铺墨

蚕儿　　5

盒——你愿意吗?"

"好哇!"我高兴地从椅子上跳下来。

于是,后响,他领着我们满山满沟跑,采摘桑叶。有时候,他从坡上滑倒了,青草的绿色液汁沾到裤子上,他也不在乎;他说他家在平原上,没走过坡路。

初夏的傍晚,落日的余晖里,霞光把小河的清水染得一片红。蒋老师领着我们,脱了衣服,跳进水里打泼刺,和我们打水仗。我们联合起来,从他的前后左右朝他泼水;他举起双手,闭着眼睛,脸上流下一股股水来,佯装着求饶的声调——投降了……

这天早晨,我和"风葫芦"抱着一抱桑叶,刚走进老师的房子,就愣住了。

老师坐在椅子上发呆,一副追悔莫及的神色,看见我俩,轻声说:"我对不起你们!"

我莫名其妙,和"风葫芦"对看一眼。

"老鼠……昨晚……偷吃了……蚕儿!"

我和"风葫芦"奔到竹箩子跟前——蚕儿少了!一指头长的又肥又胖的蚕儿,再过几天该网茧子了……可憎的老鼠!

"风葫芦"表现得很慷慨:"老师,不要紧!我从家里再拿来……"

老师苦笑一下,摇摇头。

我心里很难受。我不愿意看见那张永是笑呵呵的脸膛变得这样苦楚,就急忙给老师宽解:"他们家多着哪!有好几竹箩!"

"不是咱们养的,没意思。"他站起来,摇摇头,惋惜地说。

三天之后,有两三条蚕儿爬到竹箩沿儿上来,浑身金黄透亮,仰着头,摇来摆去,斯斯文文地像吟诗。"风葫芦"高兴地喊:"它们要网茧儿咧!"

老师把他装衣服的一个大纸盒拆开,我们帮着剪成小片,又用针线穿缀成一个一个小方格,把那已经停食的蚕儿提到方格里。

蚕儿想网茧儿了。我们把蚕儿吐出的丝儿压平;蚕儿再网,我们再压,强迫它们在纸格里网出一张张薄薄的丝片来……

陆续又有一条一条的蚕儿爬上箩沿儿,被我们提上网架。老师和我们,沉浸在喜悦的期待中。

"我的墨盒里,就要铺一张丝片儿了!"老师高兴得按捺不住,像个小孩,"是我教的头一班学生养蚕儿网下的丝片儿,多有意义!我日后不管到什么地方,一揭墨盒,就看见你们了……"

第二天,早饭后,上第一节课了。老师走进教室,讲义夹上搁着书本,书本上搁着粉笔盒,走上讲台,和往常一模一样。我在班长叫响的"起立"声中站起来,一眼看见,老师那双眼睛里有一缕难言的痛楚。

他站在讲台上,却忘了朝我们点头还礼,一只手把粉笔盒儿也碰翻了,情绪慌乱,说话结结巴巴:"同学们,我们上音乐课……"

怎么回事啊?昨天下午刚上过音乐课!我心里竟然不安起来,似乎有一股毛躁的情绪从心里蹿起。老师心里有事,太明显了!

老师勉强笑着:"我教,你们跟着唱。"说着,就唱起来——

春风,吹遍了原野

……

我突然看见,刚唱完一句,他的眼角淌下一股泪水,立即转过身,用手抹掉;然后再转过身来,颤着声,又唱起来——

春风,吹遍了原野

……

我闭了口,唱不出来了。"风葫芦"竟然"哇"的一声哭了。教室里,没有一个人应着唱。

蚕儿　　7

"我要走了,心想给大家留下一支歌儿……"他说不下去了,眼泪又蹿下来,当着我们的面,用手绢擦着,提高嗓音,"同学们,唱啊!"

他自己也唱不出来了,勉强笑着,突然转过身,走出门去了。

我们一下子拥出教室,挤进老师窄小的房子,全都默默地站着。

他的被卷和书籍,早已捆扎整齐。他站在桌边,强笑着,说:"我等不到丝片儿网成了。你们……把蚕箔儿……拿回家去吧!"说罢,他提起网兜,背上被卷。

我们从他手中夺过行李,走出小房。对面三、四年级的小窗台上,露出一个一个小脑袋;一声怕人的斥责声响过,全都缩得无影无踪了。

我的心猛一颤——还得回到"驼背"的那个教室里去吗?

走出庙院了,走过小沟了,眼前展开一片开阔的平地。我终于忍不住,问:"蒋老师,为啥要走呢?"

蒋老师瞧着我,淡淡地说:"上级调动。"

"为啥要调动呢?你刚来!""风葫芦"问。

老师走着,紧紧闭着嘴唇,不说话。

我又问:"为啥不调动'驼背'?"

蒋老师看看我,又看看"风葫芦",说:"有人把我反映到上级那儿,说我把娃娃惯坏了!"

我迷蒙的心里透出一条缝儿,于是就想到村子里许多议论来。乡村人看不惯这个新式先生——整天和娃娃耍闹,没有一点儿先生的架势嘛!自古谁见过先生脱了衣裳,跟学生在河里打水仗?失了体统嘛!我依稀记得,我的父亲说过这些话,在大槐树下和几个老汉一起说;那个现在还不知姓名的盘踞在小庙里的老师,也在村里人中间摇头摆手……他们居然不能容忍孩子喜欢的一位老师!

……

三十多年后的一个春天,我在县教育系统奖励优秀中小学教师的大会上,意外地握住了蒋老师的手。他的胸前挂着"三十年教龄"纪念章,金光给他多皱的脸上增添了光彩。

他向我讨要我发表过的小说。

我却从日记本里给他取出一张丝片来。

"你真的给我保存了三十年?"他吃惊了。

哪能呢?我告诉他,我在中学毕业以后,回到乡间,也在那个拆掉古庙新盖的小学里教书。第一个春天,我就记起来该暖蚕子儿了。我和我的学生一起养蚕儿,网一张丝片儿,铺到墨盒里,无论走到天涯海角,都带着我踏上社会的第一个春天的情丝……

老人把丝片接到手里,看着那一根一缕有条不紊的金黄的丝片,两滴眼泪滴在上面了……

1982年1月

于灞桥

马罗大叔

星期六回到家中,刚落座,母亲说:"你马罗叔不在了。"

"什么时候?"我问。

"昨日夜里,还弄不清辰时卯时咽的气。"母亲叹了口气,"今日清早人才发觉。"

这也许不奇怪。一个老光棍儿,夜里独自一个人睡在窑里,死一百次,大约也不会被谁及时发现的。尽管这样想,我的心里仍然禁不住悲哀起来了。

"啥病也没添,昨日后晌还在村里转悠。这倒好,干干脆脆,免得受罪。"母亲这样说,言语中伴透着哀伤,"昨日后晌在街巷碰见我,还问你回家来没。回回碰见我,都要问你回没回来。我问他有没有啥事要帮忙,他都说没有,只是想……问问。"

他其实并不要我帮他办什么事,却总要问我回家来没有!我的心里倒不是滋味了……

我记起了和马罗大叔共进的一顿晚餐!

那一年,我怀着疯狂般强烈的追求,企图闯进某所有名望的大学的神圣的殿堂,结果呢?却不得不蜷缩在夏季闷热窒息而冬天四处透风的祖传的又矮又破的小厦屋里。一盏必须放在眼下才能辨清字迹的煤油灯,常常烧焦我那像马的鬃毛一样贼密的头发,火苗上卷着的黑烟熏得我总想作呕。为了省油,也为了节粮,庄稼人在天色刚一落黑就上炕躺下了。他们几乎本能地懂得减少活动量以降低能量消耗的科学道理,不到左邻右舍去串门,也不坐在街门外首的树荫下扯闲,全都静静地蛰伏在炕上了。这个时候,文明而又先进的城市正在推行"劳逸结合"的临时性科学措施，机关缩短办公时间，学校取消体育课和晚修自习……庄稼人不用任何人号召，全都自觉地"劳逸结合"了。

我没有瞌睡，无法忍受在黑暗里睁着眼睛躺在土炕上的惶惑和寂寞。煤油灯盏昏黄的光焰里，顿河草原壮丽的景致在我眼前展开，葛利高里矫悍的身影驰骋而过……当我感到眼睛发花、发黑，脖颈困倦，难以再翻过一页书的时候，眼前就只有母亲装馍馍的那只竹笼了。

是的，那只竹笼，是用竹篾编的，从我有记忆开始，就记得从屋梁上垂下的铁钩上吊着这只扁圆的竹篾编织的笼子。一年四季，这笼里都装着取之不尽、摸之不竭的馍馍；陈馍不等吃完，母亲又装进新蒸下的了。当然，一年中的近十个月里，这笼里总是装着黄色或白色的苞谷面馍馍，只有在年下节下和收麦碾场的时月，这笼子里才会装满纯净的麦子面馍馍。现在，那笼子里空了，顿年顿月地空荡荡地挂在那只铁钩上，悬在一家人的头顶。空着的竹笼子总是诱惑起我对香甜的馍馍的无限深情。空的！我真不明白母亲为啥总不把它摘掉，令人在半夜里想到它时，却是空的，多么沮丧！可反来一想，即使母亲把它摘掉了，扔到看不见的什么角落里去了，甚或砸了烧了，此刻我仍然会想到它！

饥饿像洪水猛兽一样咬噬着我的心！

我痛恨我为什么缺乏对于饥饿的忍耐能力。父亲同样和我在生产队的地里干了一后响活儿，回来只喝了一碗盐水，就不声不响地躺在火炕上了，此刻已经响起令人羡慕的鼾声；我的脑子里却还在不断地旋转着那只什么也没有装的空笼。我很饿，饿得躺不下也坐不住，甚至痛恨起肖洛霍夫来了：你写他娘的什么葛利高里——这个哥萨克狗杂种，害得我不能早早睡觉，现在饿得像饿狼似的在小厦屋里打转转……

我走出门，村巷里死一般沉寂。没有月亮的秋夜，田野里一片黑暗。我没有目的，却本能地走出村庄，下到河滩里来了。正在孕穗的苞谷林里，散发着一股浓郁的苞谷棒子的腻腻的甜香气味。我在水渠边站住了。

我伸手摸到一根苞谷秆子，掰下一个又肥又粗的棒子，三两把撕掉嫩皮，蹲在水渠沿儿上啃起来。凭着牙齿和舌头，我感觉到那棒子粒儿软软的，苞谷粒儿里的乳汁竟然溅到我眼睛里——我一定是啃得太猛太快了，嫩苞谷粒儿在嘴里还没有来得及嚼烂，就滚进肚子里去了，几乎尝不出什么味，只觉得十分香甜。渐渐地，可以品尝到它的全部甘美的品质了——没有成熟的嫩棒子，生的，带着秋夜里凉冰冰的露珠儿，流进火烧火燎的胃里，太惬意了。甜甜的乳汁，甚至有一股牛奶的舒腻腻的味道，我觉得这就是只有上帝才能享受的善恶树上的仙果了。

我把啃光了的苞谷芯子丢到水渠里，从水渠沿儿上站起来，再伸手摸到又一个苞谷棒子，却猛然看见一个人，正站在三五步远的大柳树下。我一惊，一愣，从身影和体形上，立刻辨认出来，那是马罗——终年四季给生产队看守庄稼的老光棍儿。我也不知凭什么勇气，没有撒腿逃遁，也没有向他求饶，而是毫不动摇地把那个已经抓摸到手的苞谷棒子，"咔嚓"一声掰了下来，三两下撕开嫩皮，蹲下身，又啃起来了；那夹在一排排苞谷粒之间的嫩须毛儿，连同苞谷粒儿一同吞咽到肚子里去了。

"哼！你倒胆大——"他冷笑着说。

我没有腾出口舌和他争辩的心思，反正我偷吃了苞谷棒子，跑也跑不到台湾去，任你去给队里干部告发吧！随你们怎么处罚好了！即使用我们家那两间破旧的房子来抵偿，我也不会后悔，因为那房子毕竟当下解除不了我腹中如洪水冲击着、猛兽吞咬着的饥饿。我已经无暇考虑后果，仍然大啃大嚼着生苞谷棒子，似乎越嚼越能品尝到生苞谷粒的甘美香醇了；既然总免不了一罚，索性让我今夜饱餐一顿也划得着了。

"跟我走！"马罗吼着。

我站起来，并不特别惊慌。走就走吧，无非是赶出伊甸园去接受惩罚，后悔是无用的。我跟在他屁股后头，牙齿仍然在忙着啃咬苞谷棒子。

他猛然转过身，伸出手——我以为他要揍我了，却是一把从我手里夺下苞谷棒子，"噼啪"一声摔到水渠里去，溅起的水珠儿跌落到我的腿脚上。我憎恨地瞅着他，站住了，真有点阿Q式的怒目而视。只是黑夜笼罩了一切，他看不见我的怒目，我也看不见他是怎样得意的一副嘴脸。

我跟着他的屁股走；纵使下地狱，我也去。

顺着水渠往东走，渠沿草枝上的露水打湿了脚面，我感到一阵冰凉。葛利高里和阿克西尼亚在顿河草原的月光下尽情淘气，我却跟着老光棍儿马罗走向耻辱的深渊。那条通村庄的田间土路横在眼前，我将跟他从那儿拐弯，朝南，走进村庄，呆立在书记或队长家的街门口，听候处置……

奇迹在这一瞬间突然发生了。

水渠和土路交叉的地方，有一孔用树枝搭成的便桥，老光棍马罗走上便桥，毫不迟疑地朝北走去——那儿将通到河滩的深处。他不打算把我交给干部，我的心里毕竟感到轻松了。

我也跨上了水渠上的便桥，树枝在我脚下软软地闪了闪；我背向村庄，走向广阔的河滩。我突然一想，他不把我送交干部，带到河滩里去干什么？又是在这沉沉的黑夜里！我不禁毛骨悚然了。

我立即想起，村里人都知晓，六亲不认的马罗，常常抓住偷庄稼的贼，用他的牛皮裤带教训一番，然后放掉，倒是很少交给干部去处置。干部不打人，只会罚款，罚下款又是众人的；要么开群众会，斗争批判一番，无非是丢人现眼，远不如马罗自己发泄一下光棍过剩的力气过瘾……我开始考虑如何对付这个残忍的老光棍儿了；如果他要……那么我就……好几种应急措施在我脑子里形成了。

马罗大叔　13

我不能不做应急的考虑。这个马罗，是个生性乖僻的老光棍。村里还有一位光身汉，是个爱热闹的"呼啦嗨"，天天黑夜招惹一屋子闲汉，耍牌、"纠方"、"狼吃娃"，他家是老少皆宜的"俱乐部"。这马罗却见不得闲人进门。有人暗里说，马罗常在他的窑里会野婆娘，怕旁人突撞了他的好事。不管怎样，我大约从来没有踏进过他的土窑的门槛，倒不是怕冲撞什么，我是实在不想看他的那一张脸——那张从来也看不到一丝笑纹的冷脸，总是像刚刚和人打过架似的。加之我一直在县城读书，只在寒暑假才回到村里住下，几乎没有和他打过什么交道，说话的次数都是极其有限的。

马罗一年四季只干一种活儿——看守庄稼。麦子熟了看守麦子，苞谷熟了看守苞谷；麦子和苞谷处于青苗时节，他就在村口路边转悠着，看守那些糟践粮食的猪羊鸡鸭。他曾经一梭镖扎透过一头公猪的肚子，吓得所有养猪的村民纷纷修补坍塌的猪圈和羊舍；他曾经把一个偷摘棉花的汉子捆在树干上，给那人嘴里塞满他自个偷摘下的籽棉（真是自食其果），解下宽皮带，一手提着裤子，一手挽着皮带，抽得那汉子可想而知是什么滋味了……有马罗看守庄稼，比阎罗更瘆人。不过，我这样二十岁的刚强铁汉，总不至于束手给他捆绑到白杨树干上的……

再跷过一道水渠，朝东一拐，我就看见一盏马灯荧荧的亮光。那马灯正挂在一个庵棚上，这是老光棍的"别墅式"住宅了。

他在庵棚口站住，转过身来，在黑暗里瞅着我。

我也站住，紧紧盯着他的手。

"坐下！"他的头一摆，对我吼喊。

我没有坐，仍然站着；坐下了，要再站起来反抗就可能为时过晚，措手不及。我没有吭声，倒把两手轻轻提起，叉在腰间，暗示给他一点威势。

"啊……嗨嗨嗨嗨嗨……"

突然间，他放声大哭起来。那粗哑的男人的哭声，从他的喉咙里奔泻出来，像小河在夏季里突然暴发的山洪，挟裹着泥沙、石头和树枝，带着吼声，颤动着四野。我不知该怎么办了，在这一瞬间，我几乎失掉了知觉，脑子里一片空白，我和世界都不存在了，犹如穿开裆裤时在河里凫水被卷进淤泥陷坑时的那种绝望中的空白……

我慌了，不知该怎么办才好，又在腰间的手自觉松动了，垂了下来。马罗突然伸出双臂，把我抱住，硕大的脑袋压在我的胸膛上，哭得更加不可收拾。他的中年人的粗壮的身体颤抖着，两条铁钳一样的手臂拘得我的肩胛骨麻辣辣地疼了。他的鼻涕和眼泪一股脑儿倾泻在我的胸脯上，渗湿了我的衣衫。

他哭得好凶，我却找不到劝解他的话。实际的情形是，根本不用我劝慰，他自己已经戛然而止，松开抱着我的手臂，哭溜着声儿颤颤地说了一句："咱们……好苦哇……"

我此时才理解了这个老光棍粗莽的举动中所表达的感情的含义了；而一当领会，我就再也支撑不住了，心酸了，腿软了，一下子坐在茅草庵棚门口的树根上，双手捂住脸颊，哭起来了，"呜呜"地淌泪，却不像他那样扯长喉咙号啕。

老光棍马罗，像疯了似的在庵棚前的草地上，跳起又落下，破口大骂：

"我日你妈——'修正'！你狗日害得俺中国人好苦哇！你不吃自家的黑豆小豆（赫鲁晓夫），净想吃中国的白米细面！白米细面吃腻了，还想吃苹果！苹果……哼！还要拿圈儿套得一般个儿……"

我十分伤心，却又几乎被他的骂声所逗笑。我知道，公社里某些拙劣的"宣传家"向村民讲解宣传的结果，就造成马罗这样的胡拉乱扯的可笑心理。他却依然狠着声，跳着骂着，像村子里的庄稼人打架忤仗时一样的泼势：

马罗大叔 15

"你害得俺中国农民……啃生苞谷棒子……"

我刚刚觉得心里轻松了一下，又酸楚楚地低下头来了。

"我日你妈——'假积极'！你胡尿欺哄毛主席，放你妈的臭'卫星'！你得了奖状，得了表扬，叫俺社员跟着受洋罪——啃生苞谷棒子！"

戒备、羞愧……所有这些复杂的心情，全都随着马罗的骂声跑掉了。我心地坦实地坐在那只树根上，换了一个更为舒适的坐姿。马罗蹦着，骂着，声音渐渐远了，钻进苞谷地里去了，那儿随之传出"咔嚓咔嚓"的断裂的脆响。

他走来了，怀里抱着一摞苞谷棒子，扔到庵棚口的草地上；又钻进庵棚，从吊床下扯出一捆干透的树枝，"啪"的一声划着火柴，点燃麦草，再加上树枝。火苗"哧哧哧"蹿起来，冒得老高。他在一个用铁丝扭成的支架上，摆上了嫩苞谷棒子，咕哝咕哝地说：

"去他妈的！这号烂熊苞谷棒子，而今倒成稀罕物了！咋说也不能……啃生的……"

干透的树枝燃烧起来，"噼啪"作响——火声是这样富于生气。我坐在火堆旁，双手拘着膝头，下巴支在膝盖上，看火苗忽而落下又忽而蹿高，在秋夜的黑幕中辟开的光亮的空间，随着火苗的起落忽而缩收又忽而扩大。火苗在树枝上跳跃，从燃烧着的枝条上攀缘到刚添加上去的树枝上，像万千猕猴在树林里嬉闹，跳跃翻跌；无数条火苗拢在一起，就组成一个火的世界，充满了活力；火永远给人一种热烈、紧张、奋进的启迪……秋虫在四野的黑暗里"叽叽喳喳"地吟唱，像无边无沿的一只大网在颤悠。

马罗蹲在火边，用树枝拨拢着火堆，促其烧得更旺。架在铁丝网架上的苞谷棒子，绿色的嫩皮变黄了，变黑了，烧焦了……一股浓郁的香味从火堆里扩散开来了。

我的鼻膜受到刺激，经不住这样无法抗拒的诱惑，口腔里不断地有口水渗出来。嫩苞谷棒子经过烧烤，散发出来的这股奇异的香味啊……这样浓烈，这样甘醇，我不能想象世界上还有其他什么美味佳餐能比它更香甜更醇美了。

马罗大叔的神态也使人动情。他坐在一块河卵石上，两手搭在撇开的膝头上，腰板挺直，俨然一尊用斧头砍削出来的青石雕像。火光映照着他的脸，一会儿明亮，一会儿灰暗，四方脸中央，雄踞着一垛宽大的蒜头鼻子，脸颊上有两道粗糙的大动脉似的皱纹。这张脸上，现在呈现出安详的神态；专注的眼神，透出雄狮守护幼崽一般雄伟而又慈爱的神情。他间或用右手里的树枝拨弄一下火堆里的柴枝，甚至歪一歪脑袋，向火堆里吹两口气，然后又坐直了，却不开口说话。

"吃——熟咧。"

他从火堆里的铁丝架上取出一个苞谷棒子，甩过来，撂到我的怀里。好烫！烧焦的皮上，残留着火星，我在两只手中倒来倒去，舍不得丢到地上。撕开尚未烧透的内皮，一股热气饱融着浓烈的香甜气味扑鼻而来。软软乎乎的苞谷粒儿，酥软香甜，一口咬进嘴里，我的眼泪禁不住扑洒下来了。

他也撕开一个苞谷棒子，用指头从棒子上抠下几粒苞谷豆，放到嘴里，缓缓地扭动着腮帮骨，款款地嚼着，很悠闲的样子。我却双手握着棒子，啃啊啃着。

我真吃饱了！大约两年以来，城乡陷入严重的经济困难状态，倒霉的是我恰好进入生理发育最活跃的时期，总是感到饿。我第一次给胃里装进去这么多没有掺假的真正的粮食，丝毫不担心消化不了而撑死在这河滩里的庵棚前。我很想说几句感谢他的话，却又说不出口，只转弯抹角地说：

"我还想你会把我送给干部哩！或是……用皮带抽我一顿呢！没

想到……"

"亏得你娃子没有跑！好——"他说，"好汉做事好汉当，偷了就偷了，吃了就吃了！你跑的个鸟嘛！我就见不得那些蛇溜鼠窜的东西！你威威势势站在那儿……我倒服了——这娃子有种……"

那晚我没有回家，和马罗大叔挤睡在他的庵棚里的吊床上。他的一条薄被子，大约半年一年也没有拆洗过，有一股臊腥味儿，包围着我的鼻孔；我的耳畔，响着他毫不抑制的屁响。他像剖白一样向我解释，他用梭镖扎死的那头公猪，是那个只会说人话而尽干狗事的人家的；只有杀出这一条威风，才能免去更多的唇舌；尽管这样，他悄悄地给人家赔了猪款，还让人家悄悄地收下，他只要那一层威慑的声势。他用皮带教训过的那个偷棉花的汉子，大约也是出于同样的目的，在于震慑外村那些企图用偷盗而发财的惯犯。至于像一般人偷摸一把两把，他老远里发现了，大声咳嗽一声，让你冠冕堂皇地走掉也就完了。对于我这样偷而不逃的蠢汉，他反而视为上宾了……

我吃了一顿难得忘怀的晚餐！

我睡了一个难得忘怀的好觉！

他对我这样诚恳相待，倒使我不好意思再偷偷去摸一摸那苞谷棒子了；即使饥饿仍然十分难忍，我还是没有勇气再次走到他的庵棚里去。这一夜，我终于忍不住了，那美味的烧烤苞谷棒子的回忆，使我心里像猫儿抓着。我硬着头皮走出屋子，又走下河滩。

有一块半圆的月亮贴在西塬上空，路边的苞谷叶子刷到我的脸上，像锯刺一样割得人难受。我在想，怎么向他开口呢？真是有点不好意思——狗肉吃下熟路了吗？

庵棚前挂着的马灯灭了，一片黑暗；月亮清冷的昏光从树枝间透过，斑斑驳驳地照在庵棚上。我站在庵棚旁边，叫了一声"马罗大叔"！没有应声。稍停之后，我又叫了一声。

"滚远！"

庵棚里吼出一声，我羞得无地自容了。是啊！太有点不知趣了……

我不知自己是怎样离开庵棚的，也没有心思回家，就在河岸边的石坝上坐下，撩起清凉的河水，刷洗燎烫的脸颊。

忽然，我发觉身后一亮，回过头，马罗把一支燃着的火柴按到烟锅上，瞬即熄灭了。我又把头转向河水，没有说话。

凭感觉，我知道他在我身旁坐下了，仍然没有理睬他。他咳嗽一声，却像无事人一样，乐悠悠地说："你瞅，河心沙滩上，那是……"

我抬起头。朦朦胧胧的月光下，无掩无遮的沙滩上，一个人正蹒跚朝对岸走去，似乎从姿势上可以辨出来，那是个女人……我突然像明白了什么，回过头，看见马罗喜眯眯地哑着烟袋，悠悠然喷出一口口烟雾："不要记恨叔骂了你一句……你来得太不是时候！把叔差点吓失塌咧……"

我跳起来，扑到他身上，使劲捶他结实的肩膀，要他老实交代。他得意地嘿嘿笑着，并不特别忌讳……

"那是我的老相好哩！"

"解放前，我在河北岸王财东家熬活的时光，这女人就跟我好上了。她男人是王财东的大少爷，狗日长得白白净净，可是个白脸傻瓜！十个铜圆数不完就乱了码号。土改的时光，王财东一上斗争台，这白脸臭瓜吓得拉下一裤裆稀屎，越是臭气了，嘴角成天吊着一串串涎水，她更见不得他了……"

"你该是跟她结婚，成家，何必偷偷摸摸的？"我说，"解放了，你怕啥？"

"结婚当然好，我咋能不想到。唉！这女人也真是说不清，不忍心把那涎水嘴男人撂下；又怕孩子隔着一层，日后旁人骂'野种'。我呢，也没心思讨旁的女人成家；再说，那女人也不让我讨，就让我跟她这么混……十四五年了,我也习惯咧。这女人好啊!只是而今饿得慌慌,她背着地主成分,政府发下救济粮,根本没她的份儿。好!我这儿给她救济。没办法,那几个娃儿没跟得上沾他财东爷子的光,倒刚刚跟上挨挫。队里分给我的、政府救济下的粮食,我都给她了。妈的!解放前我给老财东熬活,而今又养活起几个猪娃子!没有办法!谁让我跟这女人……"

"那……你这么混下去……老了,怎么办?"我插嘴问,"你的好心,人家儿女大了想回报也没法回报——名不正言不顺哪!"

"不想!我马罗根本不想要谁回报。老了死了,我啥也不留给旁人,也不想要旁人骂我。只要我活着,有这个女人跟我相好,行啰……"

星光在河水里闪烁。夜是这样深,这样沉。我突然想到葛利高里和阿克西尼亚。我们这黄土沉积层上的古老民族的子孙,也有顿河哥萨克一样动人的情话,只是格调不同罢了。

"你可甭乱嚷嚷呀!要是嚷嚷得旁人知道了,该当何罪!唔……你刚才叫我一声,把我吓了一跳,也把那个可怜人吓坏了。我给她说,'没事,俺老侄儿是个牢靠人,不会烂事的。你放心走……'她……那不是,已经走到河那岸去了……"

我抬起头。那个女人的身影,已经消失在河岸边的杨柳林带里;最后消失前的那一刻,她似乎停站了那么一会儿,大约在隔水眺望她倾心相爱着的马罗大叔……

这一晚,马罗大叔话也多了,神情也格外活跃,说啊笑啊,直到从村庄里传来一声鸡啼……自然,免不了,犒劳给我一顿烧烤的苞谷棒子。

……

"给你马罗大叔送几张纸去。"母亲说。

我刚吃罢晚饭，放下筷子，母亲就提示我，应该给马罗大叔送一叠纸去。乡村里至今保存着这样的习俗——村民们为任何一位逝去的老者敬送一叠纸，由死者的家人烧在灵前，或焚化于坟头，表示哀悼之情。时风进化了，乡村农民也有像城里人一样敬送花圈挽联的，终究为数不多，多数人仍然送一叠粗黑的麻纸。

我接过母亲拿来的一厚叠麻纸，走出门去。如果仅仅出于报答马罗大叔在我饥饿如狼的困顿时刻给予过我的美味晚餐——烧烤苞谷棒子，未免失之浅薄，而我又深知这与他"不要回报"的本意相违拗的，我的心情沉重起来了……

我在公社里已经工作近十年了。那一天，在公社机关不算太大的院子里，我看见马罗大叔的背影。那硕大的头颅、粗而短的腰身，现在却教人感到是一具粗大的骨骼，而且背也略微驼了。我把他叫进我的住屋。

"吃饭了没？"我问。

"吃——咧！"他拖着声儿爽声朗气地说。

"可别作假！"我说，"虽不到开饭时间，馍和咸菜很现成，你随便吃点。"

"啥时代把你马罗叔饿下了？"他得意地仰起头，"'五保户'没定量……"

我信了。马罗大叔已经进入花甲之年了，他的吃穿，由生产队里包着，虽然不能说富裕，却也能填饱肚子。这个生活水准，在七十年代中期的农村，应该说是可以过得去的了。

"你到公社来有啥事呀？"我随便问。

"屁事也没！"他响亮地说，很轻松的神气。老虽老了，说话仍是一派阳刚之气，"我逛到镇上来，到公社院子转转。尿！我才不受忙迫，办尿啥事！我不打搅你了，你忙。我浪呀！逛呀！"说着就站起身要走了。

我送他出门,看着他从公路上摇摇晃晃地走过去,拐进供销社的大门,就折回身来,办我要办的事情去了。

当我再次从院子走过的时候,却又看见了马罗大叔的背影。他大约也发觉了我,竟然有点仓皇地从墙角消失了。我有点疑心——他大约不像他嘴里说的那么轻松,浪呀逛呀。我瞅瞅他走过的那一排房子,一间里头住着妇联干部,一间里头住着共青团专干,都是与他不会发生什么联系的部门;另一间屋子住着民政干部老乔,我意识到一点什么,就走了进去。

"刚才是不是有个老汉到这儿来过?"

"马罗——你们村子的'五保'老汉,刚走。"老乔说,"老汉领贫寒救济款来了。"

"给老汉救济了多少钱?"我问。

"嗨!现在还谈不上补多补少的问题。"老乔说,"队里不给马罗老汉盖章,说他不'学大寨'……"

我虽然分管民政工作,冬季贫寒救济的具体事项却是由老乔办理,我不太过多干预。老乔是位老同志,人又公正,完全可以放心他做好这项极容易闹矛盾的工作。现在,面对马罗大叔的救济问题,我却忍不住甩出点子来了:"该给老汉救济多少,你定个数儿,队里不盖章拉倒,我签字负责!"

"咱们有些村子的干部……真不像话。"老乔也因此而发牢骚,"马罗老汉刚才来给我说,去年的贫寒救济款和物资,全由干部悄悄地私分了。当然,咱们工作上也有漏洞。马罗说他不为要钱,为闹事!老汉大喊大叫,说他要把这事闹得全村都知道,还要寻县委反映。他说他才不在乎那几个钱,十来二十块的,也发不了家……"

"这样的……原来是这样的。"我说,"刚才他和我见过了,可是一句未提……只说是浪哩逛哩！"

"这老汉倔得很。"老乔说，"我给他说，让他找你反映反映，他可直摇头，我还当是他和你不合卯窍哩……"

我没有再说话，走出老乔的办公室。马罗大叔对我只字未提，甚至有意躲避着我，使我本能地记起他说过的"不要回报"的话，自己也不知是一种什么滋味在心头了。

我还是坚持我甩出的点子，让老乔给马罗大叔送去了救济款和棉布棉花。老乔回来时，详细叙述了经过；他做得更严密，把棉布棉花直接交给妇女队长，让她给老汉缝制棉衣棉裤。我初听时很欣慰，稍一思忖，又不禁惶然——这难道是合马罗大叔本意的么？

……

一孔窑洞中间，停放着马罗大叔的棺枢。今日午时已经入殓盖棺，我再也看不见那垛宽大的蒜头鼻子了，以及那两条深刻在脸颊上的大动脉似的皱纹。窑里和窑院的一切空间，全被男女老少围塞满了，门口仍然拥进一溜连串前来送纸的乡亲。他们在灵桌前放下麻纸，点燃一炷紫香，插进用瓷缸代用的香炉，鞠一鞠躬，就参加到人堆里说闲话去了。

我在灵桌前站住，放下纸，从香筒里抽出一支香，在蜡烛上点燃，插进香支已经十分稠密的香炉，照着所有庄稼人的规矩，抱住双拳，举齐额头，向马罗大叔鞠一鞠躬。当我深深地弯下腰，虔诚地低下头去的时候，一个镜头闪现在脑际了——

在一座十分雅致的高层大楼上，我应邀参加一个规模不小的宴会。来自南方北方的新朋老友，杯盘交盏，词恳意切。我亦兴之所至，敞怀痛饮。酒过数巡，我的脑子里突然闪出马罗大叔一把甩到我怀里的那个烧烤成黑色的苞谷棒子来！细一瞅，幻觉消失了，桌上是狼藉的鸡骨鱼翅，桌下是软茸茸的红地毯，哪有什么鬼苞谷棒子的踪迹……我可没有醉！

马罗大叔

紫香焚烧的青烟，在灵堂上飘绕，空气里有一缕幽微的香味。我停立在灵桌前，脑子里又变得一片空白了；直到我被谁拥撞了一下，才发觉后面已经拥着一堆等候进香的男女，我立即让开位置。

她——马罗大叔的"阿克西尼亚"——站在灵桌前头上。她点燃一支香，插进香炉的时候，手指抖着，竟然两次把香弄断了。她的表面倒装得沉静，跪下去，磕了头；站起来的时候，我看见了她眼角渗出的泪痕。

所有老年女人们都表现出过分的热情，招呼她喝水，没有讥诮和轻薄的意思；她倒有点忸怩了。

我很快弄清，这场丧礼葬仪是由几位热心人组织的。土地下户以后，马罗没有心思弄养庄稼，在一亩多责任田里全部种上了树苗——还没来得及卖掉，自己却死了。他仍然被村民们推举为护田人，统一看守各家各户的庄稼，大家按照田亩分摊，给他一定的报酬。刚进腊月，本年的酬金还没领，他却死了。于是，村民们就形成一条动议，把他看守庄稼的酬金按户收齐——甭亏了马罗！再把树苗折价，由队里暂且垫付。把这两笔款子合起，筹办马罗的丧葬大事。

"八挂五"（十三人）的乐人班子已经在窑院里唱起《祭灵》，公社电影放映队的放映员正在打麦场上挂银幕，满村巷里都洋溢着欢悦的浪花。马罗生时寂寞，死时却热闹，能得到这种死而无怨的结局，也不容易哩！

我坐在乡亲们中间，抽烟，喝茶，听大伙儿高声说笑，看众人跑前跑后地忙活的身影，心里却不时闪出那个甩到我怀里来的烧熟的苞谷棒子——那是怎样美好的野炊晚餐……

1984年10月
草改于西安东郊

毛茸茸的酸杏儿

整整十年过去了，姜莉一想到吃过的那一次酸杏儿，嘴里就会有酸水泌出来。

十九点整，中央电视台的《新闻联播》节目准时开始。姜莉坐在沙发上，右腿压着左腿，左手握着茶几上的细瓷茶杯，看着中央电视台那位熟悉的男播音员开始介绍今晚的节目内容。她的儿子正趴在隔间的小桌上赶做作业。厨房里传来碗盘勺的碰撞声，那是她的丈夫在收拾洗刷晚饭用过的餐具。读者不要以为这又是什么"妻管严"造成的家庭内部的谁怕谁的乏味的笑料，其实是爱好和兴趣造成的这种格局。姜莉每天必看不辍的是《新闻联播》，而对那些装腔作势的电影或电视剧简直不能容忍。一当《新闻联播》结束，她就回到隔间的办公桌前开始工作，批改学生作业或者备课。她的丈夫和儿子，正好相反，对国际国内的新闻时事毫无兴趣，任何低劣的故事片却可以耐着性子看到电视小姐向观众致"晚安"的时候。

这是一天里最恬静的半个小时。电视机前静静地坐着她一个人，手握一杯清茶，看一天来在这个世界上发生的重要事件。学校和家庭、公事和私事、顺心事带来的欢乐和琐屑事惹起的忧烦，此刻都排除到心胸以外的空间里去了。

头条新闻是政协的一个首脑会议。这个会议上，集中了那么多老人——这些曾经震惊过世界、影响过中国历史进程的文才武将，现在都老了。姜莉的父亲也老了，退休在家休养着。姜莉的父亲原是市上的一个中层领导干部，对姜莉生活着的这个古老而优美的城市的生活发展，也产生过一定的影响。姜莉每每看见一位老态龙钟的老人，就会想到成熟了的杏子。成熟了的杏子把儿松了，即使没有自然的风吹或人为的摇撼，迟早还是要从杏树枝条上落下来。成熟是胜利，也是悲哀。成熟了，生命的活力也就宣告结束了。

又一条新闻。首都机场，多漂亮的建筑物。中国正在变化，北京尤其显著。一位首长即将登机出访，正在和送行的国家领导人握手告别。电视录像机一直跟着那位首长，直到他走进飞机的舱门，然后录像机极迅速地掠过正沿着舷梯爬上去的随行人员。这时候，她瞅见一张熟悉的面孔自信而又顽皮地笑了一下……电视录像切断了。

她的心里轰然一响，闭上了眼睛。

他穿着一身粗格子布料的西装，似乎是无意间转过头来，那么顽皮地笑了一下……

灿烂的夕阳给黄土塬坡涂上了一层绚丽的色彩，即使那些寸草不生的丑陋的断崖和石梁，此刻也现出壮丽的气势。姜莉在公社开完知青会议，坐了三站公共汽车，在河川的一个小站下了车，把草绿色的军用挎包搭上肩头，就开始爬坡了。一条弯弯曲曲的小路在夕阳里闪晃，在山坡的秃梁和茅草间蜿蜒，把塬坡上的村庄和河川里的世界联结沟通起来。

爬上山梁，又走下沟底，跨过沟底那一道浅浅的泉水，再爬上对过那面阴坡，就可以看见姜莉他们下乡锻炼的村庄了。沟底下好凉快哟！夕阳的红光还在坡顶的树梢上闪晃，沟底已经显得有点幽暗了。同一条沟道，朝南的阳坡上只有稀稀落落的几株榆树，干焦萎靡，像贫血的半大娃子。朝北的阴坡上，却是一片茂密的山林。刺槐密密层层，毛白杨干粗冠阔，椿树和楸树夹杂其中，竞争拔高，争取在天空占领一块更加宽大的空间，领受阳光。蓑衣草和刺蓟、野蒿……铺满了地皮。五月里，乡村最媚人的季节。姜莉真是奇怪，这个干巴巴的黄土高原的山野之中，竟然有这样幽雅的一块绿地。

她蹲下身来，想在泉水里洗洗手脸，甚至想扒掉长衫长裤，痛痛快快洗一洗爬坡时渗出的黏汗。她刚刚撩起水来，一个人从树后蹿了出来，她吓坏了。

原来是他——正在仰头哈哈大笑。

她浑身都吓得酸软了，瘫坐在地上，流出眼泪来。开这样的玩笑，简直是恶作剧！她气恼地瞅着他，噘着嘴。

他大约意识到玩笑开得过分了，就赔着笑脸，走到她跟前，弯下腰，动手扶她站起来。

她坐在地上，一把抓住他的胳膊，在他的脊背上擂起拳头。她使足劲儿打，真打，打得那宽宽的脊背"嘭嘭"响。他不躲避，也不叫疼，反而哈哈笑着，扬着手说："打呀！砸呀！使上劲呀！看你有多大劲儿吧！打得我……好舒服哟！"

她泄气了，终于忍不住笑了——和这个活宝在一起，你永远也难憋住什么气呀！他能把人惹恼，又能把你逗乐。她停住手，泄了气儿，这才觉得膝盖上火烧火燎地疼。她低头拉起裤腿，膝盖上渗出血来了。刚才他吓得她跌扑跪倒的时候，石头蹭破了皮肤。

他看见她腿上流出血来，也愣住了——这个玩笑真是开得太冒失太过火了。

"怎么办呢？感染了会化脓的。"她有点害怕，嘴里直吸冷气。

"我有办法——"他迅即转过身，跑上坡去，在草丛里揪下几片刺蓟的嫩叶，在手心里揉烂，用三个指头捏着，直朝她膝盖的伤口上按下来。

她吓得缩回腿，挡住他的手："那是什么东西？敢乱涂！"她自小接受的是母亲或者医生给伤口涂抹紫色或红色药水，从来也没见过用这种草汁消炎治伤。

"刺蓟——消毒良药，中药材里的药名叫小蓟；还有大蓟，乡里人叫马刺蓟。"他给她介绍，说这是正儿八经的中药，"我割草割麦

毛茸茸的酸杏儿　27

时,不小心给刀刃划破了手指,用这绿汁子一涂,就消炎消毒了。好得很哪!"

"没听说过。"她疑疑惑惑。

"乡里人都知道,小娃儿也知道这窍道。"

"我可有点怕。"

"甭怕。涂上包好!"

她伸出了左腿,把伤着的膝盖弓起来,紧张地瞅着他捏着揉烂了的刺蓟叶儿的手指。他用劲一捏,一挤,绿乎乎的叶汁滴在伤口上,凉凉的,刺激得伤口更疼了,真像是涂上了碘酒一样。

他跪在她跟前,用劲地挤着叶汁,轻轻地在伤口上涂抹均匀,使绿色的液汁覆盖了红红的皮肤。尽管他努力做到小心翼翼,而整个动作和姿势,却是笨拙的,笨拙得可爱又可笑。他抬起头来,认真地问:"还疼吗?"

她不忍心使他失望,就笑笑说:"真的不疼了呢!"

他的医术得到验证,得意地笑了,说:"要是一时找不到刺蓟,还有更方便的办法,同样也能消毒。"

"还有什么好办法呢?"她盯着他问,看着他的样子,觉得很有趣,"你能当外科大夫了。"

"要是找不到刺蓟——"他说,"那就给割伤的手指上浇一泡尿。"

她的嘴里随即"噢哟"一声,脸颊腾地红了,双手捂住脸,低下头:"真不害臊!你——"

他似乎这才意识到她是一位姑娘,一个和他有严格禁忌的异性;在他得意地向她夸耀医疗技能的时候,竟然忽视了这个重要的忌讳。小时候,他和小伙伴们在坡沟里割草,谁要是不小心割破了手指,立刻就浇上一泡尿,血就止了,日后也不会化脓。可那都是些男孩子呀!现在站在他面前的是一位姑娘,一位从城市里来到乡下的漂亮的姑娘。他得意中说漏了嘴，羞红了她的脸，自己也难堪了，不自在了。他忽然转过身，解嘲似的哈哈笑着，向对面的山坡间奔去。

她听着他的笑声和脚步声远了，仰起头，看见他在对面的山坡上跑着，撞得小刺槐和小山杨的树干"哗哗哗"地抖动，叶子"唰唰唰"地响。他奔到一块树木稀少的草地上，跳跃起来，在空中挥一下手臂，又跌落到地上，再跳跃起来，像一头撒欢的小马驹。他奔到一棵大树下，一跃身，双手抓住一根横向的树枝，凌空吊起来，打了几个大摆，又跳到草地上，顺势躺下，绿色的茅草遮住了他的半个身子和头脸。她看得呆了，跨过水渠，朝他走去。

"你狂了吗？"

"我可能会发狂的。"

"你——瞎得很！"她用刚刚学会的乡下话说。

"就是。"他心平气和地应承。

她坐在他旁边。软茸茸的胡须草给坡地铺上一层厚厚的绿毡，幽暗下来的树林里是一股股青草和野花的清香气味。她看见他躺在绿草丛中，闭着眼睛，胸脯一鼓一落。她想唱歌，想在树林间大声呼唤，想像他刚才那样蹦起来跳跃。她觉得胸腔里憋着什么，需得排遣一下——呼唤和跳跃也许是排遣的最好的办法。她终于没有开口，也没有蹦起来，只是双手拘着膝盖，一动不动地坐在草地上。清爽的山风掠过她的面颊，树叶在"哗哗哗"地响。

她随意问："你到这儿来干啥？"

他毫不含糊地答："等你。"

她的心忽闪一下，不知该怎么说了——他连一丝弯儿也不绕。

"我一天不见你，心里就慌慌，没有办法抑制。"他说，"最好的办法，就是想法立即找到你，说几句话，哪怕从老远看一眼也好。"

她的脸上烧燥燥的，嘴里有点干涩了。她咬着嘴唇，似乎心儿要从

毛茸茸的酸杏儿　29

喉咙蹦出来了。她长到十九岁了，第一次听见一个男子说他想她，离不得她。他说得凝重，一板一眼，毫不隐讳，也不拐弯抹角，赤裸裸地说出了他对她的倾慕。她回避不得，也无法隐晦，他的话堵死了她的一切退路。

她无力回避，也不想违拗自己的心愿和感情。她想听他继续说出更多的剖白的话，他已经说透了她同样想说而没有说出口来的话。她默默地坐着。

她在东田村的村巷里，在东田村田野里的小路上，在东田村山沟间的泉水旁，在东田村青年集会上，每天都有撞见他的机会。小小的东田村，街巷短浅而天地狭窄，低头不见抬头见。她的心里不知从哪天起，萌生了一种喜欢和他待在一起的永无满足的渴望。一天不见他一面，她就有一种说不清的不自在。也真是巧得很，她去泉水边挑水了，他也挑着水桶走到小沟里来了；他帮她从水潭里提上两桶水来，说几句话，互相瞅瞅，笑笑，然后挑水回家去了。他的母亲曾经给她说过，她儿子现在最喜欢挑水了，比过去勤快多了；过去，常常是铁瓢碰得缸底直响，他也懒得去给母亲挑一担水，得撕着他的耳朵把他从小书桌旁拉出门，把水担架在他的肩上……她明白，他和她一样，总是寻找能凑到一块的机会。可是，她和他，从来也没向对方吐露过一句心里话，更没有传递过纸条或书信。

他今天赶到半道上来等候她，是最明白无误的一次大胆的行为。

他今天赤裸裸地说出他倾慕她的话，是最大胆的举动。

她有一种预感，一种无法摆脱的逼近了的预感——似乎今天要发生什么事了！她有点害怕，却又有一种不可抗违的希冀和渴盼；她似乎意识到某种危险，却又无法拒绝这种危险的诱惑。

他站起来，朝山沟里头走去，回过头来，向她招手。

她也从草地上站起。顺着这面沟坡走上去，离村庄就会越来越远了。她有点犹豫："到哪儿去？"

"回家去也没事，走走，玩玩。"他说。

她走上去了。他在前头等她。他们一前一后走着。

"这是你的家乡，你还稀罕到这坡里来逛景？"她随口问。

"当然，太熟悉了。"他说着，转过身，停住脚，盯着她说，"那会儿没有你。我想和你走走。"

坡路越走越陡了。她从来没有在这个没有路径的山坡上走过，脚下滑滑溜溜，歪着腰，夵着手，时时都有滑倒的可能。

他抓住她的手，拉着牵着，她感到好走多了。那是一只多有劲儿的手啊！走到一面塄坎下，他一跃就跳上去了，猫下腰，伸下胳膊，几乎把她提起来了。她上了塄坎，挣脱开他牵着的手；四个细长的手指，被他攥得像一把排笔一样黏结在一起了。

山坡愈来愈陡了，光线愈来愈暗了，林子里也愈来愈静了，鸟儿的叫声愈来愈杂了。她跟着他，又走上一面土塄坎，斜插着朝沟里走着。忽然，眼前闪出一个水潭，聚着一汪清凌凌的水。她在水潭边站住，弯下腰，看见水底下有一撮细沙在微微翻滚，那儿肯定是一个极小极细的冒水的泉眼儿。这是一潭活水哩！他也在水潭边站住，弯下腰来了。

她把挎包扔到地上，想撩起水洗洗脸——面孔止不住地发烧呀！她伸手撩水的当儿，看见了水中自己的影子，就停住手，呆呆地看着。她想看看此刻里自己会是一副什么鬼模样，大约傻乎乎的叫人看了好笑吧？却看不清脸色是红是白，只有一双亮闪闪的眼睛在水里闪光。

"你看什么呀？"

"鱼。小鱼。"

"嘻！哪有什么鱼儿呀！"

"不信你看——"

他挪脚站到她这一边来，弯下身来了。这个小潭的边沿的地方太窄小了，要站下两个人简直是太拥挤了。他挨着她的肩膀弯下腰，一只手扒着她左边的肩头，煞有介事地瞧着水潭，瞅寻小鱼儿的踪迹。

"鱼在哪儿？"

"在那儿。"

"我怎么看不见？"

"那根水草底下。"

"那不是小鱼。"

"那是什么？"

"是小虾。"

"山坡上哪来的小虾？"

"山坡上哪来的小鱼？"

她知道，其实他们谁也不在乎究竟是小鱼还是小虾，水潭里压根儿什么也没有，既没有小鱼，也没有小虾，只有她和他倒映在水中的脸，她和他其实都在瞅着对方的水里的眼睛。她看见的是一双火辣辣的眼睛，一双英武的总像是进攻着什么目标的眼睛，一双说不来好看或不好看的顽皮的眼睛，看一眼就会使人心跳不止的眼睛啊！

她的腿蹲得又酸又麻，从水潭边跷到草地上的时候，就瘫坐下来，双手撑着后边的草地，伸直双腿。真舒服，草枝戳得脚踝痒痒的。

"你饿不？"

"饿也得饿着，这儿没什么吃的。"

"我的挎包里有点心。"

他翻开她的挎包，取出点心，在草地上解开了。他取出一块，递到她手上说："这是一块甜馅饼。"又拿起一块，填到自己嘴里，口齿不清地说，"这是一块奶酪。"

"洋奴！"她笑着说，"把点心硬要叫……"

"外国人喜欢野餐。"他说，"我们也权当正在野餐。要是再有两瓶汽水，就更妙了。"

她仰头看看，天色已经昏暗了，树林里笼罩下一幕幽深的昏光："天要黑了，回吧！"

"回吧！"他说。说着就抬脚走了。

"回家怎么走那边？"她说，"那边越走越远了。"

"地球是圆的，从这边走过去，再从那边转回来。"他说着，继续往前走。

"你呀……"她也抬起脚来，跟他走去。

"腿还疼吗？"

"还有点疼。"

"我扶着你。"

"我能走。"

他挽着她的胳膊，她没有拒绝。谁也不知道要走到什么地方去，她却依恋着他漫无目的地走着。他们走到一棵大树下，庞大的树冠下是一块平地，没有别的树木。

她仰起头："这是啥树？"

"杏树。"他说。

"树上那疙疙瘩瘩的东西，是杏吗？"

"是杏儿。"

"我们在城里买的，全是黄的。"

"没有成熟的杏是绿的，成熟了就变成黄的了。"

"绿杏能吃吗？"

"能啊！"

"好吃吗？"

"好吃极了！"

他话音未落，已经跃身跳起，抓住一根树枝儿，一蜷腿，就翻上去站到树杈之间了；一伸手，摘下几颗绿杏儿来。

她伸出双手去接，等他把杏儿扔下来。

他却笑着，晃着手里的绿杏儿，久久不松开攥着的拳头。

"快呀！丢下来，我能逮住。"

"你张开嘴巴，我给你丢到口里去。"

"你呀！真坏——"

"那……你先叫我一声'哥哥'吧？"

"你……先叫我'姐姐'吧！"

"那……你等着吧！"他把一颗杏儿填到嘴里，"咔嚓咔嚓"啃起来，声音好响，故意撩逗她说，"啊呀！这杏儿多香啊！"

她急得在树下团团转，跳一跳，够不着树枝。她捡起一块石头，朝他打去。他一伸手，却从空里把石头抓住了，开心地笑起来。

"你坏！"

"我坏。"

她又从地上捡起一块石头。

他笑着说："甭打了，我拉你上来吧！你自己从树上摘下一颗绿杏儿，才好吃哪！"

她扔掉石头，扬起双手。

他一只手抓着树枝，一只手伸下来抓住她的手，她就被提起来，真不知他有多大劲儿啊！她被提起，吊在空中，却不动了，吊得她的胳膊好疼。她乞求地说："快呀！我的胳膊要断了！""叫声'哥哥'！"他在树上说。

"你——"

"叫吧——叫一声，我就有劲拉你了。"

"'哥'……"

她一句未出口，自己心里先轰然发热了，眼花了。她在迷昏中被他拉上树杈，脚下直打晃——从来也没有爬过树呀！她的脸上燥热难忍，脚下又不稳当，不由得搂住他的肩膀，用一只拳头在他身上砸着。他也张开一只胳膊，搂着她的腰，一任她打他砸他，发狂似的喊："啊呀！即使从树上栽下去摔死，我也不遗憾，有人叫我'哥哥'了！噢哟！我要发狂了……"

她坐在树杈上，羞得想哭了："你……欺负我！"

"我叫你……"他笑着，颤着声，"'姐'……"

她一扑抱住他，头枕在他的胸脯上，再也说不出话了。他把一颗杏儿悄悄塞到她手里。

幽暗的光线里，她看看那颗杏儿，绿莹莹的皮儿上，似乎有一层毛茸茸的细绒。她咬了一口，酸得她不由得挤眯了眼睛，合不上嘴巴，牙齿也不敢再咬了，却又舍不得吐掉，那酸味里有一种无可企及的香味的诱惑。

"啊呀！真酸！"

"酸才有味儿。"

"熟了是甜的。"

"熟了倒没绿着时有味。"他说，"成熟了的杏儿，把儿松了，风一吹就落地了，风不吹也要落掉。成熟是胜利，也是悲哀。"

"谬论！"

"真理！"

她和他争执起来。其实，她早佩服了他无意间说出的话，却故意和他争执，企图引出他更富于诗意的话来。

他却早不计较自己说过的话是谬论还是真理了。是谬论，她也不会揭发批判；是真理，也不会被谁重视到写进哲学词典。没有任何意义，随口胡诌罢了。他对她说："我提议——"

她抿着嘴等待着——他要说什么呢？

"看着——"他指着吊在头顶的一嘟噜绿杏儿，说，"最下边这颗，你从那边咬，我从这边咬，看谁咬过谁吧！"

毛茸茸的酸杏儿　　35

"坏点子真多！"她歪一下头。

"有趣儿！你试试。"他怂恿她，"小时候，我们在山坡上割草，三四个伙伴争着咬一颗杏儿，看谁咬得准……"

她"咯咯咯"地笑着，和他同时站起，用嘴巴去吞咬那颗毛茸茸的绿杏儿。树枝晃着，杏子晃着，谁也咬不着。她开心地笑起来，他也哈哈笑着……

她没咬住绿杏儿，却碰到了他的嘴唇；一刹那间，那双强悍的胳膊搂住了她的肩膀，她也伸出了双手……俩人跌到树下去了。她和他全忘记了自己是站在树上。

跌下去了，俩人跌落在草地上还搂在一起。

绿叶如盖的杏树下，绵软软的草地上，她和他依偎在一起，感觉到了他嘴唇上的绿杏儿的酸味儿……

……

她招工回城了。一年多时间里，母亲给她介绍了七八个对象，她一律拒绝结识。母亲终于打听到她在下乡时交下一个男朋友，经过几次劝解，不得结果，父亲终于出面了。

"我们应该尊重莉莉的自主权。"父亲说，"但总得让我们知道他是谁，了解一下情况嘛！"

母亲憋气地斜眼瞅着她，到底憋不住了："说呀！他是个什么人呢？"

"他是个农民。"她说，"你们明明知道，还要问！"

"农民又怎么样呢？"父亲严肃地反问，"农民是我们国家的根基。我不反对你嫁给一个农民。"

母亲朝父亲撇着嘴角。

她一愣，瞧一眼父亲，又低下头。看来只有母亲一个投反对票了，父亲毕竟是领导干部。

"爸自小就是农民——放羊的农民。"父亲颇为动情,"解放后进了城,陕北家乡的农民来到咱家,我总是当上宾招待。我们不能忘记农民父老!"

这是真的,姜莉多少次亲眼看见过父亲和陕北乡亲在家里畅饮畅谈的场面呀!

"问题不在他是不是农民。"父亲说,"干部、军人、医生……无论干什么的,主要要看这个人如何。你说说,你喜欢的那位青年农民是个什么样的人呢?"

她倒慌了神儿。是啊,她和他在一个村子里生活过三四年了,只觉得喜欢他,一天不见他就心烧神乱,却从来没有来得及想过他有什么优点、缺点。他是个什么样儿的人呢?她也说不清白。

"他家啥成分?"母亲急了。

"贫农。"她说。

"是党员不是?"

"不是。"

"那么总该是个团员吧?"

"也……不是。"

"你看看!连个团都入不上,肯定是个落后分子。"母亲很得意,"你怎么能与这号人拉扯呢?"

"他写过申请,团支部老是怀疑他。"她说,"怀疑他想里通外国。"

"怎么会产生这样的怀疑呢?"父亲问。

"他喜欢研究国际关系。"她似乎才找到了话题,可以谈他的独特长处了,"甭看他是个农村青年,才二十出头,他到处搜集资料,把世界各国的政治、历史、地理以及民族风俗都研究了……"

"他研究这些干什么呢?"父亲惊奇了。

"他说他将来在国家需要的时候，准备出任驻国外的外交官。"她说，"他正偷偷跟一个中学老师学英语……"

母亲早已忍俊不禁，大笑起来，胖胖的身体笑得颤抖着，掏出手帕擦眼泪。她不能忍受母亲轻蔑的笑声，看看父亲。父亲冷漠地扭过头去，她看不清他的脸，就急忙解释说："他对非洲最有兴趣，如果能出任到非洲某个国家，他将来要写一部研究非洲的书……"

"神经病！"母亲挥着胳膊，没有耐心再听下去，"绝对是个神经病！"

"什么'神经病'！"她顶了母亲一句，"我觉得他……"

"起码可以看出他不成熟。"父亲的语气虽不严厉，却是肯定无疑的，"莉莉，甭计较你妈的话，她说得不准确。我看呢，咱们既不嫌弃他是农民，也不要想高攀未来的大使。我觉得关键是他不成熟，二十几岁的人了，有点想入非非？我想看见你找一个更稳当更成熟的对象。"

"我只是说他的兴趣和爱好。我压根儿也没指望他当什么外交人员。"莉莉说，"我就是要跟他这个纯粹的农民。"

"你呀……你也更不成熟。"父亲站起来，摇摇头，走出门去了。

随后……她听从了父亲的指导，与父亲的战友介绍来的一个青年结识了——这就是她现在的孩子的父亲。

他是个医生，一个真正成熟的人。他给她做饭，洗衣，做一切家务中的琐屑的事，从来不厌其烦，而且根本无须她开口。他从来也没有和她争论过什么问题，更谈不到吵架拌嘴了。即使她偶尔火了，他即刻就默然了，过一会儿又来嘘寒问暖。他从来也不说长道短，出门上班，进门做饭，他从来也不谈及医院里的任何是非，更不会像那个不成熟的乡村青年那样张口东南亚时局，闭口非洲大陆的干旱问题。她和他组成的这个小家庭，经济富裕，关系平静和谐，却也有点寂寞，甚至乏味。她从来也没有过欣喜若狂的一阵儿，从来也没有过心儿震颤的一刻，杏树上的那种疯狂的追逐和如痴如醉的依恋，再也没有重现过。近年来，在这样的家庭环境里，她发觉自己也变化了，变得既不会任性，也不会撒娇了，甚至说话也细声慢气的了……她也成熟了？

他说过，杏子成熟了，把儿也就松了，风一吹就落下来了，风不吹也要落下来。倒是那未成熟的毛茸茸的酸杏儿，那酸得使人不敢合牙而又不忍吐掉的味儿啊，留在心中，永难忘怀，什么时候一想起来，嘴角就会有酸水泌出来！

他在恢复高考制度的头一年，就考进了国际关系学院，而今确实做着驻某国大使馆的秘书工作。母亲鄙视的"绝对的神经病"人，现在正在重要的岗位上，为祖国服务。她现在既没有心思和母亲赌什么输赢，也不过多地遗憾自己丢掉了这样一个体面的丈夫，她现在更多地想着的，是父亲所谓的神秘的"成熟"的含义。

她刚才在电视里看见他在舷梯上回过头来的一笑，笑得自负，笑得顽皮，还是那一股火辣辣的进攻的精神，却依然看不出任何"成熟"的标志。

他大约永远都是个不会"成熟"的人？

她却"成熟"了，不可挽回地"成熟"了！

丈夫心平气和地走过来，坐下了。儿子也完成了作业，在小竹椅上坐下了。晚上有电视连续剧《陈真》，爷儿俩最快活的时光到来了。

她从沙发上站起来，端起茶杯，准备去备课。当她坐在桌前案头的时候，却怎么也集中不起思维来，眼前总有那么一嘟噜毛茸茸的酸杏儿……

1985年5月草成

11月小改于西安

到老白杨树背后去

　　从二楼的阳台上，可以观赏这个城市北半边的夜色。绿的红的蓝的粉色的窗帘，使万千个窗户呈现出五彩缤纷的色彩。夜是安静柔蜜的。夜总是夜。星光在城市的上空显得灰暗。月亮也显得冷寂无光。城市北边横亘西东的那一座山或者说是一道塬坡，逶迤伸展开去，看不见峰峦，看不清豁峪，只是一道模糊的雄伟的轮廓。山就是山。夜色里看不清峰峦和豁峪的轮廓，依然是不失其雄伟。

　　我喜欢浏览异地的夜色。这个黄土高原上的北方小城，三十万男女白天奔忙在大街小巷里，夜晚就在那一孔一孔绿的红的蓝的粉色的窗帘里头蜗居，于是就创造出这个北方小城不同于北京和广州的独特的色彩和氛围。哦！这是金关市的夜色。

　　我有点寂寞。我白天里观赏了这个小城可资骄傲的古董和现代文明的标志。这儿没有秦俑，没有唐王陵墓，却有瓷窑。这儿的瓷窑可不是一般随随便便的什么破窑，而是唐三彩的发祥之地。举世闻名的唐三彩马和三彩骆驼，首先从这几个坍塌淤塞的破窑里被创造成功，还是世界第一。我在这儿住着金关市最高级的一家宾馆，享受着超越了我应该享用的规格标准。我品尝了这个古老的瓷都风味奇特的传统小吃——辣得冒汗辣得舌根僵硬的荞麦饸饹。我的心里却又怎的滋生寂寞了？我希望见到一位熟人，一位生活在这个城市多年的熟人。和一位朋友，一个同学，一个旧时的同志，一个同乡，聊一聊，谝一谝，或者有幸被邀到他家去坐坐，我对一个陌生之地的陌生隔膜就完全打破了。这是我每到一个新地方的最惬意的事，说来不算奢望，有几回就真的如愿了，有几回只好留下寂寞和最终也未戳透的隔膜。

同行的和在金关城新结识的几个朋友在胡聊乱诌。我转进小屋，烟雾腾腾，空气浑浊。烟把儿从烟灰缸里溢出来，落在茶几上，和橘子皮花生壳混在一起。某个作家第三次结婚了，娶了个年龄相差十多岁的舞蹈新星；某走红的女作家和男人开始分居；某男作家和某女作家公开同居……性和爱和婚姻总是在一切角落里成为最畅通的话题，没听过的总想听，听到了总想说给还没听说过的人。

"咣咣咣！"

有人敲门。

门敲得这样响，完全用不着使那么大的劲儿。要么是急了，要么是个莽撞汉子。四五个人全都转过头盯着那门板，却没有谁打算立即跑过去拉开旋钮。我是觉得那门敲得太响太用劲，反倒不急于去打开它；然而毕竟我坐得离门最近，最终还是我拉开门。

一位女人，中年女人。她看我一眼，旋即就放弃了我，把一双灵活的眼睛扫向屋里，把坐在屋里床上、椅子上和沙发上的每个人扫瞄一遍，最终又把眼光落到我的脸上。我避开脸。

"这屋有个……辛程吗？"

我立即抬起头。一双疑惑不定的眼睛。眼睛的边儿和大角儿小角儿聚着皱纹。那些皱纹又几乎抹平了，像油漆匠在刷漆之前用砂纸打掉木板的沟缝儿，光了也柔了，然而总抹不掉隐藏的沟缝儿。那双眼睛虽无灵光，却很灵活，像淘洗得洁净的两只黑色套着白色的玻璃球儿。我看她看得这样仔细，却仍然认不出她是谁。我问："你认识辛程不？"

"认识。把他烧成灰我也认识。"

"那好。你就认吧！他肯定在这屋里坐着。"

她朝前走了两步，站到屋子中间，又一次扫瞄起每一位在床上椅子上沙发上坐着的人来，却不显得有任何难为情。她终于把眼光又集中到我的脸上，使我很不舒服，像面对一双汽车灯的强烈照射。她眼睛一眨，带着探试而又几乎肯定的口气说："你大概就是……"

屋子里的人都笑了。

玩笑至此，也就够了。我却惶惶然问："你是……哪位？""现在……该你认我了！你也好好认认吧！难道把我忘得一干二净了？真是贵人眼高……"

我简直不敢相信这就真的遇上她了……

偏斜的太阳在山坡上闪耀。酸枣棵子繁密的小叶子变黄了。胡须草的长叶晒成了灰白色。好久没有落雨了。铁刷子草顶耐旱，叶子凝聚成乌黑色。马刺蓟花儿像紫色的绣球儿缀在焦枯的满布着小刺儿的茎秆上，无精打采。蚂蚱在声嘶嗓干地叫唱。太阳太刺眼了，那焰光灼得人不敢抬头；稍微溜一眼，就头晕目眩，眼前发黑。

我们躲在沟道里。沟道里有三五十株白杨树，这沟道就叫白杨沟。白杨树抖抖擞擞地冒出黄土坡沟的夹缝儿，把枝枝梢梢伸向蓝色的天空，地上就落下一大片阴凉。春天时沟里流一股水，旱季里就断流了，只有湿漉漉的沙土，津津地渗出水珠儿来。白杨独占这一方风水地，得天独厚，枝叶茂密，树干光滑滋润。沟里有小潭，水不外溢，也不见少，大约渗出来的水正好够挥发的。水潭边的软土湿泥里留着分作两半的硕大的牛蹄印，也隐现着梅花瓣儿似的野兽的足迹——许是狐狸，也许是狼。反正旱季里山坡上的水是稀罕的，放牛娃把牛赶到这里来饮水，狼和狐狸也会嗅到水的气味的。

草笼扔在一边，磨得明光灿亮的草镰也撂在地上。等太阳绕到那道高粱背后，四面山坡上不见阳光的时候，我们才动手到崂坎上去割草。

四个人围坐在白杨树荫下，抓石子儿。七颗五色的小石子，像麻雀蛋一样，褐色的、紫红的、紫黑的、乳白的……全是从沙土里掏出来，洗净泥沙；撒开来，抛起一颗，再抓起地上的，接住空中落下的那颗；有单抓，有双抓，还有"一二三"的抓法。四个人分作两家，对门为朋友。玩起抓石子，我们三个男孩子全敌不过薇薇。轮到薇薇抓的时候，我就一眼不眨地盯着。她抛起一颗石子，再轻巧地抓起撒在地上的两颗，然后翻过手来，接住空中即将落地的那颗石子；灵巧的手翻来覆去，一张一合，石子在手掌心撞得"当当"作响；那眼睛低下来又翻上去，两条小辫子有节奏地跳弹着……我常常看得忘记了轮着我抓。

玩了三回，我就兴味索然，或者说从一开始我就热情不高。我总希望和薇薇做对儿，不光图赢。再开始用手心手背配对家的时候，厚儿和薇薇同出手心，而我恰恰和喜娃都出了手背，我没兴趣了，提议说："玩'过门'吧！"

喜娃首先响应，厚儿也同意了。薇薇不吱声，却没反对，她无疑爱当新娘子。

喜娃、厚儿和我争执起来，争着要先当女婿。薇薇说还是用"猜崩猜"决赛来确定轮流做女婿的先后顺序。我胜利了。我们三人爬到火样烤晒的山坡上，选择自己喜爱的野花，准备装扮新娘子。野豆荚吊着一串串豌豆花一样的花朵，紫红发蓝，很讨人喜欢；而一想到这种野豆荚又叫狼豆荚，我就放弃了。黏草花粉红粉红，挺好看，可那枝叶上分泌出一种黏汁，碰一碰就会染上黏糊糊的东西，一定会把薇薇的头发给粘在一起。秃子草花黄澄澄的，像去了清的蛋黄，粉嘟嘟的煞是好看，唯其名字不雅，不大吉祥，我也没摘。我爬到坡顶上，在一堆乱石岗上，看见了一片野蔷薇，红的花白的花粉红的花开得一片灿烂，花团锦簇，成疙瘩结串儿。

我捏着一把野蔷薇花儿从坡上跑下来，头上冒着汗，手指被小刺扎破了，火辣辣地疼。薇薇盘腿坐在草地上，羞答答地低着头。我手足无措了。喜娃提醒我快给新娘子插花。我跪在薇薇面前，把一枝一枝红的白的粉红的野蔷薇插到她的小辫上、头顶上。我这才发现，薇薇在我们采花的时候，在水潭里洗过脸了，头发也用水抿抹得平平整整，水津津

到老白杨树背后去　43

的了。

喜娃做礼宾先生："拜天地。跪好！你俩并排跪好——"我跪在草地上，偷偷扭过头；薇薇也跪下来，有点忸怩，显出羞答答的样子。

"一拜天神——叩首！"

我双手撑地，沙土地凉凉的，点一下头，再点一下头，一共叩了三下。薇薇缀满野蔷薇花枝的头也低下去，又仰起来，磕了三下；红的白的粉红色的花朵摇摇闪闪，甩甩蹦蹦。

"二拜地神——叩首！"

我和薇薇照例认真地叩拜三回。

"三拜祖宗神灵——叩首！"

三拜之后，我挺直跪着，不知下来该怎么举动了。喜娃长我两岁，经见多些，并不慌急，扯着悠悠的嗓门（简直跟村子里的礼宾先生二太爷的调门如出一辙）喊："奏乐——"

喜娃喊过，把双手卷成圆筒，套在嘴上，吹起喇叭唢呐调儿，"呜——哇——嚓"。厚儿也跟着吹起来，双奏乐。

"入洞房——"

喜娃忙里偷闲，吹着兼喊着。他喊了"入洞房"之后，我却愣着。洞房在哪儿？该往哪里走？

"到老白杨树背后去！"喜娃急嘟嘟地喊。

我还是不明白："到老白杨树背后咋办？"

喜娃不耐烦了："跷尿骚呀——"

我和薇薇悠悠走着，并肩齐排儿，那棵老白杨树变得陌生而又神秘了。跷尿骚，就是说要用一条腿从薇薇的头上跷过去！大人们结婚时，怕新娘子疯长，跷了尿骚就不再长了。我和薇薇走到老白杨树下，默默地站住了。

薇薇低着的头仰起来，头上的花串摇摆着，衬得那脸儿粉嘟嘟的，像一朵粉红色的野蔷薇。那双眼睛已少了羞怯，而涨出一缕难受的惊恐的神色，求饶似的说："哥呀！你甭跷了，我还要往高长哩！"说着，那双眼睛里潮出了泪水来，迅即溢满了眼眶，闪闪颤颤，眼看着要滴流下来。我忽然难受了，忙说："反正是玩哩！你咋就当真了？算了算了，不跷……"

她妩媚地笑了，一甩头，就跑了。

喜娃早等着。薇薇又盘腿坐下。喜娃把他采的一把野花往她头上插。我的那些野蔷薇被取掉了，扔在地上。我站在旁边，看着被扔在草地上的红的白的粉红色的野蔷薇，有一种说不清的冷寂。看着喜娃在她的小辫上和头发里插花儿，我顿然厌恶起他的手来。那手指捏着她的有点黄的辫梢，令我十分反感。我想抢上一步，把他捏弄她小辫的丑陋难看的指头砸断。我情急中终于生出一个借口，把他插到她头发上的花儿拔了，摔到沟底里。

"你……干啥？"喜娃气呼呼地仰起头。

"那黏草花，黏糊糊的，把薇薇的头发会粘成一窝麻！"我说，"你这个笨熊，采的这些烂脏花！"

喜娃傻乎乎地醒悟似的笑了。他自己也扔掉了黏草花，又一心一意把那些乱七八糟的野花插到薇薇头上。他对我说："轮你当礼宾先生了，喊吧！"

我冲口而出："我不会！"其实那几句简单的仪程是难不住我的。想到让他和薇薇拜天地做夫妻，我心里的那种别扭劲儿继续加剧。我喊不出口来。

只好由厚儿做礼宾先生。

在厚儿用双手代替喇叭唢呐的吹奏声中，喜娃和薇薇朝老白杨树走去。我没有吹。厚儿单独的吹奏显得很单调。我跟着喜娃和薇薇到老白杨树下。喜娃说："洞房里不许来。你刚才入洞房，我就没去。"

我知道不该来，然而我要来。

喜娃支不走我，只好忍让了，转脸对薇薇说："你蹲下去，我要跷

到老白杨树背后去　　45

尿骚呀！"

薇薇难为情地说："甭跷吧！我要长高……"

喜娃说："不跷尿骚，就不算玩'过门'。"

他说着，就用手按压薇薇的肩膀。我早已不能容忍，跳上前去，一拳打在他的耳根上。喜娃恼了，猴急了，转过身，回击一拳，砸在我的脑门上。我眼里金花乱冒，仰八叉跌倒在地。喜娃趁势压在我身上，气呼呼地说："你当新郎时，我给你当礼宾先生，又吹喇叭，又吹唢呐；轮我做新郎了，你啥也不干……"

我自知理亏，心里却不服气。

薇薇把我们拉开了。厚儿喊："轮我做女婿了……"

薇薇笑着哄厚儿："算了算了。你看，为做女婿都打起来咧！这样吧……你们仨把自个采的花儿，全都插到我头上……"

厚儿最小，也最好说话。他把他采的花就往薇薇的头发上插。喜娃也插了。我也把那些野蔷薇花儿捡起来，插到薇薇的头发上。

薇薇的头发上和小辫儿上，缀满了各色各样的花儿。红的白的粉红的野蔷薇，紫红的野豆花，黄色的秃子花，紫色的马刺蓟花儿……山坡上夏季里所有的花儿都被我们三个采来，插到她头上了。坡地上收割过小麦的塄根下残留着几枝晚熟的麦穗儿，我也掐来了，吊在她的两条辫梢上。她的头上缀满了五彩六色的野花儿，像个花仙，像个花神，像个山野里的花的精灵了……

"没料到你成了作——家！我那时候咋就看不出你会当作家！"

"瞎碰……"

"我那时候只觉得你很犟。'犟牛黄'……"

"沾了一点犟的光，也吃了不少犟的亏。"

"你小时候好强。好强得很哩！"

"沾了好强的光,吃亏也吃在好强上头。"

"犟人,好强人,都有出息,也都遭难特多。"她说,"我看电影,听广播,那些成大事的人,都是些犟人,都是些好强的人,又全都是些倒霉蛋。倒霉得要死,可还是犟……"

"唔!对……那些电影几乎千篇一律。"

"而今该你走运了——知识人儿吃香了。你的工资提了吧?"

"提了。"

"写书听说很挣钱?"

"挣是挣,也不怎么样,不及经商挣得快。"

"一个字多少钱?"

"一二分。"

"啊呀!才一二分!我听人说几毛哩!"

"……"

"家属户口进城了么?"

"进了。"

"城里分房了没?"

"分了。"

"多少平方米?"

"二十多……"

"二十多平方米?还算照顾知识分子?我想你该一百多哩!那怎么住得开!"

"我还住在乡下。户口进城了,没搬家;只是不种责任田了。"

"啊呀!你这个人不知打的啥主意!住在乡下做啥?离不得那个山沟?下雨街巷里烂得像猪圈。吃的还是那股泉水,听说上边村子的女人在泉水里洗褯片子……"

"我图清静……"

"噢！对咧！你怕人打扰，这倒也是。不过，我看过你写的一篇小说，叫《收获》。你把那个烂山沟写得好美！我咋就看不出想不起有啥好看的好美的。我就记着那洗过裤子的泉水，一想到喝那水、吃那水做的饭，就恶心，就起鸡皮疙瘩。我从你的小说里看到，还是没啥进步，还是人拉独轮车，还是裤子水！不就是破白杨沟吗？你可写得诗情画意。怪道人说看景不如听景……"

我有点惭愧，有点惶惶然，有点被揭穿了西洋景后的尴尬。然而，我又有点犟起来。难道我和喜娃和厚儿给你头发上和小辫上插满的香气四溢的野花不能留在心里一点什么吗？我有所期待，希望她能记得那使我永难忘记的童年在白杨沟里的嬉戏。令我彻底失望的是，她漫不经心地把话题转移了。可见，白杨沟里她插满鲜花的花的精灵、花的神、花的仙的形象已经统统湮没了。她在嘲笑自己家乡的贫穷落后，甚至比一位异乡人还要刻薄。我有点心酸。

"那年我回去，我舅没在家，到渭北买粮去了；我等了两天，半夜里他拉回来几口袋苞谷，像做贼似的。我每年都给舅家寄钱，简直是填不满的穷坑，闹得我的日子老也不得宽展。一想起来我都头疼，怎么也想不到家乡有什么可爱……我十多年没回家了，老也不想回去。"

"我这……纯粹是……文人多情……"

"你也写点城市人的小说嘛！农村小说……谁看！我反正一看见猪呀牛呀穿大襟的女人呀就烦了……"

"当然……城市总是文明……"我想把话引开，不要再说家乡的话了，"你在这儿，生活还好吧？"

"可——以。"她拖出很长的一种调门，像秦腔戏演员起唱之先的一声叫板。这声叫板的调儿，就给将要唱出的大段戏文定下了调子，或是花音慢板，或是二六板，抑或摇滚板。她说，"俩娃都工作了，可以养活自个了。老头子跟我的工资吃不清用不完，行啰！只是老头子……不大顺心……"

"有什么不顺心的事呢?"

"按说啥事也没有,全是自生的不自在。这也看不惯,那也听不顺,广播上一句新名词就听得他火冒三丈,电视上一个镜头就惹得他骂爹咒娘。我说,何必呢?人家广播上说要重用知识分子,就用呗!人家电视上演那些搂搂抱抱的戏,让人家搂去抱去,干着你屁事啦!你该拿的工资拿了,该住的房住上了,就吃点好的过个安宁日子行了……"

"他做什么工作?"

"保卫科长,几千人的大厂子的科长。虽然而今时兴文凭,保卫科长的位子还稳当着哩!再说……唉!这老头子也是个犟人,死脑筋,总说自己亏了……"

"怎么会亏了呢?"

"他当兵那阵儿,在青藏高原开车。雪下得半人深,车开不过去,旁的人都钻在驾驶楼不敢出来,这个犟家伙硬是用铁锹把几十里公路铲开了。他立了功,当年国庆就上了天安门观礼台,见了毛主席,照了相。回来就提拔了干部……"

我早就听说过她丈夫的英雄事迹了。二十多年前,这位英雄司机,因为上过北京,因为受过毛主席的接见,轰动了我们小河两岸的十里八村。亲戚和媒人挤得碰破了脑袋,竞相把自己熟悉的最好的姑娘的照片掏出来,展示在英雄面前,说人如何贤淑,家教多么严格,模样最最疼人了……小镇上的照相馆因此骤然兴隆起来。英雄眼力不错,在纷如花瓣般的照片里,终于瞅中了薇薇。我那时正读中学,城市里的中学离我们的小河川道几十里远,周日我回到家中,就听说了薇薇许配英雄的事。当晚,薇薇来到我家,喜不自胜:"他在青藏高原开车,雪下得半人深……"我却张大嘴巴喘不过气来……

我崇拜英雄,尤其是那些舍生忘死慷慨激昂的悲壮人物。岳飞、牛虻、董存瑞……这些古今中外忠肝烈胆的英雄,常使我心潮激荡。可

到老白杨树背后去 49

是，当我听完薇薇以完全佩服倾慕的口吻述说完这位英雄的时候，我心里却怪不是滋味。我闭口不语，低下头，不想看她得意的脸。

"定下阳历年结婚哩！"

"恭喜。"

"到那天，你去送我。"

"我……上学哩！"

"阳历年学校放假！"

"放假……我也不去！"

她似乎这时才意识到我的情绪不好，忽然哑了口，出气粗了。我抬头看了她一眼，她的脸憋得通红，泪水涌出来，慢慢站起，转身走出门去。我没有送她。

我很快就意识到我的毛病又犯了。我想起在白杨沟里玩"过门"时和喜娃打架的事。我稍一冷静下来就想到，其实我和薇薇没有任何契约，婚姻的事连提也不曾提过，我为什么恼怨人家订婚的事呢？我的忌妒心太强了！我真坏！我凭什么给薇薇使性子？我决定元旦到来的时候，去送她，也弥补我的无礼。

按我们乡下的风俗，女子结婚时，亲门本族的人要去送嫁女自不必说，整个村子里年龄相仿的男女青年也要去送；在男方家里参加过婚礼，吃一顿丰盛的宴席，也给出嫁的女子壮一壮声威，自然人愈多愈好。薇薇是五叔的外甥女，她的母亲和父亲因为什么可怕的原因，双双喝毒药死了，薇薇就在舅家被抚养长大。因为这个原因，送嫁的人特别多。

五挂马车一溜排开，马头上挽着红绸，车上坐着穿饰一新的男女。我也坐在马车上，听众人嘻嘻哈哈说笑，说薇薇命大，跟下了个好女婿——小河一川十里八村谁家姑娘能嫁一个跟毛主席照过相的女婿呢？

我却想起白杨沟里的游戏来——

"入洞房。"

"洞房在哪儿?"

"到老白杨树背后去。"

"到老白杨树背后咋办呢?"

"跷尿骚。"

……

英雄家住水湾村。马车一进村口,新郎和一帮男女就站在那里迎接。新郎一身军装,好不威武,关公脸,剑眉,五官端正,一派英气,自负而又谦恭地礼让着客人。相形之下,我简直觉得自己太穷酸了。

院里搭着席棚,棚下摆着桌椅,我们一伙送嫁的客人坐定之后,水湾村的一位干部模样的人主持了婚礼,他喊:"新郎新娘就位——"

新郎和新娘先后站在主席台前。

"第一项,向毛主席像行鞠躬礼。"

俩人先后转过身,向毛主席致了礼,又转过身来。英雄虽是新郎,仍然腰板挺直,保持着军人英武的姿势。薇薇却一直低头站着,脸膛红扑扑的,羞答答的样子。

"第二项,宣读结婚证书——"

我听不准那位干部念着结婚证书的干巴巴的声音。我又听见了喜娃当礼宾先生的声音。这儿进行的是革命化了的婚礼程序,喜娃却记着乡村里古老的婚典仪程。新式的或旧式的仪程全都无关紧要了,我的耳际只是轰响着一百个喜娃的声音:

到老白杨树背后去……

到老白杨树背后去……

到老白杨树背后去……

……

我忍受不住耳际的轰鸣了。我已经飞快地走出水湾村村巷了。我不知道自己是怎样溜出那个陌生的屋院的。我不敢再想"老白杨树背后"

到老白杨树背后去 51

将会发生什么事……我憎恨那个英雄。扫几十里雪有什么了不起！如果扫雪能取得和薇薇"到老白杨树背后去"的资格，我会发誓把世界上的雪扫除光净！然而毫无办法。我那年刚刚十七岁，第一次领受到了空虚的折磨。我虽然自幼备尝生活的艰辛（因此取下笔名"辛程"），痛苦过，难受过，委屈过，屈辱过，却从未感受过空虚的滋味；现在我有了人生的第一次空虚的感受了……薇薇和那位扫雪英雄"到老白杨树背后去"了呀……

"我们这么多年里，还是可——以的。沾老头子的光，我随军当家属了，在军人服务社工作。他后来'支左'，倒是免了灾难；要是在工厂或党政部门，就是'走资派'，非挨斗不可。再后来就复转到工厂当保卫科长……没遭啥大灾横祸。不像你，一个乡村教员，还挨了批斗……"

我虽已过不惑之年，然而老毛病又发作了——我又忌妒起来。几十年来，翻来覆去的名目繁杂花样翻新的政治运动，稍有作为的人乃至毫无作为的庶民百姓，有谁能完好无损呢？我几乎没有听到谁说过他几十年来活得自在。薇薇说她和她的老头子"没遭大灾横祸"而活得基本自在，我又忌妒了！

那年冬天，大约是薇薇随军离开家乡之后第一次回归，为的给舅舅（我的五叔）奔丧。丧事完后，她和她的老头子到我任教的乡村学校来看我。她和他正好看到了我一生最狼狈最悲凉的形态。我的屋子兼办公室里贴满了大字报，门上和窗上贴着像给死人办丧事一样的白纸对联，内容是毛主席送瘟神的诗句：

"借问瘟君欲何往，纸船明烛照天烧。"窗角上吊着一只用白纸糊成的灯笼，那同样是乡村里给死魂野鬼照路用的丧灯。她来了，他也来了。她有点难受，眼角湿湿的；他却暗暗用眼睛瞅她，有所示意，有所警告。他对我说:"你还年轻嘛!大风大浪中难免迷路。犯了错误不要紧嘛!斗私批修嘛!回到革命路线上来嘛……"

她和他走了。我送她和他出了门,走上公路;我连头都抬不起来。我想到了我偷偷逃脱他们的婚礼的举动。我想到我曾经忌妒她和他"到老白杨树背后去"了。生活实际证明她和他"到老白杨树背后去"是走对了脚步;如果和我"到老白杨树背后去"的话,她会有今天的这种风光么?我真切地感到了我忌妒薇薇的阴暗心理。我痛切地感到了我的忌妒行为的卑劣。我真坏!坏得该当"纸船明烛照天烧"!像第一次感受空虚的滋味一样,我又第一次感受到了绝望的滋味。绝望是人生中最大的不自在。她和她的老头子却活得自在!

"我这人容易满足。房子比不上教授标准,可也够住了;吃的虽不是山珍海味,一天总要炒俩菜;彩电洗衣机录音机也有了。我是满足了。我想咋也比在舅家给牛割草的日子好过了。老头子这人犟得很,对目下的新潮流扭不过弯儿,自寻烦恼,自寻的不自在……"

"他做好工厂的保卫工作就行了呀!"我劝解说,"何必……"

"我也这样说哩!"她说,"谁知他……"

她约我到她家去做客。

我谢绝了,为此而想出了许多理由,甚至谎话。

她告辞了。我送她到大门口。她很快就隐入朦胧的灯光和月色里。她一句也没提我们在白杨沟的游戏,是忘了还是根本就当作游戏而不值一顾?这样动我心魄令我空虚令我猴急更使我彻底暴露出忌妒的恶劣天性的游戏,又怎么能完全忘记完全不值一顾啊……

哦!我的白杨沟里的老白杨树哟……

1986年11月22日

于白鹿园

两个朋友

一

王育才和媳妇秋蝉的离婚案还在民事法庭赵法官的卷宗里悬着。这场旷日持久的案件已经持续了五个年头。王育才和秋蝉以及双方的亲戚朋友都被这场官司拖得精疲力竭身心交瘁却又欲罢不能。

五年里王育才三次起诉,三次均被赵法官判为不予离婚。按照民事法庭现行的规矩,一经裁决为不予离婚后要再次起诉,必须有新的理由而且要在半年之后。理由总是可以找到的,唯有时间无法通融,再难熬也得熬过半年六个月一百八十多个日日夜夜。民事法庭还规定,离婚双方或一方如果不服判决进而提起上诉又被上级法院驳回维持原判,那么要再起诉,除了更充分的理由之外,时间的规定要在一年之后。王育才第二次起诉就发生了这种情况,他硬硬地熬了整整一年才得以第三次向民事法庭重提旧案。现在,他已经做好了第四次起诉的一切准备,主要当然是状子,另外花在排除亲戚朋友苦口婆心劝解上头的力气也比前三次更多。

王育才挟着装有离婚申诉的黑色皮包走进桑树镇民事法庭的小院时,正好碰见急匆匆去上厕所的赵法官。赵法官只是减慢了脚步而并不驻足地说:"老主顾又来了。"王育才苦笑一下说:"我不来过不成日子。"随之装出大不咧咧的样子说,"你要是烦了,干脆给我判个离婚算尿了,我也就再不麻缠你了。"赵法官已经走到小院墙角的厕所门口,一只手下意识地去解裤扣,回过头来笑笑:"不烦不烦我不烦,我吃的就是这碗麻烦饭嘛！你才起诉了四回，这不算个啥；经我手判的一个离婚案男方起诉了十一回，前后经过十七年。你这四五回只是一般纪录。"

王育才听了就哑了口，像是中了一位法咒无边的禅师点来的定身法，立在那儿僵住了手脚。

二

秋蝉用独轮小推车刚刚拉回一车苞谷秆子，她满脸淌着汗，解开捆绑的皮绳，再把干透的苞谷秆子垒堆在场院里。邻居一位抱着奶娃的小媳妇半裸着胸脯，一边给孩子喂奶一边说："嫂子你而今还拉那苞谷秆子做啥？我要是你连麦子都不种了。"秋蝉笑笑，继续卸下车上的苞谷秆子。这种话她已经听得太多，不屑解释了。她去鸡场买小鸡，女人们甚或男人们见了也说："秋蝉你如今还买那些毛草子货做啥？"她去卖鸡蛋，人见了又说："秋蝉你而今咋还卖鸡蛋？你该吃鸡蛋才对哩！"她干啥人都说她不该干啥，而应该吃好的，应该睡，应该逛，应该好吃好睡逛好好享福。这其中不言自明的原因是她的男人而今挣了大钱了，钱多得乡党邻里无法猜清估准其数目，总而言之多得很，秋蝉何苦还要一篮一篮卖鸡蛋一车一车拉苞谷秆子呢？秋蝉最清楚自己究竟存下多少"货"，虽然绝对不像人们纷传的那么厉害，倒是确也攒下了万儿八千的存款。无论如何，她在感到虚名徒有的压力同时，也感到许多被人羡慕的愉悦。截至现在，她还不曾打算好吃好睡好逛。她继续精心养鸡继续咬紧牙关卖鸡蛋，继续拉苞谷秆子当柴烧既节省了买煤的开支又烧热了火炕。育才给她买下电褥子，她锁在箱子里不用；对人说是怕触电怕睡不踏实，其实是怕花了电费。电价公家一度收二毛二，本村电管员一度收三毛五。电管员私抬电价而且理直气壮："而今小到一根针大到彩电哪一样价钱没翻几个筋斗？要说没涨价，只剩下良心，反倒掉价了。我管电，电不涨价，难道叫我喝风吃屁不成？"秋蝉就憋足劲儿拉苞谷秆子，省了煤又省了电。"你涨得再贵，总不抵我不用不买。"

车上还剩下一抱苞谷秆子没有卸下来，她的大儿子小强骑着自行车放学回来，把一只黄皮信封塞到她手里。她看看落款竟是"桑树镇民事法庭"几个红字，就不由蹙紧了眉头，一道不祥的阴影立即掠过心头，她撕拆信封的手指紧张得发抖。信瓤是一页铅印的传讯通知，要她后日到桑树镇法庭过堂——她的男人王育才提出要和她离婚，已经申诉到桑树镇民事法庭了。

说是晴天霹雳一点也不过分。秋蝉看罢传讯通知，眼前一黑险乎栽倒，一股恶心的浊气从腹腔蹿起冲到喉咙口堵在那里。她的儿子小强一手扶住车子一手搀住母亲，吓得惊叫起来。那个给娃子喂奶的小媳妇也跑过来，一边搀扶她一边瞅着掉在地上的信皮和信瓤儿，再也不说嫂子不该拉苞谷秆子的玩笑话了。秋蝉已经没有力气卸下小推车上最后一抱苞谷秆子，她强挣着走回家去，扑倒在炕上就号啕起来。她感到羞辱又感到委屈。她没有丝毫的精神准备，无法承受这晴天霹雳般的打击。她被最不幸的家庭灾难只一下就击昏了。她现在根本无法厘清这突发的灾难的来龙去脉，只觉得自己活到了尽头，照耀她的九十九个太阳和九十九个月亮全都在一瞬间熄灭了，眼前是永不复明的黑夜。她的脑子里一片昏天黑地一片混沌。她的胸腔里骤然聚满了恶气又排泄不出，整得她几次哭得闭气，亏得隔壁邻里的女人们用针尖戳她冰凉的手指扎她冒着冷汗的鼻根，她才还过阳气来。霎时间，这个令人羡慕的家庭的里屋和庭院，就弥漫起混乱和破败的灰暗气氛。

阿公和阿婆是在天麻麻黑的时候走进儿媳的小院的。老两口后响上磨子，"轰隆轰隆"作响的磨面机房里没有闲人来传递消息；当他们头发和衣服上扑着一层白茸茸的面粉推着面袋走回家时，立即就有好心的乡邻向他们通报了儿媳秋蝉家里发生的变故。老汉顾不得掸去面粉就跑来了，女人颠着一双稀世的小脚也急火火赶来。阿婆倒是有主意："甭哭！秋蝉。他想离婚就离了？这事全由他了？他想离婚得先埋葬了我！过堂时你甭去叫我去，让他跟我说这婚咋个离法儿……"阿公坐在椅子上吸着烟，不劝也不叹。外人纷纷离去后，阿公才说："你先甭慌，事情嘛总有个了了；明日我去把他叫回来，叫他先跟我说个张王李赵。"说到这儿，老汉才忽然想到，儿子育才住在什么地方自己根本不知道。他问儿媳，秋蝉也不知道。他的儿子在西安发了大财，他却从来也没有被儿子邀去做客，临到有了急事需要找儿子时却弄不清他的单位和地址。这一瞬间，婆媳和阿公三人几乎同时想到一个人——王益民。王益民是儿子育才的好朋友，育才的情况他比做父母和妻子的要知道得多。于是翁婆媳三人立即统一了举措——立即去找王益民。

王益民是本村小学校教务主任，晚上宿在学校里。王子杰老汉找到他家里又找到学校，堵在心里的火气就再也无法忍住不发了："益民呀！你看育才这狗日的咋么就生出六指儿来了？好端端的安宁日子一下就给搅得云天雾障！你明日领我去寻他，我只说一句话，叫他先杀了我再去离婚。法院传票后日过堂只有明日一天时间了，益民你无论咋说也得抽空请假领我去寻那个狗日的东西……"王益民也很震惊，只是远远不及子杰老汉么强烈罢了。他其实早有预感或者说精神准备，今天发生的事实不过是对于以前的某种预感的证实而已；然而他还是自然地表现出一种震惊。他首先安慰盛怒不息的老伯，然后立即答应明天去找育才，说无论育才干啥忙事紧事都定得拉他回来见父亲说清道明；再下来就劝老伯不要亲自去，一旦说得不好育才拉起硬弓不回家反而更糟……子杰老汉完全信任地听取了益民冷静入理的劝告，把至关重要的切肤切心的事交给益民去办理。

三

　　王益民第二天一早就出了校门。他做好了找人的准备，所以骑自行车不乘公共汽车进城。初冬的田野，已显示出冬天的肃杀和冷峻。

　　一切变故的根源，也许是从王育才离开学校开始发生的。育才被一位高中同学拉去搞什么公司，他给乡政府写了停薪留职报告，就去老同学兴办的一家公司做了会计。那年寒假的一天，育才半夜来敲王益民的门，说妻妹来了屋里住不开，要他学校办公室的钥匙。第二天他到学校去找他闲聊却已不见踪迹，钥匙也未留下来。他又找到育才家里，秋蝉睁大眼睛说不仅没有妹子来家更没有见育才的影子。王益民开始心生疑窦。他见不着育才得不到钥匙，又轮到他护校的日子，于是就砸了锁子进了门。他看见满地都是带把儿的烟蒂以及糖纸糕点盒子和饮料罐子；揉皱的床单上有一坨污痕，那是男人的排遗物，令人一见就恶心顿起。从地上尚未干涸的一堆痰迹判断，王育才昨晚还睡在这里。于是，他就完全肯定了王育才借他的房子干什么勾当了。这年春节王育才回到龟渡王把钥匙交给他的时候，他不无生气地揶揄老同学说："这把钥匙留给你做纪念吧！锁子已经砸了扔了，还要钥匙干什么？"王育才连连道歉，说他忘了交还钥匙，万万料想不到第二天就乘飞机去广州出了急差。王益民想戳穿这个急就的谎话，却又碍于面子上拉不下来，只好以明白装糊涂，听他大谈特谈广州的新潮新景儿。

　　春节后新学期开始，一位老教师向王益民彻底揭开了发生在他的办公室里的秘密——

　　那天晚上轮着我和小刘老师护校。王主任你知道俺俩是老对手，下棋下到三点还落马不下来。我想拉屎，就急匆匆往厕所跑。从厕所出来经过你的办公室门口时,我听见里面有打鼾声,心里就奇了,想王主任你啥时候悄没声儿睡到里头的?回到房子跟小刘老师一说,小刘老师说王主任也是个棋迷咋能不来观战悄悄就睡了呢?他拉着我去看个究竟,在门口窗根下听了半晌又听出一个女人睡梦中的一声呻唤。我吓得跑了,心想,王主任怎么跟老婆放着热炕不睡跑到学校来过夜?小刘老师也跟着跑过来对我说,肯定不是王主任,咱们必须弄清楚谁睡在里头,这是护校的责任。于是,我俩敲响了门板。好久才应了声,好久都没拉电灯。灯亮门开之后,万万想不到是王育才老师和一个女的。那女人你猜是谁?是吕红。我已经羞得难以和王育才老师说话。王育才老师到底是熟人,也有点尴尬。可人家而今到底经见了大世面,比不得咱们这些四堵墙里圈定的"小教儿"孤陋寡闻,不开化。一会儿人家就没事一样掏出纸烟来让俺俩抽,还大谈神谈他出门不是飞机就是软卧,一桌饭吃掉两千多块把"老广"都镇住了。俺俩穷"小教儿"倒给他吹得忘了自己是干什么来了……

王益民先是叮嘱白发已现的老教师,后来又叮嘱小刘老师,到此为止,再不要扩大宣扬。他随之就为自己调换了办公房子。他在那间房子里总莫名其妙地瞅着那天发现痰迹的地方出神,瞅着自己床单上那已经洗得绝无痕迹的地方心里仍止不住恶心。于是他换了房子。他把那条床单撕成布条扎了拖把;他把被子洗了烫了仍觉得心里毛森森的,于是破费买了一条被罩把被子罩起来。自从老教师彻底揭开这桩秘事一直到他完成那一系列"净化工作",他心里总是嘀咕着一句话:这人怎么就没羞了呢?

王益民和王育才自幼交好,俩人一起从小学一直念到初中毕业,王益民被保送到师范学校而王育才考取了高中。王益民曾经后悔自己上了师范只能去教小学而失去了争取受高等教育的机会,可后来的生活演变却使他庆幸不已。"文革"后他被分回本乡小学,有工资有商品粮;王育才返乡回家当了农民。王育才的父亲解放前当过两年保长被列为专政对象，王育才自然成了村子里最倒霉的青年。为王益民说媒提亲的人踏细了门槛，王育才家却门可罗雀无人光顾，直到王益民喜添贵子而王育才依然孑然一身。

王益民每每看见王育才低头奋脑的样子心里就十分难受。他越来越明确地意识到，如果他再不给王育才帮忙想办法，王育才一辈子就完蛋了。适逢王益民被提拔为教务主任有了说话的身份也有了说话的机会，他便大胆地向公社举荐王育才到自己的学校来当民办教师。公社竟然同意了。当他把这个喜讯告知王育才时，王育才却连连摇手说自己根本不适宜做老师。

看来不是谦虚，也不完全是背着"保长父亲"的政治压力，主要障碍来自王育才的内向性格。王育才怕羞，这个人已经长到二十大几仍然羞羞怯怯。他从来不在任何人面前抢说一句话。几个人围在一起闲谈，他总是悄悄默默站在外围或坐在人背后静静地听着，笑也是羞怯怯的样子。像他那样羞怯的神气别说男子汉很少有，在造反精神激励下的女学生女青年也无法与他相比。他的羞怯不是强装的而是真实的，课堂上猛乍被老师点名回答问题，他未站起脸就先红了，脸一红眼里就潮起一缕羞怯的雾气，说话也就磕磕巴巴了。从小学启蒙一直到高中毕业的漫长的读书生活中，他从一个纤细的少年变成了一个体魄强健的男子汉，自然发生了许多重大变化，唯有害羞的样子有增无减。他在整个高中阶段的学习，是他认识自己的重要阶段。他的数学和理化科目总是列全年级的前茅，他对这些学科的兴趣愈来愈浓。他相信自己肯定会进入名牌大学。即使这样，他在被老师表扬被同学欣羡以至嫉妒时，仍然羞羞怯怯地抬不起头来。相比之下，那些学得好同时也骄傲到蛮横的学生与他就形成了鲜明的对比；同学和老师更喜欢他亲近他，觉得他那根深蒂固的羞怯里蕴藏着迷人的色彩。

王益民和王育才自小玩耍长大，村子背后的山坡和村子前面的河川处处留有他们相依相伴的足迹。他们春天背着草笼提着草镰到坡沟到河岸去割青草，冬天里像大人们一样腰缠绳索肩扛镢头到山坡上去挖柴火。他们夏天在刺丛中搜捕绿色的蝈蝈秋天又兴味更足地逮捉蛐蛐，为此几乎踏平了山坡上的每一丛刺棵翻遍了村子里的每一堆砖石瓦砾。他们背着母亲多掺了白面的馍馍第一次走出偏僻的小村龟渡王到桑树镇读中学的时候，几乎同时第一次意识到了友谊而且产生了继续加深这种友谊的要求。他们之间可以说完全平等完全信赖。他们能玩在一块说在一搭。他们一个是一个的影子，一个是一个的寄托；他们之间如果有一个是异性，那么他们就完全可能是龟渡王村的梁祝而且会有一个最完美最浪漫的结局。王益民的母亲曾经对王育才的母亲说："他俩要是有一个生来时少带一件行李就好了。"他们俩谁也不明白那"行李"的真实含义，及至后来知道了其中的意味的时候，连王益民都有点羞了，王育才更是羞得连脖子都红了。

　　王益民曾经不止一次有意无意地思索过王育才的羞怯。育才的母亲敦厚朴实并不多见羞怯。他的父亲解放前当过两年保长，解放后自然就成了头儿。王益民对保长大叔解放前一无记忆也一无印象，打有记忆起就只记得保长大叔那张讨好巴结的笑脸。他曾经十分讨厌那张笑脸，作为小孩子的王益民也能觉察到那笑脸里十有九分都是虚假的强装的，只有那脸上的笑容收敛散尽的时候才现出一分真实来。印象太深了，那令人讨厌的笑脸。这位体格雄壮的中年汉子见到任何人都是柔声细气讨好巴结的口吻和神色，哪怕不是龟渡王的干部而是红边烂眼的麻糊婆媳甚至不懂饭香屁臭的小孩，他见了都会堆出一脸笑来，老远就与人打招呼，一天到晚都关心别人的生活起居似的问人家——"吃了吗？"那笑容就像孙悟空的金箍棒装在耳朵里随时都能顺手扯出来布满整个眉眼和嘴脸。可是在他们家里，保长大叔对他的妻子儿女却不见笑颜，从早到晚从春到冬永远是一副冷冰冰的严厉的脸孔。一家人悄悄默默地做事，悄悄默默地吃饭，悄悄默默地睡觉。很少有什么人到这个终年弥漫着肃穆冷清气氛的小院来串门。孩子们说话声高了，保长大叔就会冷冷地呵斥一声——"张狂啥哩？"孩子们全都惊慌地缩了脖子哑了声息。王益民很不习惯这种压抑的家庭气氛，总是站在王育才家院墙外学几声狗叫或鸡鸣，把育才勾引出来，那是他们约定的暗号。暗号不得不时常变换，以防止保长大叔识出破绽来。

记得王育才被王益民推荐来学校上第一节课的时候，这个老三届誉满全校的高才生面对几十个刚刚进入戴帽中学班的乡村孩子，竟然比学生紧张十倍。他满脸腾红地站在讲台上，两只手不知该放在讲桌上还是该贴紧裤缝，头上的汗粒由小聚大，纷纷滚落下来。他的羞怯和紧张被学校师生们传为笑话，校长不无担心地对王益民说："王主任，你推荐来的人纵然有一肚子蝴蝶，飞不出来也是枉然！"王益民信心很足："没关系，疏通了堵塞喉咙的障碍，蝴蝶自然就飞出来了。关键的问题是，我们明知他肚子里有蝴蝶，总比那些满肚子稻草甚至连稻草也没吃下多少的人靠得住。"校长再不坚持什么。王育才由紧张到不大紧张再到完全不紧张，他的满肚子的蝴蝶开始随心所欲恣意舞蹈，他成为小学校戴帽中学班里的权威教师；许多只能教小学而硬着头皮被提到中学班任教的教师，常常是先从王育才那里趸下货，第二天再到课堂上热蒸现卖。王育才的人品极好，他很少是非，只埋头于备课授课，逢有劳动他也积极踏实，甚得领导师生的尊爱。王益民也因此而放心。

大约不到一年时间，王育才陷入了初恋的情网。女方是一位刚刚从师范学校毕业的年轻姑娘，一分配到龟渡王学校就被安排到中学班任教。如果这位姑娘稍少一点虚荣心不要到中学班而是到小学班任教，那么后来的事情就不会发生至少可以推迟发生。姑娘叫吕红，初中一年级尚未读完就发生了"文化大革命"，后来从乡村被推荐到师范读了两年书但其实有一年多的时间都是搞革命大批判，切实说仍然是初一水平充其量不会超过初二，如今要给初中班任教自然不可避免洋相百出破绽百出。她就去找王育才请教，先趸来再卖出去。王育才待人极平和，从来待同志一视同仁，从来恪守不参与校内派系斗争的生活原则，更不会挑肥拣瘦瞅红蔑黑，他给吕红辅导讲解就像对其他老师一样耐心认真而绝对不显示自己的能耐气儿。时日一长，吕红随着知识的增长感情也开始膨胀。为了报答育才为自己补习而花费的时间，她几乎本能地甘心情愿地代他洗他扔在床下的脏衣服，她从家里来时带点好吃的东西也往往首先想到应该送给王育才。除了补习之外她和他开始谈一些无关教学的事甚至笑话。她待在王育才房子的时间越来越多，一当有空儿就想往那个房子跑。王育才虽然害羞但不是木头，他已远远超过晚婚年龄对男女之情更灼热却也更冷静。有一天晚上，吕红买了两斤月饼送到王育才屋子，说明晚是中秋之夜她提前向他谢恩。王育才一下子急了连连摇手说："这算干什么？我怎敢图老师们的报答呢？革命同志互相学习互相提高，怎么能送月饼呢？"说着就把吕红往门外推。在即将推出门的一瞬，吕红忽然一扑跑进来，一下子抱住王育才的脖子就止不住哭起来了。王育才呆呆地垂着手，脖子被吕红搂得喘不过气，却没有勇气举起自己的双手拥抱对方。

这之后俩人就进入热恋。吕红的红红的丰腴的面颊和王育才的已现青色的腮帮久久厮磨，难分难解。这桩看上去甚为美满的婚事，却被吕红的父亲给彻底破坏了。吕红的父亲是村党支书，已经听到一些风言，就找女儿吕红正儿八经训导："爸是支书，你要相信不会给你搞封建婚姻。你自由恋爱爸坚决支持，你选下个王育才爸也觉得那小伙子不错，可是王育才他老子是伪保长专政对象。你已经是共产党员，王育才连个团员也没当过；你已经是公办教师，王育才还是个民办，他老子要不是伪保长他还有转为公办的希望，可……你跟育才结了婚以后咋办？将来有了孩子也得沾上黑斑——爷爷是伪保长你看看还能有什么出息？婚姻是一辈子的事，你自个冷静想想去。"

吕红陷入了痛苦而终于做出了与父亲一致的选择。王育才很快由痛苦转变为懊悔。他悔愧万分地对王益民说："我真是个十足的混蛋！我怎么刚刚活出了一点眉眼就忘记了自己的小名叫个啥嘛！要不是你帮助，我而今还在队里淘稀粪哩！我怎么一下子就忘乎所以了？怎么敢跟党支书的女子恋……"这些话都出自肺腑。王育才很快就冷静下来，再三向吕红表白并不责怪她。于是俩人和平分手。到下一学期开始以后，吕红已经调到另一个小学去了，而且结了婚。之后不久，王育才也心平气和地完成了一桩重要的事——结婚了。王益民和他女人齐心协力把他女人的一个远房表妹介绍给育才，这个表妹就是秋蝉。

王益民现在怀着沉重的使命和甚为急切的心情，骑车来到古城饭店的大门口。他不禁被那堂皇的高大建筑物镇住了。天哪！那一根用大理石砌成的明柱，肯定把戴帽中学的全部家当都折掉了！

四

王育才拿出最好的香烟糖果糕点饮料招待王益民，随随便便的样子，正是那随便到漫不经意的样子才显出一种阔人阔气的气魄。那些好吃的好喝的好抽的高档次消费品对王育才已是家常便饭，而对王益民这样的小学教务主任就成为超级超常超前享受了。王益民享受这些高档消费品感到的不是愉悦而是痛苦——那一罐铝皮饮料的价值就把他一天的工资全喝掉。尽管花掉的是王育才的钱，他仍然觉得太可惜了。王育才不等王益民开口就猜中了他来找他的缘由，而且直言不讳地袒露了事情的全部真相："我要离婚。我要和吕红结婚。我和吕红的婚姻才是符合道德的。我和秋蝉的婚姻是一种没有感情的死亡的婚姻。尽管我至今仍感谢你在我最困难的时候帮助我娶下秋蝉这个女人,但我的感情无法从吕红身上移到秋蝉身上。我在做出离婚决定时首先想到的是你,其次才是我的父母;我知道离婚的结果首先伤害的是咱俩的友情,至于断绝父子关系我都没有什么包袱。你和俺爸俺妈骂我的话我都能猜到,但我还是决定离婚。"

王益民倒没有话说了。他一路上组织起的说服王育才不该离婚的语言大军全部溃散了。王育才的坦率反倒感动了他。他知道王育才和吕红感情甚笃旧情难逝。他现在只能提出一些具体的困难来让王育才考虑:"孩子怎么办?三个孩子正处于幼学阶段,既要人抚养更需要心灵上的温暖。你想想你离了婚争得了自己的幸福,其实把痛苦不是摆脱掉了而是转嫁到孩子身心上了。与其这样,不如将就着,权当为了孩子。"

提到孩子以后王育才就哑了口,只顾抽闷烟,随之就哭了:"只有孩子是无辜的。对孩子来说我是十恶不赦的罪人。我在决定离婚的过程中百分之九十九的脑筋都伤在这上头。我只能从经济上保证让他们求学读书,从物质生活上满足他们的一切需求。当然,如果秋蝉能明白一点,我也会毫不吝啬地给予孩子们父爱的,只是担心秋蝉不会给我这机会。没有办法,我与吕红已经不可分割了。她也和丈夫闹翻了。我无法回头也不想回头了。我已经觉得没有吕红一天都活不下去,父母以及老朋友你根本体味不来我的这种感情。我只希望你给秋蝉多做点解释工作,因为一来秋蝉是你的亲戚,二来这件事是你好心促成的。其他事你就再不必管了。"

王益民再无话可说。他感到劝解毫无作用,所以就不想多费唇舌。他想骂他又骂不出来。王育才而今比过去坦率了,他眼里的那种羞怯已经褪净,一种冷漠、一种淡泊、一种成熟的冷峻、一种经见了大世面后的遇事不惊的老练……所有这些神色把原有的那种根深蒂固的羞怯

两个朋友 65

之色覆盖了或者说排除了。王益民抽着王育才的高级香烟——一支值二毛五分钱,相当于一斤苞谷的市场价格。他一面当教务主任,一面种责任田;大脑的一半装着龟渡王戴帽中学的全部教务,另一半装着肥料种子以及各种粮食蔬菜的市场价格。他充分感觉到王育才已经不是过去的"保长狗崽子"也不是龟渡王学校的"穷小教"了,他无疑已经是当代社会中最活跃最有气魄最会生活的人了。他想,如果王育才不来这个公司而继续在龟渡王教书,那么他会怎么样呢?他会提出与秋蝉离婚与吕红追求真正的"符合道德的婚姻"吗?再退一步说,他如果继续背着保长儿子的政治压力呢?想到这儿王益民又自责起来,好像他倒希望王育才继续当狗崽子似的。

记得吕红与别人订婚以后,王育才曾经懊悔不迭地痛骂自己是癞蛤蟆想吃天鹅肉。王益民劝了他安慰了他,他尽了一个朋友仁至义尽的义务。他亲自跑到秋蝉家,说服了秋蝉又说服了秋蝉的父母,说王育才绝对是个好青年,保长父亲属保长父亲,王育才本人是最可靠的。直说得秋蝉父亲下了决心,说他完全相信了,权当秋蝉不是嫁给民办教师王育才而是嫁给农民王育才,只要人可靠就行了。王育才当时很感激王益民夫妇,保长两口子更是感激不尽。王益民曾经因为他对朋友至诚的帮助而心地踏实。现在,他不仅不能说服王育才反而使自己陷入为难的境地,该怎么对秋蝉说话?怎么去见秋蝉的父母?

记得王育才和秋蝉结婚的时候,王益民去参加他们的婚礼,王育才邀他做伴郎,他欣然应允,把秋蝉引回来。王育才在过了一周新婚生活之后,情不自禁地对王益民说:"秋蝉不错。勤快俭省,脾性也好,正适合咱这样的家庭。人家这样清白的贫农女子能嫁到咱家,我知足了。"王益民想把这话重新说给王育才听,想想又觉得没有必要,就告辞了。

临走时,王育才叮嘱王益民:"益民哥,你甭费心了。我知道你是个好心人,你对我的恩情我永远不忘。你在我最困难的时候,给了我最大的帮助。即使要离婚,我仍然感激你给我介绍下秋蝉。你的动机百分之百是好的。只是现在我求你再甭跑冤枉路了;无论俺爸俺妈或是秋蝉找你,你都推开甭管,让他们找我说话。"

王益民说:"这事不用你叮嘱我也不再来了。你的事你自己处理吧!"

五

王益民回到龟渡王村时,王育才的父亲王子杰老汉在村口佯装割草,实际是等待王益民。王益民说了他找育才的经过,子杰老汉听得心里松不滋滋凉不唧唧软不咴咴,气急败坏地说:"益民呀你怎么糊涂了?我叫你无论如何把那狗日的拉回来,你……"王益民苦笑一下说:"好叔哩!那么个大活人儿,我怎么拉得回来?"看王益民一副无可奈何的神气,王子杰老汉问清了王育才的地址,迫不及待地当晚就搭末班车进城去了。

王子杰老汉一踏上豪华的古都饭店的廊沿,几乎滑了一跤——那地板太光滑了。站在门口的一男一女两个侍者看着粗手笨脚的乡村老汉爬起来,不搀不扶而且嗤笑着问找谁。王子杰老汉说他找儿子王育才。他得到放行,开始爬楼梯。他敲响了二楼十九号房间门,看见门缝开处露出儿子的脸,气血"呼啦"一下冲到脑顶。及至他跨进门去看见长沙发上斜倚着一个女人,凭感觉老汉知道那是吕红,他一下子失去控制,一甩手一个巴掌就抽到儿子的脸上。那女人从沙发上跳起来,拉他的胳膊,叫着:"大伯有话慢慢说……"子杰老汉嗅到一股浓郁的香气,"呸"地一口吐出去,骂道:"婊子!"那女人一甩手走出门去。

子杰老汉已经完全失控。他一抡手，把茶几上的香烟饮料糖果全都扫荡到地上，杯子瓶子罐子在地板上乱滚。他又一把揪住儿子系在脖颈上的紫红领带，扯着拽着往门外拉。儿子育才被勒得直翻白眼，狼狈不堪地挣扎着，以求饶讨好的口气劝父亲坐下说话。子杰老汉说："回家说！这地方我不坐！这是什么地方？婊子院！"这当儿走过来两个服务员，威胁老汉说再不停手就打电话叫警察来，子杰老汉才坐下来。

　　子杰老汉坐下来仍然盛怒不息地嘲骂："我以为你在城里干什么体面工作，原来是逛窑子！瞅瞅楼上楼下站的跑的都是些啥货，脸上搽的嘴唇涂的耳朵上吊的都是啥？旧社会窑子院也没有这么厉害！你住在这儿能学好？你狗日的跟我回家种地去！"

　　王育才只是小声劝："爸你骂我尽管骂，你甭胡乱骂人家服务员……"

　　"尿！啥尿服务员！"王子杰不买账，"我当过保长，解放了共产党把我教育好了，没料到你小子倒学坏学瞎了。我当保长也没住过这么阔气的房子！你看你龟孙子穿洋服打领带装贼更像柳娃子！你今日不回家我就死在你面前。"

　　王育才已经没有任何招架之力。他佯装尿尿就走出房子躲进另一间屋子，让他的公司的同志去打发丧失了理智的父亲，同时叫来一辆出租汽车连拉带哄把子杰老汉送回近郊乡村龟渡王，王育才才得以从尴尬中解脱。

　　解脱是暂时的。第二天，当王育才坐在桑树镇民事法庭里向赵法官申述一条一条离婚理由的当儿，他父亲王子杰老汉正站在民事法庭大门口的街道上向赶集上街的男女揭露儿子离婚的内幕，针锋相对。王育才真诚地列出好几条足以说明他和秋蝉没有感情因而他们的婚姻是不道德的婚姻的理由，赵法官冷静地甚至无动于衷地问了一句："既然没有丝毫的感情，那么三个孩子是怎样出来的？"一句话问得王育才张口结舌，虚汗交流。与此情此景形成强烈对比的是王子杰老汉获得了完全的成功。他慷慨陈词，言真意切，一件件一桩桩历数自己在前多年顶着黑斑头的困难日月里，王育才的龟孙相可怜样儿，以及秋蝉怎么来到这个家怎么贤惠怎么勤俭根本不多嫌这个倒霉的家庭，一下子把听他演说的男女感动了，大家一齐骂王育才忘恩负义不是个东西。王子杰老汉得到众人的呼应，更加来劲地斥责儿子的背叛行为，骂儿子是无情无义没有人性的畜生，是豺狼是混蛋是陈世美是杂种。人们议论纷纷，说像王育才那样的儿子如今并不少见而像王子杰这样知情仗义的老子倒是少有的。消息从桑树镇反馈回龟渡王，子杰老汉的威望空前高涨。

王益民听到这一切时很平静。他是教务主任经常读书看报，一知半解当今社会潮流总的趋向是有利于王育才追求"真正的符合道德的婚姻"的，然而乡村人依然敬佩王子杰这种重情义的侠贤心肠。他无法确定自己该站在哪一边去反对哪一边，只觉得自己已无能为力只好任其自然发展。

王子杰老汉时常来找王益民，不断地把这桩离婚案的进展情况汇报给他。"法官判了不准离。"子杰老汉得胜似的告诉他，"看那狗日的还要咋样？"过了半年，子杰老汉又神色紧张地说："益民，那狗日的又告到法院了。"随之又大感不解地问，"头回告了判下不准离就完了嘛，怎么还容得再告？没完没了了？"他显然不懂得关于离婚法律的特殊规定。过了半年老汉又得意地说："再告也是白告，赵法官还是判下个不准离婚。狗日的爱告尽管告，赵法官是个好法官，再告一百次也是白告。"这场离婚官司便旷日持久旷年持久地拖延下来，以至王子杰老汉自己也磨得发不起火来了，对王益民报告案件进展时的口吻就像说别人的闲话一样："又告了……爱告告去！"

王益民甚至同情起王育才来。当离婚事件刚发生时王益民同情秋蝉是自然的事，现在他依然同情秋蝉但也同情王育才。秋蝉虽然得到阿公阿婆的诚心相待全力袒护，但毕竟代替不了丈夫；育才和吕红虽然感情呼应，但仍然摆脱不了偷偷摸摸的被动局面，理想的"符合道德的婚姻"好梦难圆。王益民的同情心产生不久，就被突如其来的一件事冲淡了，这就是吕红的丈夫的来访。

吕红的丈夫是个工人，他给予王益民的第一印象正与他的职业完全吻合。他很率直，衣服穿着很随便，上衣是一件新潮夹克，肩上和臂上以及胸部附加了许多带儿和扣儿，衬衣的领子在脖子里窝叠着；人长得粗壮，一颗硕大的头。他开宗明义说："我来找你，是听说你既与王育才交好也认识吕红，希望你劝一劝王育才也劝一劝吕红。"他声明他之所以不愿意离婚并不是离了吕红就再找不到媳妇，他完全是咽不下这口气，王育才太欺侮人了。他警告说他的工友哥儿们早已不能忍受暴发户欺侮已不吃香的工人阶级，说他们要砸断暴发户王育才的狗腿，要把王育才的眼珠挖出来当泡儿踩，只不过他自己觉得为了一个吕红臭婊子犯不着让哥儿们受牵连吃官司。

自称已不吃香的"工人阶级"向王益民诉述了他和吕红成亲的经过。那时候他在省建筑三公司当工人，有三个和他同时进厂的女工追求他，因为全是外省籍贯而遭到父母反对。父母坚决要给他找一个本乡本土的媳妇，说最不行也得是个陕西人，于是吕红大得他父母的欢心。他也承认他父母喜欢吕红，见了一面就喜欢上了。他不知道吕红曾经与王育才有过恋爱史，后来知道了也宽容了她。问题在于已经有了一女一儿两个孩子了，吕红仍然旧情萌发，把他闪到半路地里作难。他让王益民给王育才捎话过去，说暴发户王育才欺侮已不吃香的工人阶级是没有好下场的。

王益民又为王育才深深地担心了。他整日提心吊胆，似乎随时都可能飞来一个王育才被打残的噩讯。他想提醒他警告他又见不着王育才。他又一次找到古都饭店二楼十九号，房子早已换主儿，再也打听不到王育才的下落了。他忧心忡忡。

吕红的父亲接着来访。这位已退位的吕家村的老支书本该休养生息,安度晚年,却被女儿的婚变搅得焦头烂额。他一面痛斥女儿不检点的行为,一面又对自己过去在女儿婚事上的自作主张后悔不及。他说他完全是为了女儿吕红好而想不到弄了窝囊事。他说在当时的情况下,眼瞅着女儿与一个保长儿子结婚,不仅他这个做党支书的父亲通不过,亲戚朋友也没一个通得过;怎么也想不到,而今世事会变成这样。老支书恳切地说:"益民呀!你和叔认识也不是一天两天了,你就好心好意劝一下育才,甭瞎折腾了。都四十的人了,还能再活四十呀?!四十岁的人为儿女活着,甭伤了儿女,俩人都有儿有女,折腾不起呀!只要他一收心,我收拾红红也好办了。人到事中迷,需得朋友点明要害……你权当为叔除去心病,好生劝一劝育才。"

王益民被感动了。他送走老支书,心情愈加沉重。我的天爷呀!育才要追求理想的"符合道德的婚姻"的背后,联结着多少人的焦虑忧愁和痛苦!除了吕红,所有与这桩离婚案有牵连的人都一次或多次找过他了。王子杰老汉不必说。王育才的母亲不必说。秋蝉自然也不必说。秋蝉的娘家父母也找他,使他十分难堪地无言以对。吕红的丈夫和吕红的父亲现在也都找过他了。两个家庭相关的所有成员都被搅得吃饭不香睡觉不酣。他们都知道他和王育才是朋友,觉得他是可以解除他们苦恼的人;然而王益民却毫无办法,他根本说服不了王育才。

吕红最终也来找王益民了。这位女性的到来,才真正摇撼了王益民的心,使他大吃一惊大睁双眼惊骇不已……

六

又一个灵魂在王益民面前痛苦地颤抖。

当吕红走进龟渡王学校的大门的时候,那些认识她的老教师和不认识她的新教师全都像看珍禽异兽一样瞪起了好奇的眼睛。她在龟渡王学校任教时和王育才的恋爱产生过轰动本校的效应。她停薪留职跟上王育才到某公司去挣大钱在全乡教职员中产生了轰动效应。她和王育才在某公司旧情复发的桃色事件的轰动效应扩及全县的教职工。她和王育才偷偷在教务主任王益民的房子做爱的事更使龟渡王学校的新老职员无人不晓。她现在敢于硬着头皮再次走进龟渡王学校的校园，王益民第一眼就发现这位曾经的女教师的神经有点不大正常了。

吕红显然已不是当年在龟渡王学校任教时的吕红了。姑娘的特有的红色从脸上褪失净尽，脸色呈一种非自然的白色，那是过多施用脂粉的结果。无论什么现代化妆品都无法挽回已逝去的青春。但王益民首先感到的不是这些浅显的变化而是吕红的眼睛。吕红的眼睛里满是绝望和恐惧，恰如一个人得知了自己的生死簿上的秘密。吕红一坐下就说："王老师，我是实在无路可走了才来求你，现在只有你能救我了……"

王益民搞不清何以这样，就问："怎么回事？吕红，你慢慢说。"他顺手关了门。

"你的朋友王育才……是个野兽！"吕红咬着牙说，"是个吃人不吐骨头的豺狼！"

王益民惊奇地问："你怎么也骂他？"

"他把我害得好苦！"吕红说，"我一直觉察不出他对我设着圈套……"

王益民更迷惑不解："他怎么会对你设圈套？"

吕红这才告诉他，王育才和她私下里已说好约定：他和秋蝉离婚，她和丈夫离婚。现在，自己已和做建筑工人的丈夫离了婚，王育才却突然从桑树镇民事法庭抽回了诉状，不离了……

王益民愈加迷惑："那为啥？"

"报复！报复报复报复！"吕红癫狂了似的喊，"他要报复我！恶毒的报复！"

"他怎么会报复你？"王益民问，"他和秋蝉的离婚案闹了四五年了，就是因为你，他怎么会报复你？"

"全是假的！"吕红说，"他一次一次上诉，又一次一次托人暗里给赵法官塞钱，叫法官不要判决离婚。他一直把这场假戏演到我离婚才……"

"啊呀！我的天……"王益民半信半疑。

吕红哭了："我怎么办？我已离婚了。他在耍我。他记着旧仇。他说他才出了一口气。他说君子报仇十年不晚。他说我当初欺侮了他我父亲欺侮了他我丈夫也欺侮了他，全都是欺侮他有个政治黑疤……现在全都报复了！"

"我信不下！"王益民说，"我信不下去！王育才真会这样歹毒？你们恋爱失败时，他亲口给我说'并不责怪'你吕红嘛！"

吕红苦笑着摇摇头："王老师，我只求你一件事，你去找找王育才，就说我死了。他如果还记得我对他全是一片真心，如果还能原谅我当初的动摇，权当说的'势利眼'也行……我只有一丝希望了……"

王益民心里突然涌起一股强大的责任感，他大声肯定地说："吕红你千万甭急，绝对不能走绝路，也千万不敢急出毛病来。我明天就去找王育才，你一定等我见了他以后咱们再面谈……"

王益民虽然热诚有余，心中却不免打鼓。如果真如吕红所述，他能扭转王育才吗？他已经比较切实地想另一条路——设法使吕红与那个建筑工人复婚。他说："万一不行，我去找你丈夫，争取和解……"

吕红冷笑一声："那样的路我还能走吗？那比死艰难十倍！"

未等第二天王益民去找王育才，王育才当晚打电话找王益民来了。

王益民一接上电话就迫不及待："育才育才你说你现在在哪里？我有话要找你说。"

两个朋友　73

王育才却冷静地说:"我们永远不会再见面了,我的好朋友。你不要再问我的住址,我们抓紧时间说几句话。"

王益民有点激动,一时找不到说话的头绪。

王育才问:"吕红是不是找你了?"

王益民答:"是的是的。到底怎么回事?"

王育才说:"吕红说给你的事是真的。我已经抽回了离婚诉状,但也并不是说我要回龟渡王了。请你告诉我父母和秋蝉以及孩子,请他们忘掉我,权当这世界上压根就没有过我。"

王益民急了:"这到底为什么?"

王育才说:"不要问'为什么'。我只告诉你,吕红已经离婚了,这是我的圈套。我要报复。我已经报复了。我和吕红恋爱失败时就等着这一天。这一天终于等到了。我当时太痛苦了,她和她父亲完全想不到被扔掉的女婿会有怎样的痛苦,我现在让他们亲自感受一下。她的那个丈夫当时比我优越的唯一一条是家庭出身好,而吕红选择了他却舍弃了我;让他现在尝一尝此中滋味,也就理解当初我的苦处了……"

王益民实在忍不住了:"你是个毒虫!王育才——你是个歹毒的家伙!"

王育才说:"我曾经是个羞怯的青年……"

王益民说:"假的!你的羞怯是假装的!你的骨子里是歹毒残忍惨无人道!"

王育才却依然冷静:"朋友你说错了。我的羞怯是真实的。我的太多羞怯使我苦恼。我现在又为那种羞怯丧失殆尽而惋惜。"

王益民骂:"你害了多少人……"

王育才说:"首先是这些人先伤害了我。"

王益民回转了口吻:"育才,我们甭辩嘴了。我需要冷静,你更需要冷静。你无论如何告诉我你的住址,咱们见上一面,想想挽回残局的办法，一切还不是完全无望的。"

王育才说："不必了，我明天就要走了。"

王益民又急了："你到哪里去？我敢说世界上没有容你的地方！你的良心也宽容不得……"

王育才说："我要找一个恰恰能容我的地方。我已经不想再挣钱了。顺便告诉你，我所在的这个公司纯粹是个不摊本只赚钱或者说光骗钱的公司。我对骗钱也觉得腻了。"

王益民问："你到底要干什么？"

王育才说："我要找一个能使我恢复羞怯的地方去。你想想，还不明白吗？"

王益民一时转不过弯："我想不来！你干脆回学校来吧？"

王育才轻轻叹口气："我已经不可能再回到讲台上去训导别人的子弟了——那地方太神圣，我不配。正在钻营的这种公司我也不干了，越干我越无耻。我又不想自杀。我想在我恢复了人应有的那一点羞怯之后，再论死生之事吧！"

王益民沉默了。

日子

一

发源地周边的山势和地形，锁定了滋水向西的流向。那些初来乍到的外地人，在这条清秀的倒淌河面前，常常发生方向性迷乱。

在河堤与流水之间的沙滩上，枯干的茅草上积了一层黄土尘灰，好久好久没有降过雨了。北方早春几乎年年都是这种缺雨多尘的景象。

两架罗筛，用木制三脚架撑住，斜立在掏挖出湿漉漉砂石的大坑里。男人一把镢头一把铁锨，女人也使用一把镢头一把铁锨；男人有两只铁丝编织的铁笼和一根水担，女人也配备着两只铁丝编成的铁笼和一根水担。

铁镢用来刨挖沉积的砂石。

铁锨用来铲起刨挖松散的砂石，抛掷到罗网上。石头从罗网的正面"哗啦啦"响着滚落下来，细沙则透过罗网隔离到罗网的背面。

罗网成为男人和女人劳动成果的关键。

铁丝编织的笼筐是用来装石头的。

水担是用来挑担装着石头的铁笼的。

从罗网上筛落下来的石头堆积多了，用铁锨装进铁笼，再用水担的铁钩钩住铁笼的木梁，挑在肩上，走出沙坑，倒在十余米外的干沙滩上。

男人重复着这种劳作工序。

女人也重复着这种劳作工序。

他们重复着的劳动已经十六七年了。

他们仍然劲头十足地重复着这种劳动。

从来不说风霜雨雪什么的。

干旱的冬季和早春时节的滋水是水量最稳定的季节,也是水质最清纯的季节,清纯到可以看见水底卵石上悠悠摆动的絮状水草。水流上架着一道歪歪扭扭的木桥。一个青年男子穿着军大衣在收取过桥费,每人每次五毛。

我常常走过小桥,走到这一对刨挖着砂石的夫妇跟前。我重新回到乡下的第一天,走到我的滋水河边,就发现了河对面的这一对夫妇。就我目力所及,上游和下游的沙滩上,支着罗网埋头这种劳作的,再没有第二处了。

在我的这一岸的右边河湾里,有一家机械采石场,悬空的输送带上倾泻着石头,发出震耳挠心的响声。

沙坑里,有一个大号热水瓶,红色塑料皮已经褪色,还有一只多处脱落了搪瓷的搪瓷缸子。

二

早春中午的太阳已见热力,晒得人脸上烫烫的,却很舒服。

"你该到城里找个营生干。"我说,"你是高中生,该当……"

"找过。也干过。干不成。"男人说。

"一家干不成,再换一家嘛!"我说。

"换过不下五家主儿,还是干不成。"女人说。

"工作不合适?没找到合适的?"我问。

"有的干了不给钱,白干了;有的把人当狗使,呼来喝去没个正性。受不了啊！"他说。

"那是个硬熊。能挣人家钱，还不受人家白眼。"她说。

"不是硬熊软熊的事。出力挣钱又不是吃舍饭。"他说。

"凭这话，老陈就能听出来你是个硬熊。"女人说，"他爷是个硬熊。他爸是个硬熊。他还是个不会拐弯的硬熊——种系的事。"

"中国现时啥都不缺，就缺硬熊。"他说。

"弓硬断弦。人硬了……没好下场。"她说。

"这话倒对。俺爷被土匪绑在明柱上，一刀一刀割，割一刀问一声，直到割死也不说银圆在哪面墙缝里藏着；俺爸被斗了三天两夜，不给吃不给喝不准眨眼睡觉直到昏死，还是不承认'反党'……我不算硬。"

"你已经硬到只能挖石头咧！你再硬就没活路了。硬熊——"

"噢！好腰——"

我看见男人停住了劳作，一只手叉在腰间，另一只手拄着铁锨木把儿，两眼专注地瞅着河的上方。我转过头，看见木桥上走着一位女子。女子穿一件鲜红的紧身上衣，束腰绷臀，许是恐惧那座窄窄的独板桥，一步一扭，腰扭着，臀也扭着，一个"S"身段生动地展示在凌水而架的小木桥上。

"腰真好。好腰。"男人欣赏着。

"流氓！"女人骂了一句，又加一句，"流氓！"

那个被男人赞赏着被女人妒忌着的好腰的女子已经走过木桥，坐上男友摩托车的后座，"呜噜噜"响着驰上河堤，眨眼就消失了。

"好腰就是好腰。人家腰好就是腰好。"男人说，"我说人家腰好，咋算流氓？"

"好人就不看女人腰粗腰细腰软腰硬。流氓才贼溜溜眼光看女人腰……"

"哈呀！我当初瞅中你就是你的腰好。"男人嘻嘻哈哈起来，"我当初就是迷上你的好腰才给你写恋爱信的。我先说你是'全乡第一腰'，后来又说'中国第一腰'，你当时听得美死了，这会儿却骂我流氓。"

女人羞羞地笑着。

男人顺着话茬说下去。他首先不是被她的脸蛋儿而是被她的腰迷得无法解脱。他很坦率又不无迷津地悄声对我说，他也搞不清自己为什么偏偏注意女人的腰，一定要娶一个腰好的媳妇；脸蛋嘛，倒在其次，能看过去就行了。

他大声慨叹着，不无讨好女人的意思："农村太苦太累，再好的腰都给糟践了。"

男人把堆积在罗网下的石子铲进笼里，用水担挑起来，走上沙坑的斜坡，木质水担"吱呀吱呀"响着，把笼里的石头倒在石堆上。折身返回来，再装再挑。

女人对我说："他见了你话就多了。嘎杂子话儿也出来了。他跟我在这儿，整晌整晌不说一句话。猛不丁撂出一句，'日他妈的！'我问他你日谁妈哩，他说，'谁家妈咱也不敢日，干乏了干烦了撒口气嘛！'"

男人朝我笑笑，不辩白也不搭话。

三

"把县委书记逮了。"

"哪个县的县委书记？"

"我妹子那个县的。"

"你怎么知道？"

"我晌午听广播听见的。"

"犯了啥事？"

"说是卖官得了十万。"

我已不太惊奇，淡淡地问："就这事？还有其他事没有？""广播上只说了卖官得钱的事。"男人说，"过年时我到妹子家去给外甥送灯笼，听人说这书记被'双规'了。当时我还没听过'双规'这名词。我妹家来的亲戚，都在说这书记被'双规'的事。瞎事多多了，广播上只说了受贿卖官一件事。"

"老百姓早都传说他的事了？"

"我给你说一件吧。县里开三级干部会，讨论落实全县五年发展规划。书记做报告。报告完了分组讨论，让村、乡、县各部门头头脑脑落实五年计划。书记做完报告没吃饭就坐汽车走了，说是要谈'引资'去了。村上的头头脑脑乡上的头头脑脑县上各部局的头头脑脑都在讨论书记五年计划的报告。谁也没料到，书记钻进城里一家三星宾馆，打麻将。打了三天两夜。第三天后晌回到县里三干会上来做总结报告，眼睛都红了肿了，说是跟外商谈'引资'争得睡不着觉……"

"有这种事呀？"

"我妹子那个县的人都当笑话说哩。你想想，报告念完饭都不吃就去打麻将。住在三星宾馆，打得乏了还有小姐给搓背洗澡按摩。听说'双规'时，从他的皮包里搜出来的净是安全套儿壮阳药。想指望这号书记搞五年计划能搞个屎……"

"你生那个气弄啥？"女人这时开了口。

"我听了生气，说了也生气。我知道生气啥也不顶。"

"那就甭说。"

"广播都说了，我说说怕啥。"

"广播上的人说是挣说的钱哩，你说是白说，没人给你一分钱。"

"你看看这人……"

"书记打麻将搞小姐，你跟我靠捞石头挣钱；书记不打麻将不搞小姐，咱还是靠淘沙子捞石头过日子。你管人家做啥？"男人翻翻白眼，一时倒被女人顶得说不上话来。闷了片刻，他终于找到一个反驳的话头："你呀你，我说啥事你都觉得没意思。只有……只有我说哪个女人腰好，你就急了躁了。"

"往后你再说谁的腰好我也不理识你了。"女人说，"我只操心自家的日子。"

"你以为我还指望那号书记领咱'奔小康'吗？哈！他能把人领到麻将场里去。"男人说，"我从早到黑从年头到年尾都守在这沙滩上淘石头，还不是过日子么！我当然知道，那个书记打麻将与咱尿不相干，人家即就不打麻将还与咱尿不相干喀！他被逮了与咱尿不相干，不逮也尿不相干喀！"

"咱靠淘挖石头过日子哩！"女人说。

"我早都清白，石头才是咱爷。"男人说。

听着两口子无遮无掩的拌嘴，我心里的感觉真是好极了。男人他妹家所在县的那个浪荡书记，不过是中国反腐风暴中荡除的一片败叶、小巫一个。我更感兴趣的，或者说更令我动心的，或者说最容易引发我心灵深层最敏感的那根神经的，其实是这两口子的拌嘴。

他们两口子拌嘴的话所涉及的内容和范围，我都不大在意。我只是想听一听本世纪第一个春天我的家乡的人怎样说话，一个高考落榜的男人和一个曾经有过好腰的女人结成的近二十年的夫妻现在进行时的拌嘴的话。我也是到现在才终于明白，我频频地走到河滩走过小桥来到这两口子劳动现场的目的，就在于此，仅在于此。我头一次来到他俩的罗网前是盲目的，两回三回也仍然朦胧含糊，现在变得明白而又单纯了——看这一对中年夫妻日常怎样拌嘴。

日子　81

"呃！这书记而今在劳改窑的日子可怎么过呀！"男人说。

"你看你这人！老陈你看他这人——就是个这！"女人说，"刚才还气呼呼地骂人家哩，这会儿又操心人家在劳改窑里受苦哩！"

"享惯了福的人呀！前呼后拥的，提包跟脚的，送钱送礼的，洗澡搓背的，问寒问暖的，拉马坠镫的……这会儿全跑得不见影了。而今在号子里两个蒸馍一碗熬白菜，背砖拉车，可怎么受得了？"男人说。

"你是闲（咸）吃萝卜淡操心。"女人说。

"他这阵儿连我都不如。我在这河滩想多干就多干想少干就少干不想干了就坐下抽烟喝水，运气好时还能碰见一个腰好的女子过河，还能看上两眼。他这阵儿可惨了，干不动得干不想干也得干，公安警卫拿着电棍在屁股后头伺候着哩！享惯了福的人再去受苦，那可比没享过福只受过苦的人要难得多吧？"

没有人回答他的发问。我没有。他的她也没有。他突然自问自答——

"我说嘛，人是个贱货！贱——货！"

……

太阳沉到西塬头的这一瞬，即将沉落下去的短暂的这一瞬，真是奇妙无比景象绚烂的一瞬。泛着嫩黄的杨柳林带在这一瞬里染成橘红了。河岸边刚刚现出绿色的草坨子也被染成橘黄色了。小木桥上的男人和女人被这瞬间的霞光涂抹得模糊了，男女莫辨了。

四

应办了几件公务，再回到滋水河川的时候，小麦已经吐穗了。

我有点急迫地赶回乡下老家来，就是想感受小麦吐穗扬花这个季节的气象。我前五十年年年都是在乡村度过这个一年中最美好最动人的季节的。我大约有七八年没有感受小麦吐穗扬花时节滋水河川和白鹿塬坡的风姿和韵致了。

太阳又沉下西塬的平顶了。河堤和石坝的丁字拐弯的水潭里,有三个半大小子在游泳戏水。我看见河对岸的沙滩上,支撑着一架罗网。女人正挥动铁锨朝罗网上抛掷着砂石。石头撞击罗网的"唰啦唰啦"的声音时断时续,缺乏热烈,有点单调。

男人呢?

那个尤其喜欢欣赏女人好腰又被嗔骂为流氓兼硬熊的男人呢?

我脱了鞋袜,涉过浅浅的河水。水还是有点凉,河心的石头滑溜溜的。我走到她的罗网前的沙梁上,点燃一支烟。

"那位硬熊呢?"

"没来。"

我便把通常能想到的诸如病啦走亲戚啦出门办事啦这些因由一一询问。她只有一个字回答——没。

我就自觉不再发问了。她的脸色不悦。我随即猜想到通常能想到的诸如吵架啦与领导人闹仗啦亲戚家里出事啦等等这些令人烦心丧气的事。然而我不敢再问。

我轻轻叹了一口气。

我还是决定发问:"咋咧?出什么事了?"

她停住手中的铁锨,重重地深深地嘘出一口气:"女子考试没考好。"

"就为这事?"我也舒了一口气,"这回没考好,下回再争取考好嘛!"

她苦笑一下:"这回考试不是普通考试。是分班考试。考好可进重点班,考得不好就分到普通班里。分到普通班里就没希望咧。"

日子　　83

这是我万万没有料想到的事。

她这时话多了：

"女子自个儿不敢给她爸说。

"他听了就浑身都软了，连镢头铁锨都举不起来了。

"他在炕上躺了三天了，只喝水不吃饭，整夜整夜不眨眼不睡觉，光叹气不说话。我劝了千句万句，他还是一句不吭。"

"女子在哪儿念书？高中还是初中？"

"县中。念高一。这学期分出重点班。"

我也经历过孩子念书的事。我也能掂出重点班的分量。但我还是没有估计到这样严重的心理挫败。

她伤心地说："这娃娃也是……平时学得挺好的，考试分数也总排前头。偏偏到分班的节骨眼上，一考就考……

"直到昨日晚上，他才说了一句话：我现在还捞石头做啥！我还捞这石头做啥……"

"你不是说他是个硬熊吗？这么一点挫折就软塌下来了？"我说。

"他遇见啥事都硬，就是在娃儿们上学念书的事上心太重。他高考考大学差一点点分数没上成，指望娃儿们能……

"他常说，只要娃儿们能考上大学，他准备把这沙滩翻个过儿……

"他现时说他还捞这石头做啥哩！"

"我去跟他说说话儿能不能行？"我问。

"你甭去，没用。"

我自然知道一个农民家庭一对农民夫妇对儿女的企盼，一个从柴门土炕走进大学门楼的孩子对于父母的意义。我的心里也沉沉的了。

"他来了！天哪！他自个儿来了——"

我听见女人的叫声，也看见她随着颤颤的叫声涌出的眼泪。

我随即看见他正向这边沙梁走来。

他的一只肩头背着罗网，扛着镢头铁锨；另一只肩头挑着担子，两只铁丝编织的笼吊在水担的铁钩上。

他对我淡淡地笑笑。

他开始支撑罗网。

"天都快黑咧，你还来做啥！"她说。

"挖一担算一担嘛。"他说。

我想和他说话，尚未张口，被他示意止住。

"不说了。"他对我说。

女人也想对他说什么，同样被他止住了。

"不说了。"他对她说。

"再不说了。"他对所有人也对自己说。

"不说了。"他又说一遍。

我坐在沙梁上，心里有点酸酸的。

许久，他都不说话。镢头刨挖沙层在石头上撞击出刺耳的噪声，偶尔迸出一粒火星。

许久，他直起腰来，平静地说：

"大不了给女子在这沙滩上再撑一架罗网喀！"

我的心里猛然一颤。

我看见女子缓缓地丢弃了铁锨。我看着她软软地瘫坐在湿漉漉的沙坑里。我看见她双手捂住眼睛垂下头。我听见一声压抑着的抽泣。

我的眼睛模糊了。

2001年5月12日

于原下

李十三推磨

"娘——的——儿——"

一句戏词儿写到特别顺畅也特别得意处,李十三就唱出声来。实际上,每一句戏词乃至每一句白口,都是自己在心里敲着鼓点和着弦索默唱着吟诵着,几经反复敲打斟酌,最终再经过手中那支换了又半秃了的毛笔落到麻纸上的。他已经买不起稍好的宣纸,改用便宜得多的麻纸了。虽说麻纸粗而且硬,却韧得类似牛皮,倒是耐得十遍百遍地揉搓啊翻揭啊。一本大戏写成,交给皮影班社那伙人手里,要反复背唱词对白口,不知要翻过来揭过去几十几百遍,麻纸比又软又薄的宣纸耐得揉搓。

"儿——的——娘——"

李十三唱着写着,心里的那份舒悦那份受活是无与伦比的,却听见院里一声呵斥:

"你听那个老疯子唱啥哩?把墙上的瓦都蹭掉了……"

这是夫人在院子里吆喝的声音,且不止一回两回了。他忘情唱戏的嗓音,从屋门和窗子传播到邻家也传播到街巷里,人们怕打扰他不便走进他的屋院,却又抗拒不了那勾人的唱腔,便从邻家的院子悄悄爬上他家的墙头,有老汉小子有婆娘女子,把墙头上掺接的灰瓦都扒蹭掉了。他的夫人一吆喝,那些脑袋就消失了;他的夫人回到屋里去纺线织布,那些脑袋又从墙头上冒出来。夫人不知多少回劝他,你爱编爱写就编去写去,你甭唱唱喝喝总该能成嘛!他每一次都保证说记住了再不会唱出口了,却在写到得意受活时仍然唱得畅快淋漓——甭说蹭掉墙头几片瓦,把围墙拥推倒了也忍不住口。

"儿——啊——"

"娘——啊——"

李十三先扮一声妇人的细声,接着又扮男儿的粗声,正唱到母子俩生死攸关处,夫人推门进来,他丝毫没有察觉,突然听到夫人不无烦厌倒也半隐着的气话:

"唱你妈的脚哩!"

李十三从椅子上转过身,就看见夫人不愠不怒也不高兴的脸色,半天才从戏剧世界转折过来,愣愣地问:"咋咧吗?出啥事咧?"

"晌午饭还吃不吃?"

"这还用问,当然吃嘛!"

"吃啥哩?"

这是个贤惠的妻子。自踏进李家门楼,一天三顿饭,做之前先请示公婆;公婆去世后,自然轮到请示李十三了。李十三还依着多年的习惯,随口说:"黏面一碗。"

"吃不成黏面。"

"吃不成黏的吃汤的。"

"汤面也吃不成。"

"咋吃不成?"

"没面咧。"

"噢……那就熬一碗小米米汤。"

"小米也没有了。"

李十三这才感觉到困境的严重性,也才完全清醒过来,从正在编写的那本戏里的生死离别的母子的屋院跌落到自家的锅碗灶膛之间。正为难处,夫人又说了:"只剩下一盆苞谷糁子,你又喝不得。"

他确实喝不得苞谷糁子稀饭,喝了一辈子,胃撑不住了,喝下去不到半个时辰就吐酸水,清淋淋的酸水不断线地涌到口腔里,胃已经隐隐作痛几年了。想到苞谷糁子的折磨,他不由得火了:"没面了你咋不早说?"

"我大前日个前日个昨日个都给你说了,叫你去借麦子磨面……你忘了,倒还怪我。"

李十三顿时就软了,说:"你先去隔壁借一碗面。"

"我都借过三家三碗面咧……"

"再借一回……再把脸抹一回。"

夫人脸上掠过一缕不悦,却没有顶撞,刚转过身要出门,院里突响起一声嘎嘣脆亮的呼叫:"十三哥!"

再没有这样熟悉这样悦耳这样听来让人从头到脚从里到外都感觉到快乐的声音了,这是田舍娃嘛!又是在这样令人困窘得干摆手空跺脚的时候,听一听田舍娃的声音不仅心头缓过愉悦来,似乎连晌午饭都可以省去。田舍娃是渭北几家皮影班社里最具名望的一家的班主,号称"两硬"班子,即嘴硬——唱得好,手硬——耍皮影的技巧好。李十三的一本新戏编写成功,都是先交给田舍娃的戏班排练演出。他和田舍娃那七八个兄弟从合排开始,夜夜在一起,帮助他们掌握人物性情和剧情演变里的种种复杂关系,还有锣鼓铙钹的轻重……直到他看得满意了,才放手让他们去演出。这个把他秃笔塑造的男女活脱到观众眼前的田舍娃,怎么掂他在自己心里的分量都不过分。

"舍娃子,快来快来!"

李十三从椅子上喊起来站起来的同时,田舍娃已走进门来,差点儿和走到门口的夫人撞到一起;只听"咚"的一声响,夫人闪了个趔趄,倒是未摔倒,田舍娃自己折不住腰,重重地摔倒在木门槛上。李十三抢上两步扶田舍娃的时候,同时看见摔撂在门槛上的布口袋,"咚"的沉闷的响声是装着粮食的口袋落地时发出的。他扶田舍娃起来的同时就发出诘问:"你背口袋做啥?"

"我给你背了二斗麦。"田舍娃拍打着衣襟上和裤腿上的土末儿。

"你人来了就好——我也想你了,可你背这粮食弄啥嘛!"李十三说。

"给你吃嘛!"

"我有吃的哩!麦子豌豆谷子苞谷都不缺咯!"

田舍娃不想再说粮食的事,脸上急骤转换出一副看似责备实则亲畅的神气:"哎呀我的老哥呀!兄弟进门先跌个跟头,你不拉不扶倒罢了,连个板凳也不让坐吗?"

李十三赶紧搬过一只独凳。田舍娃坐下的同时,李夫人把一碗凉开水递到他手上了。田舍娃故作吁叹地说:"啊呀呀!还是嫂子对兄弟好——知道我一路跑渴了。"

李十三却以不容置疑的口气对夫人说:"快,快去擀面,舍娃跑了几十里肯定饿了。今响午咥黏面。"

夫人转身出了书房,肯定是借面去了。她心里此刻倒是踏实,田舍娃背来了二斗麦子,明天磨成面,此前借下的几碗麦子面都可以还清了。

田舍娃问:"哥呀,正谋算啥新戏本哩?"

李十三说:"闲是闲不下的,正谋算哩,还没谋算成哩。"

田舍娃说:"说一段儿,唱几句,让兄弟先享个耳福。"

"说不成。没弄完的戏不能唱给旁人。"李十三说,"咋哩?馍没蒸熟揭了锅盖跑了气,馍就蒸成死疙瘩了。"

田舍娃其实早就知道李十三写戏的这条规矩,之所以明知故问,不过是无话找话,改变一下话题——他担心李十三再纠缠他送麦子的事。他随之悄声悦气地开了另一个话头:"哥呀,这一向的场子欢得很,我的嗓子都有些招不住了,招不住还歇不成凉不下。几年都不遇今年这么欢的场子,差不多天天晚上有戏演。你知道咯——有戏唱就有麦子往回

李十三推磨　89

背，弟兄们碗里就有黏面咥！"

李十三在田舍娃得意的欢声浪语里也陶醉了一阵子。他知道麦子收罢秋苗锄草施肥结束的这个相对松泛的时节，渭河流域的关中地区每个大小村庄都有"忙罢会"，约定一天，亲朋好友都来聚会，多有话丰收的诗蕴，也有夏收大忙之后歇息娱乐的放松。许多村子在"忙罢会"到来的前一晚，约请皮影班社到村里来演戏，每家不过均摊半升一升麦子而已。这是皮影班社一年里演出场子最欢的季节，甚至超过过年。待田舍娃刚一打住兴奋得意的话茬，李十三却眉头一皱眼仁一聚，问："今年渭北久旱不雨，小麦歉收，你的场子咋还倒欢了红火咧？"

"戏好嘛！咱的戏演得好嘛！你的戏编得好嘛！"田舍娃不假思索张口就是爽快的回答，"《春秋配》《火焰驹》，一个村接着一个村演，那些婆娘那些老汉看十遍八遍都看不够，在自家村看了，又赶到邻村去看，演到哪里赶到哪里……"

"噢……"李十三眉头解开，有一种欣慰。

"我的十三哥呀，你的那个黄桂英，把乡下人不管穷的富的老的少的男的女的都看得迷格瞪瞪的。"田舍娃说，"有人编下口歌——'权当少收麦一升，也要看一回黄桂英'。人都不管丰年歉年的光景咧！"

说的正说到得意处，听的也不无得意，夫人走到当面请示："话说完了没？我把面擀好了，切不切下不下？"

"下。"李十三说。

"只给俺哥下一个人吃的面。我来时吃过了。"田舍娃说着已站立起来，把他扛来的装着麦子的口袋提起来，问，"粮缸在哪儿？快让我把粮食倒下。"

李十三拽着田舍娃的胳膊，不依不饶非要他吃完饭再走，夫人也是不停嘴地挽留。田舍娃正当英年，体壮气粗，李十三拉扯了几下，已经气喘不迭，厉声咳嗽起来。他长期胃病，又添了气短气喘的毛病。田舍娃提着口袋跷进另一间屋子，揭开一只齐胸高的瓷瓮的木盖儿，吓了一跳——里边竟是空的。他把口袋扛在肩上，松开扎口，"哗啦"一声，二斗小麦倒得一粒不剩。田舍娃随之把跟脚过来的李十三夫妇按住，"扑通"跪到地上："哥呀！我来迟了！我万万没想到你把光景过到盆干瓮净的地步……我昨日听你村一个看戏的人说你的光景不好，今日赶紧先送二斗麦过来……"说着已泪流不止。

李十三拉起田舍娃，一脸感动之色里不无羞愧："怪我不会务庄稼，今年又缺雨，麦子长成猴毛，碌碡停了，麦也吃完了……哈哈哈。"他自嘲地撑硬着仰头大笑。夫人在一旁替他开脱："舍娃你哭啥哩？你哥从早到晚唱唱喝喝都不愁……"

田舍娃抹一把泪脸，瞪着眼说："只要我这个唱戏的有得吃，咋也不能把编戏的哥饿下！我吃黏面绝不让你吃稀汤面。"随之又转过脸，对夫人说，"嫂子，俺哥爱吃黏的汤的尽由他挑。过几天我再把麦背来。"

田舍娃抱拳鞠躬者三，又绽出笑脸："今黑还要赶场子，兄弟得走了。"刚走出门到院子里，又折回身，"哥呀！我知道你手里正谋算一本新戏哩！我等着。"

"好！你等着！"李十三嗓门亮起来。说到戏，他把啥不愉快的事都掀开了，"有得麦吃，哥就再没啥扰心的事了。"

李十三和他的夫人运动在磨道上。两块足有一尺多厚的圆形石质磨盘，合丝卡缝地叠摞在一起，上扇有一个小孩拳头大小的孔眼，倒在上扇的麦粒，通过这只孔眼溜下去，在转动着的上扇和固定着的下扇之间反复压磨，再从磨口里流出来。上扇磨石半腰上捆绑一根结实的粗木杠子，通常是用牲口套绳和它连接起来，有骡马的富户套骡马拽磨，速度是最快的了；一般农户就用自养的犍牛或母牛拽磨，也很悠闲；穷到连一条狗都养不起的人家，就只好发动全家大小上套，不是拽而是推着

李十三推磨　91

磨盘转动了。人说"拽犁推磨打土坯"是乡村农活里头三道最硬茬的活儿，通常都是那些膀宽腰圆的汉子才敢下手的，再就是那些穷得养不起牲口也请不起帮手的人，才自己出手硬撑死扛。年届六十二岁的李十三，现在把木杠抱在怀里，双臂从木杠下边倒勾上来反抓住木杠，那木杠就横在他的胸腹交界的地方，身体自然前倾，双腿自然后蹬，这样才能使上力鼓上劲，把几百斤重的磨盘推动起来旋转起来。他的位置在磨杠的梢头一端，俗称外套，是最鼓得上力的位置，如果用双套牲口拽磨，这位置通常是套犍牛或儿马子的。他的夫人贴着磨道的内套位置，把磨杠也是横夯在胸腹交界处，只是推磨的胳膊使力的架势略有差异。她的右手从磨杠上边弯过去，把木杠搂到怀里，左手时不时拨拉一下磨扇顶上的麦子。等得磨缝里研磨溜出的细碎的麦子在磨盘上成堆的时候，她就用小木簸箕揽了，离开磨道，走到罗柜跟前，揭开木盖，把磨碎的麦子倒入罗柜里的金丝罗子，再盖上木盖，然后扳动摇把儿，罗子就在罗柜里"咣当咣当"响起来——这是磨面这种农活的象征性声响。

"你也歇一下下儿。"

李十三听见夫人关爱的声音，瞅一眼摇着拐把的夫人的脸，那瘦削的肩膀摆动着。他抬起一只胳膊用袖头抹一抹额上脸上的汗水，不仅没有停歇下来，反倒哼唱起来了："娘——的——儿——"一句戏词没唱完，似乎气都堵得拔不出来，便哑了声，喘着气，一个人推着磨扇缓缓地转动，又禁不住自嘲起来，"老婆子哎！你说我本该是当县官的材料，咋的就落脚到磨道里当牛做马使唤？还算不上个快马，连个蔫牛也不抵……唉！怕是祖上先人把香插错了香炉……"

"命——"夫人停住摇把，从罗柜里取出罗子，把罗过的碎麦皮倒进斗里，几步走过来，又回到磨道里她的套路上，习惯性地抱住磨杠推起来，又重复一遍，"命。"

李十三似接似拒的口吻，沉吟一声："命——"

李十三推着石磨。要把一斗麦子的面粉磨光罗尽,不知要转几百上千个圈圈,称得上"路漫漫其修远兮"了。他的求官之路,类如这磨道。他十九岁考中秀才,令家人喜不自禁,也令乡邻羡慕;二十年后的三十九岁省试里考中举人,虽说费时长了点儿,却在陕西全省排在前二十名,离北京的距离也近了;再苦读十三年后到五十二岁上,他拉着骡子驮着干粮满腹经纶进北京会试去了。此时嘉庆刚主政四年,由纪昀任主考官,录取完规定的正编名额后,又拟录了六十四名作为候补备用的人。李十三的名字在这个候补名单里。按嘉庆的考制,拟录的人按县级官制待遇,却不发饷银,只是虚名罢了。等得牛年马月有了县官空缺,点到你的名字上,就可以走马上任做实质性的县官领取县级官饷了。李十三深知这其中的空间很大很深,猫腻狗骚都使得上却看不见。恰是在对这个"拟录"等待的深度畏惧发生的时候,失望同时并生了,做官的欲望就在那一刻断灭。是他的性情使他发生了这个人生的重大转折——凭学识凭本事争不到手的光宗耀祖的官衔,拿银子换来就等于给祖坟上泼了狗尿。

他依着渭河北部高原民间流行的小戏碗碗腔的种种板路曲谱,写起戏本来了。第一本名叫《春秋配》,交给田舍娃的皮影班社,得了田舍娃的好嗓子,也得了他双手绝巧的"耍竿子"的技艺,这个戏一炮打响,演遍了渭北的大村小庄……他现在迷在写戏的巨大兴趣之中,已有八本大戏两本小戏供那些皮影班社轮番演出……现在,他和夫人合抱一根木杠,在磨道里转圈圈,把田舍娃昨日响午送来的麦子磨成白面,就不再操心锅里没面煮的事了……

"十三哥十三哥十三哥——"

田舍娃的叫声。昨日刚来过怎么又来了?田舍娃压抑着嗓门的连声呼叫还没落定,人已蹿进磨房喘着粗气。收住脚,与从磨道里转过来的李十三面对面站着,整个一副惶恐失措的神色。未等李十三开口,田舍娃仍压低嗓门说："哥呀不得了咧……"

李十三喘着气,却不问。他和夫人在自家磨道推磨子,闭着眼也推不到岔道上去,能有什么了不得的祸事呢!那一瞬,他甚至料定田舍娃是虚张声势——虚张声势夸大事态往往是这些皮影艺人的职业习性。

"哥呀!皇上派人抓你来咧……"

李十三"嘿"的一声不着意地轻淡地笑:"你也算是当了爸的人了,咋还说这些没根没影的话……"

田舍娃见李十三不信,当下急得失了色变了脸,双手击捶出很响的声音,像道戏曲白口一般疾骤地叙说起来:"嘉庆爷派的差官已经到县上咧!我奶妈的三娃在县衙当伙夫,听到这事赶紧叫人把信儿传给我。我撂下饭碗赶紧跑过来给你透风报信。你还大咧咧地信不下……"

李十三打断田舍娃的话问："说没说我犯了哪条王法？"

"'淫词秽调'——"田舍娃说,"皇上爷亲口说你编的戏是'淫词秽调',如野草般疯长,已经传流到好多省去了。皇上爷很恼火,派专使到渭南,指名要'提李十三进京',还说连我这一帮演过你的戏的皮影客也不放手……"

田舍娃说着说着就自动打住口,哑了声。他叙述这个因由的过程,突出的眉棱下的两只燕尾形的眼睛一直紧盯着他亲爱的李十三哥,连扶着磨杠的嫂夫人一眼也顾不及看。他看着李十三由不信不屑的眼神脸色逐渐转换出现在这副吓人的神色——两眼瞪得一动不动一眨不眨,脸色由灰黄变成灰白,辨不清是气恨还是惧怕——倒吓得田舍娃不敢再往下说了。

李十三突然猛挺起身子,头往后一仰,又往前一倾,"噢"地叫了一声,从嘴里喷出一股血来。田舍娃眼见一道鲜亮如同朝阳的红光闪耀了一下,整个磨房弥漫起红色的光焰,又如同一条血的飞瀑,呼啸着爆响着飞溅出去,落在磨扇顶端已经磨碎的麦粒上,也泼洒在凿刻着石棱的磨扇上。磨盘上堆积着的尚未收揽的碎麦麸顷刻间也染红了。田舍娃"噢呀"惊叫一声,吓愣了。

李十三又挺起胸来,头先往后一仰,即刻再往前用力一倾,又一道血的光焰血的飞瀑喷洒出去,随之他横跌在磨盘上,一只手垂下来。

田舍娃手足无措地站在一边,突然灵醒过来,一把抱起李十三,轻轻地摆平让他仰躺在地上。夫人也早吓蒙了,忙蹲下身为李十三抚胸搓背,连声呼叫:"你不能走呀你甭走呀……"随之掐住了丈夫的鼻根。

许久,李十三终于睁开眼睛了,顺手拨开了夫人掐着他鼻根的手。稍停半刻,他两手撑地要坐起来。夫人和田舍娃急忙从两边帮扶着。李十三坐起来。田舍娃这时才哭出声来。夫人也哭了。

李十三舒了口气,看着田舍娃说:"你咋不跑还在这儿?"

"你是这样子,我咋跑呀!"田舍娃说,"让人家把咱俩一块提走,我好招呼着你。"

李十三摇摇头:"咱俩得跑。"

田舍娃忙接上说:"就等你这句话哩,快走。"

李十三站起来,走了两步试了试腿脚,还可以走动,便对夫人说:"你也甭操心了。你操心也是白操——皇上要我的命,你还能挡住?挡不住喀。我要是命大能逃脱,会捎话给你,会来取戏本的——这本戏刚写到热闹的当当儿,你给我藏好。"

李十三和田舍娃俩人装出无什么要紧事的做派,走出门,走过村巷,还和村人打着礼仪性的招呼。村人乡党打问今晚在哪个村子摆场子,舍娃说在北塬上很远很远的一个寨子。乡党直惋叹太远太远了。两人出了村子,两人又从出村的这条宽敞的土路拐上一条一步多宽的岔路,两边是高过人头的苞谷苗子。隐入无边无际的苞谷绿秆之中,似乎有一种被遮蔽的安全感。两人不约而同又拐上一条岔道。岔道上铺满青草,泛着一缕缕薄荷的清香。两人又跷过水渠,清凌凌的水已经没有诗

李十三推磨　　95

意了，渠沿上的白杨也没有诗意了。这渠水和这白杨是最容易诱发诗意的景致，李十三每一次踏过渠上的木桥或直接跷过这水渠的时候，都忍不住驻足品味，都忍不住撩起水来洗一把脸。现在只有奔逃的恓惶和恐惧了。李十三在用力跳过渠的时候，有一阵晕眩，眼睛黑了一瞬，驻足的同时，又吐出一口血来。稍作缓息，田舍娃搀扶着他继续走着。两边依旧是密不透风的苞谷秆子，青幽幽闷腾腾的田野。走到这条小路的尽头，遇到一道土塄，分成又一个岔口。李十三站住脚："咱俩该分手了。"

田舍娃愣了一下，头连着摇："分手？谁跟谁分手？我跟你分手——我死都跟你不分手。"

李十三说："咱俩总不能傻到让人家一搭儿抓了，再一窝端了一锅蒸了嘛！留下一个会唱会耍竿竿儿的（支撑皮影的竹竿）人嘛！"

"不成不成不成！"田舍娃的头摇得更欢了，"耍竿竿儿的人多，死了我还有那一大帮伙计，会编戏的只是你十三哥——死谁都不能死你。"

"是这样嘛——"李十三说，"咱俩谁都不该死。咱俩谁都不死当然顶好咧！现时死临头了，咱俩分开跑，逃过一个算一个，逃过两个更好。千万不能一锅给人家煮了蒸了。"

田舍娃还是听不进去："你这么个病身子，我把你撂下撇下，我就是你戏里头写的那号负义的贼了。"

李十三说："我的戏本都压在你的箱子里，旁人传抄的不全，有的乱删乱添，只有你拿的本子是我的原装本子。想想，把我杀了不当紧，我把戏写成了；要是把你杀了又抄了家，连戏本子都会给人家烧成灰了……你而今活着比我活着还当紧。"

田舍娃这下子不说话了。

李十三又说："你活着就是顶替我活着。"

田舍娃出着粗气,眼泪涌出了。

"你的命现在比我的命贵重。"李十三再加重说,"快走赶快跑,哥的戏本就指望你了。"

李十三转过身走了。

田舍娃急抢两步,堵在李十三面前,"扑通"跪在路上,连磕三个响头,站起来又抱拳作揖者三,瞪着眼睛说:"我的哥呀!你放心走,只要有我舍娃子一条命,你的戏本一个字都丢不了!"

"你的命丢了,本子也甭丢。"李十三也狠起来,"你先把戏本藏好再逃命。"

"记下了。"田舍娃跑走了,跑到一畛谷子地里,对着坡塄骂了一句,"嘉庆呀嘉庆,我没有你这个爷了。"

田野静寂无声。

李十三顺着这条缓坡路走着。他想到应该斜插到另一个方向的梯田里去,谁会傻到顺着一条上渭北高原的官路逃亡呢?他不想逃跑,又不想被抓住。他确凿断定自己活不了几个时辰了。他只不过不想死到北京,也不想活着看见那个受嘉庆爷之命前来抓他的差官的脸。他也不想死在磨道里或死在炕上,那样会让他的夫人更恓惶。活着没能让她享福,死时却可以不让她受急迫。他也不想死在田舍娃当面,越是相好的人越想死得离他远点。

莽莽苍苍的渭北高原是最好的死地。

李十三面朝着渭北高原背对着渭河平原,往前一步一步挪脚移步,他又吐出一口血。血把脚下被人踩踏成细粉一般的黄土打湿了,瞬间就辨不出是血是水了。

再挣扎到一个塄坎上的时候,他又吐血了。

当他又预感到要吐血的时候,似乎清晰地意识到这是最后一口所能喷吐出来的血了。他已经走出村子二十里路了,在这一瞬他转过身来,

李十三推磨　97

眺望一眼被绿色覆盖的关中和流过关中的渭河。他吐出最后一口血，仰跌在土路上，再也看不见渭北高原上空的太阳和云彩了。

附记

  约略记得是上世纪五十年代末，我在周六从学校回家去背下一周的干粮，路上的男男女女老人小孩纷纷涌动，有的手里提着一只小木凳，有的用手帕包着馒头，说是要到马家村去看电影。这部电影是把秦腔第一次搬上银幕的《火焰驹》，十村八寨都兴奋起来。太阳尚未落山，临近村庄的人已按捺不住，挎着凳子提着干粮去抢占前排位置了。我回到家匆匆吃了饭，便和同村伙伴结伙赶去看电影了。"日行千里夜行八百"的火焰驹固然神奇，而那个不嫌贫爱富因而也不背信弃义更死心不改与落难公子婚约的黄桂英，记忆深处至今还留着舞台上那副顾盼动人的模样。这个黄桂英不单给了乡村那些穷娃昼思夜梦的美好期盼，城市里的年轻人何尝不是同一心理向往。直到五十年后的今天我才弄清楚，《火焰驹》的原始作者名叫李十三。

  李十三，本名李芳桂，渭南县蔺店乡人。他出生的那个村子叫李十三村。据说唐代把渭北地区凡李姓氏族聚居的村子，以数字编序排列命名，类似北京的××八条、××十条或十二条。李芳桂念书苦读一门心思为着科举高中，一路苦苦赶考直到五十二岁，才弄到个没有实质内容的"候补"空额，突然于失望之后反倒灵醒了，便不想再跑那条路了。这当儿皮影戏在渭北兴起正演得红火，却苦于找不到好戏本，皮影班社的头儿便把眼睛瞅住这个文墨深不知底的人。架不住几个皮影班头儿的怂恿哄抬，李十三答应"试火一下"——即文人们常说的试笔。这样，李十三的第一部戏剧处女作《春秋配》就"试火"出来了。且不说这本戏当年如何以皮影演出走红渭北,近二百年来已被改编为秦腔、京剧、川剧、豫剧、晋剧、汉剧、湘剧、滇剧和河北梆子等。这一笔"试火"得真是了得!大约自此时起,李十三这个他出生并生活的村子名称成了他的名字。李芳桂的名字以往只出现或者只应用在各级科举的考卷和公布榜上,民间却以李十三取而代之。民间对"李芳桂"的废弃,正应着他人生另一条道路的开始——编戏。

李十三生于一七四八年,距今二百六十年了。我专意打问了剧作家陈彦,证实李十三确实是陕西地方戏剧碗碗腔秦腔剧本的第一位剧作家,而且是批量生产。自五十二岁摈弃仕途试笔写戏,到六十二岁被嘉庆爷通缉吓死或气死(民间一说吓死一说气死,还有说气吓致死)的十年间,他写出了八部本戏和两部小折子戏,通称"十大本"——《春秋配》《白玉钿》《火焰驹》《万福莲》《如意簪》《香莲口》《紫霞宫》《玉燕钗》八部本戏及《四岔》《锄谷》两部折子戏。这些戏本中的许多剧目,随后几乎被中国各大地方剧种都改编演出过,经近二百年而不衰。我很自然地发生猜想:中国南北各地差异很大的方言,唱着说着这位老陕的剧词,会是怎样一番妙趣。不会说普通话更没听过南方各路口音的李十三,如若坐在湘剧京剧剧场里观赏他的某一本戏的演出,当会增聚起抵御嘉庆爷捉拿的几分胆量和气度吧,起码会对他点灯熬油和推磨之辛劳,添一分欣慰吧!

然而,李十三肯定不会料到,在他被嘉庆爷气吓得磨道喷吐鲜血,直到把血吐尽在渭北高原的黄土路上气绝而亡之后的大约一百五十年,一位秦腔剧作家把他的《万福莲》改编为《女巡按》,大获好评更热演不衰。北京有一位声名赫赫的剧作家田汉,接着把《女巡按》改编为京剧《谢瑶环》,也引起不小轰动。刚轰动了一下还没轰得太热,《谢瑶环》被批判,批判文章几成铺天盖地之势。看来田汉胆子大点儿气度也宽点儿,没有吐血。

一切都已成为过去。过去了的事就成历史了。

我从剧作家陈彦的文章中，获得李十三推磨这个细节时，竟毛躁得难以成眠。在几种思绪里只有一点纯属自我的得意，即我曾经说过写作这活儿，不在乎写作者吃的是馍还是面包，睡的是席梦思还是土炕，屋墙上挂的是字画还是锄头，关键在于那根神经对文字敏感的程度。我从李十三这位乡党在磨道里推磨的细节上又一次获得确信，是那根对文字尤为敏感的神经，驱使着李十三点灯熬油自我陶醉在戏剧创作的无与伦比的巨大快活之中，喝一碗米粥咥一碗黏面或汤面就知足了。即使落魄到为吃一碗面需得启动六十二岁的老胳膊硬腿去推石磨的地步，仍然是得意忘情地陶醉在磨道里，全是那根虽然年事已高却依然保持着对文字敏感的神经，闹得他手里那支毛笔无论如何也停歇不下来。磨完麦子撂下推磨的木杠，又钻进那间摆置着一张方桌一把椅子一条板凳的屋子，掂起笔杆揭开砚台蘸墨吟诵戏词了……唯一的实惠是田舍娃捐赠的二斗小麦。

同样是这根对文字太过敏感的神经，却招架不住嘉庆爷的黑煞脸，竟然一吓一气就绷断了，那支毛笔才彻底地闲置下来。我就想把他写进我的文字里。

2007年5月9日

于二府庄

十八岁的哥哥

一

"唰——唰——唰——"

一张粗铁丝编织的双层罗网，用三脚木架支撑在沙滩上。他手握一把被砂石蹭磨得明光锃亮的钢皮锨，前弓后踮着腿，从沙梁上铲起饱饱的一锨砂石，一扬手，就抛甩到罗网上。于是，就发出这种连续不断的既富于节奏而又沉闷单调的响声。

经过规格不同的双层罗网的过滤，砂石顺着隔板，分路滚落到两只同样用粗铁丝编制的笼筐里；细沙透过双层罗网的网眼，丢落在沙地上。笼筐里的石头装满了，他把铁锨插在沙堆上，一猫腰，提起笼筐，跨开长腿，甩着左臂，扭着犍牛犊一般强健的身躯，走上沙梁，"哗啦"一声把石头倒在石头堆子上，直起腰，从脖子上扯下毛巾，擦拭脸颊上的汗水。

太阳即将出山的这一瞬间，秦岭的群峰沉浮在玫瑰色的霞光里，山峰的陡峭挺拔的雄姿顿然变得模糊了，线条柔和了，面目朦胧了，和玫瑰色的天空融在一起了。蓝莹莹的细细的流水、冬季里裸露的沙滩、落光了叶子的杨柳林带、霜花蒙蒙的麦田，也都沐浴在瞬息万变的霞光里。整个河滩宽阔的沙地上，罗网林立，铁锨闪光，砂石撞击罗网的"唰啦"声响，杂乱而又刺耳，和这样瑰丽的初冬清晨的美景极不协调地统一在一起。

他把倒掉了石头的笼筐重新搁稳到罗网下面，往掌心喷一喷口水，双手搓一搓，掌心里发出"嚓嚓嚓"的响声。茧痂和茧痂搓磨，竟有这样粗糙的声响，铁锨木把儿在他手掌上开始留下劳动的印记了。他有趣地笑笑，捞起铁锨，低头铲起一锨砂石，扬手抛甩到罗网上。

一切都显得十分简单——抛沙取石，卖石头挣钱。只需给手心喷上唾液，攥紧锨把儿，使足劲儿，出力流汗，就解决一切问题了；不要精心地谋划，也不必过细地算计，只要一天三顿塞饱肚子，胳膊上有源源不断的力气产生出来就行啰⋯⋯绕口的数学公式、冗长的政治名词的概念、堆积如山的数理化习题、令人惶惶不安的频繁的考试⋯⋯都像脚印一样留在身后，遥远而又冷寂了。他——十八九岁的高中毕业生曹润生，作为一个年轻的庄稼汉，加入到曹村庄稼汉们庞大的劳动大军中来了。

一切既显得简单，也很自然。

他背着书包，车架上捆绑着被褥卷儿，网袋里装着脸盆、牙具和杂物，涉过小河，从五里镇中学回到曹村来了。

父亲在门口的槐树下，正用一把铁梳子给黄牛梳刮着皮毛，抬起头，淡淡地问："念完了？"

"完了。"他说，也是淡淡的口气，"毕业了。"

"大学⋯⋯考得咋样？"

"不咋样。"

父亲就不再问了，继续用铁梳子梳刮黄牛卧圈时粘在臀部和肚皮上的粪痂和土屑。他只精通作务庄稼和养育牲畜，是连自己的名字也写不到一块的粗笨庄稼汉，对于儿子念书和考学的事，大约连问询的话题也找不出来⋯⋯

一月后，他接到一封信，那是高等学校统考成绩通知单。他看了一眼，就塞到裤兜里去了。结果是羞于让人再看一眼，或者告诉他人的。

"润娃，心放开！"父亲显然猜透了信的内容，不用询问，就朗声宽慰儿子,"而今考大学跟中状元一样,太难咧!听人说,咱小河一川几十个村子,只考中了一个女子;人说那女子连着考了三年才得中……"

"嗯……"他不置可否地应着。

"你要是不死心,再念一年,明年再考一回,爸供给你。"父亲说,"爸做那几亩庄稼,还成哩!"

"不咧!"润生苦笑着摇摇头,口气却是坚定的。他的高考成绩离那个录取的分数杠儿,距离太远了。他看着父亲皱皱巴巴的脸颊上的笑纹,反倒难受了。是啊!父亲供给他念到高中毕业,花了多少钱哪!而他却把好多时间抛洒在五里镇中学的篮球场上了!他断然说,"不用补习了,爸。"

"那也好!而今做庄稼,日子也好过了。"父亲轻松地笑着,仍然在替儿子宽解。在他看来,年轻人都想通过念书考试而进入城市,达不到目的的就三心二意,连做庄稼也觉得没意思了。他说,"你看看,天底下的庄稼人有多少……甭在心!"

润生和父亲在自家的责任田里秋收——掰苞谷,掐谷子,随后就在收获过庄稼的田地里播种下麦子。当秋收秋播的忙季一过,父子俩闲下了。

"得寻个活儿干呀!庄稼人怎能闲吃闲坐呢?"父亲在灯下抽着旱烟,"整整一个冬天,整整一个春天,到搭镰割麦,地里没活儿。润娃,你得搞个营生呀!"

润生靠在炕边,他早就想着自己该干的营生了。五六亩责任田,不够父亲一双手收拾。家里那三十多只母鸡,属于母亲的宝贝,用不着他经营。黄牛生下一头母牛犊,母猪产下十二只小崽,那是父亲的爱物,更不必他插手抚弄。鸡呀、猪呀、牛呀,这些东西,他全无兴趣,见着都觉得烦!他喜欢蜜蜂,早就想着有一群蜜蜂,春天到南方,夏天到北

十八岁的哥哥　　103

方,搭火车,乘汽车,天南海北去放蜂,去赶花。那些"嘎嘎嘎"叫着的笨拙的母鸡,那肮脏的丑陋的老母猪,那行动迟缓的老黄牛,有什么意思呢!那金色的蜜蜂,"嗡嗡嗡"的,酿出雪白的或金黄的蜜来,够多有趣啊!

"我早想好了——"润生看父亲一眼,胸有成竹地说,"我要养蜂。爸,我把一本《养蜂学》看得快要背过了。"

"哪来的本钱呢?"父亲总是切实地想问题,"一箱蜂要七八十块,咱能买起几箱呢?养得少,划不着;养多,又没那么大的本钱……"

"给我买一张罗网。"润生早有打算,"我下河滩捞石头,挣下钱来买蜂。东杨村俺同学家养了十箱意大利蜜蜂,他爸不会管理,没赚着利,不想养了。我想把他家那些蜜蜂连窝端过来。我今年捞一冬石头,挣的钱差不多就够了。"

"你爱弄,就去弄那蜂儿去。"父亲从来不违拗儿子,总是顺着儿子的兴趣。他生过六个女子,五十大关上才得到这么一个宝贝儿子,爱子之心可以想见了。况且,曹村的曹安勤就养着一群蜂,走南闯北,赚得一把好钱,儿子养蜂是正经营生,不是玩狗耍鸽子的二流子行径嘛。他说,"你去捞石头吧!挣下钱你自个攒着,给你买蜂去!要是不够,爸卖了这窝猪娃,给你添补……"

润生扛上铁锨和罗网,走出自家小院低矮的门楼,下了场塄,下河滩来了。河滩里刚刚落下头一场小雪,冬小麦嫩绿的叶尖翘在薄雪上头。像河岸两边的庄稼人一样,他在宽阔的沙滩上,选择一道石头多的沙梁,用三脚木架支撑起罗网,用铁锨抛起第一锨砂石。石头撞击崭新的铁丝罗网的第一声响亮的声音,新奇而又陌生,长久地留在他的记忆里。

沙滩上拥挤着多少人啊,男人女人,壮汉青年,有的是一人一张罗网,有的父子、夫妻合着一张罗网,摆开架势,抛沙取石。整个河滩上，都是石头撞击罗网的杂乱的"唰啦"声。土地下户了，冬闲了，多数找不到挣钱门路的人都下滩来了。这种劳动平稳，不需要四处奔波，一天三顿可以吃到自家锅里的热饭，晚上能在自家的热炕上歇息；不要投资，不要底本钱，只需花十几块钱买一张机器轧制的罗网就行了。不用任何人号召、动员，秋播一毕，庄稼人挂了犁、卸了铧，扛上罗网走下村前的河滩里来了。这儿是一个取之不尽、掏挖不竭的天然采石场，可以容纳一切人。

润生没有烦恼，倒是很踏实地在曹村门前的沙滩上撑起了自己的罗网。他学业平平，只是个中等生，对于参加高考，本来就缺乏一定要考中的狠劲，结果自然是早可预料的。因为所望不高，失败时也就减轻了痛苦的程度。他喜欢蜜蜂，那个神秘的王国比什么大学现在都令他动心；他喜欢养蜂人的生活，天南海北去赶花采蜜……为了尽快地把东杨村那十箱蜜蜂买过来，他现在必须埋头苦干，拼命抡动铁锨，从一锨一锨抛起的砂石中，挣下买蜂的钱来！东杨村那个同学他爸，简直是个大笨熊，把二十多箱可爱的金黄色的意大利纯种蜜蜂，弄死了大半，太可惜了……到他攒下千元款项的时候，就要把那十箱蜜蜂连窝端过来。那时候，他就扔下铁锨和罗网，离开这冬季奇冷而夏天特热的沙滩了……

"唰——"

曹润生抛着沙子。他穿一件蓝色秋衣，短短的运动员式平头上，热气蒸腾，红润润的脸膛上流着汗水，可胳膊上并不困乏。下河滩近一月来，最初的不适应重体力劳动的时期已经过去了，双手已经磨出厚硬的茧痂；无论速度还是耐力，乃至捉锨扬沙的姿势，他都完全可以与任何一位庄稼汉相抗衡了。在篮球场上训练出来的四肢，灵活而轻便；膀阔腰细，行动敏捷，连抛沙提笼倒石头的动作，都带着投篮时的优美的姿势。

他抹一把汗，欣赏着不断增高的石头堆子，嘴角露出得意的而又

十八岁的哥哥　　105

满足的微笑,像球赛时瞥一眼记分牌上的积分数字的神气。这时候,一辆天蓝色的大卡车"呜呜"吼叫着,从河滩麦田间的白杨甬道上开到河岸边来了,这是今天早晨头一辆到曹村河滩来的装载砂石的汽车。他扔下铁锨,迎着汽车奔去。有好多人已经从河滩的各个角落蹦起来,朝着汽车开来的方向奔跑。激烈的竞争出现了……

二

沙滩虽然远离村庄,却不是世外桃源,竞争比在责任田里表现得更表面化、尖锐化。一家一户的责任田里,谁家的麦子长得好,谁家的棉苗齐壮,那得凭作务技术,默默地进行比赛和竞争。沙滩上不一样啰!谁的石头捞得多或捞得少,那只能是成功的一半,甚至是少一半,关键的关键是能不能及时地将汗水换来的石头卖掉。只有把石头装进大卡车或拖拉机的车厢,从驾驶员手里接过那一张盖着公社砂石管理站紫色条章的发票,那时才能心地踏实地说:汗水洗出来的人民币,切实地装进腰包了!石头捞得再多,堆在沙滩上不能卖掉,那只是一堆石头,不是票子!而一旦赶春节前后不能出手,小河在阳历四月就进入汛期,倘若一场洪水漫下来,汗水就算白流了。

每有一辆绿色或蓝色的卡车拐进河湾,就有一伙年轻的或年老的捞石头的庄稼人丢下铁锨,奔跑过去,汗渍斑驳的脸上做出巴结乞求的笑颜;捷足先登的小伙子一步跃上踏板,把早已点燃的香烟塞进司机的嘴巴,几乎千篇一律地重复着一句话:"师傅,咱的石头,干净得跟水里淘过一样……"

曹润生跑着,跑着,沙地上软绵绵的,跨出一步,软绵的沙子又把人滑回半步,全不像又硬又光的篮球场跑起来舒服。他也要卖石头,他必须参加这种竞争。他气喘吁吁地跑着，跑着，终于在半道上收住了脚步。晚了！已经有三四个人先后拦住汽车了，把汽车驾驶楼两边的窗口挤满了，自己起动得太晚了！他扭身返回自己的沙梁，却听到粗壮的嗓音在吵闹，在对骂，竟而动起拳脚了。好多人纷纷朝汽车跑去看热闹。润生也缓缓地跑过去，想看看究竟——谁和谁打架呢？

呀！五十多岁的长才大叔，鼻孔和嘴巴全给鲜红的血浆黏糊住了，怪怕人的！他坐在沙地上，双手死死地抱住一个名叫曹占孙的青年的右腿，嘴里叫骂着。曹占孙根本不在乎，嘴角叼着纸烟，眼睛瞟瞅着天空，一副傲慢而又蛮横的神气。

问题并不复杂。长才大叔和占孙大约同时奔到汽车跟前，占孙腿脚灵活，一跃就跳上汽车的踏板，肩膀把笨手笨脚的长才大叔撞倒了，跌扑在汽车旁边，差点给车轱辘轧住腿脚；长才大叔慌忙爬起来，照着占孙的屁股踢了一脚，占孙反手一拳，打得他鼻血如注⋯⋯奇怪的是，好多人围在汽车周围看热闹，却没有人动手拉架。长才大叔自知不是小伙子占孙的对手，没有敢再还手，就抱住他的腿脚不放，僵持着。为了出售自家的石头，争争吵吵的事时有发生，谁也不愿意介入到与自己关系不大的纠纷中去，冷漠地看一看，纷纷走散了。有几个人竟然围住司机，在缠磨，全然不顾这两个因为争执而发生冲突的人。司机坐在驾驶楼里，咂着烟卷，谁也不瞅，漫不经心地瞅着前头的沙滩，嘴里放出烟雾来。看着司机那副冷漠的样子，润生心里憎恶起来：瞧你那个样子！你下车来劝解一句，会劳你多少神呢？

润生看看长才大叔血糊糊的嘴巴，走上前，拉扯他的手臂，用一种自己也莫名其妙的大人们的口吻劝解："算咧！算咧！乡里乡亲，甭失了和气⋯⋯"是啊，在学校里，班主任常常给他们讲文明道德，说要尊重别人的人格，要尊老爱幼，要有礼貌⋯⋯可是在这河滩野洼的地方，谁讲这些道理呢！

十八岁的哥哥　　107

"叫他狗日的把我打死!我早就活得烦咧……"长才大叔喊着骂着。

"打死你?我划不着账哩……"占孙仍然傲慢地说。

长才大叔双手死死地扣在一起,掰也掰不开。润生一时找不到更有用的话劝解,作难了。他想对占孙说:你占了便宜,少说几句气话吧!或者道歉几句,长才大叔也就有脸从地上爬起来了呀!偏偏是占孙不买账,打了人还不松口。润生在心里憎恨那张蛮横的脸了。

"谁个叫曹润生?"

润生放开手,转过身,看见司机从驾驶楼的窗口探出头来,正在呼喊自己的名字。怪!这位满脸络腮胡须的司机,从来没见过面,他怎么知道自己的名字呢?润生愣愣地瞅着司机,说:"我就是。你找我……"

司机喷出一口烟,盯着他,问:"你的石头在哪儿?"

"下边……"润生愣愣地指着自己的石头堆子所在的方向。

"装你的石头。"司机缩回脑袋,"走,引路。"

这是怎么回事呢?润生看见,围在汽车跟前纠缠司机的几位乡亲,全用一种探询的眼光一齐瞅住他了。润生明白众人那眼神里包含着什么意思——只有暗中行贿买通了什么人,才有这种指名道姓要装你的石头的美事。可是,他没有给任何司机送过礼,也根本不认识公社砂石管理站的任何一位干部。这是怎么回事呢?

在这样的场合,遇见这种不期而遇的事,润生觉得众人的眼光像蒺藜狗子粘在脊背上,甚至觉得自己劝解长才大叔的举动似乎都是虚伪的了。嗬!别人为拦车打得头破血流,你却不费口舌卖石头,还装模作样来劝架……

润生忽然灵机一动,对长才大叔说:"快起来,装你的石头吧!"

长才大叔一惊,忽地从地上爬起,对占孙骂道:"狗日的,走着看,我跟你不得完……"

润生已经跳上汽车踏板,手抓着驾驶楼上的窗边儿,引着司机,一直开到长才大叔的石头堆子跟前。

车门打开,中年司机从驾驶楼里走出来,跳到沙滩上。这个头发稀疏而胡须茂盛的中年汉子,挺着胸,凸着肚,帆布工作服的纽扣只扣住最下面一只,圆滚滚的肚子把毛衣撑得变了形。他走到石堆前,用脚拨拉一下石头,看看成色,随口问:"这是你的石头吗?"

"是我大叔的。"润生说。

"别人指派我来拉你的石头!"司机说。

"我大叔的石头……"润生急忙说,"跟我的一码事。"

"装吧!"司机一摇手,车厢里的几个装卸工,纷纷跳下车来。

长才大叔已经在河水里洗过脸上的血污,用衣衫的下摆襟乱擦着水渍渍的脸颊,捞起铁锨,帮着陌生的装卸工们装起石头来,和占孙打架的事已经抛到脑后去了。刚撩拨了两锨,长才大叔停住手,从棉袄里掏出一包"金丝猴"香烟,一一塞给装卸工们。司机瞅一眼揉得皱皱巴巴的烟盒,不屑地推开了。长才大叔把烟盒又塞到润生手里:"润娃,你陪着师傅抽烟!"

司机在沙地上坐下来,点燃了自己的黑色雪茄,用怪异的眼光盯着润生,说:"小兄弟,你给公社砂石管理站进过多少贡啦?"

"进贡"这个词,是润生下到河滩以后常常听到的话,含义是行贿。在学校里,老师讲到过"贿赂";乡村人过去说"塞黑食",真是形象而又确切。不过,捞石头的庄稼人,既不习惯说高雅的"贿赂",也丢弃了太直太露的俗语"塞黑食",现在通用含蓄而又通俗的"进贡"这个词了。

可是,平心而论,简单而年轻的高中毕业生曹润生没有通过此道,砂石管理站的前门或后门他也一概没有进去过。他压根儿不认识管理站

十八岁的哥哥

任何一个人，即使想进点什么贡品，也是求告无门哪！他宁可去追拦卡车，和那些司机们纠缠软磨，而这种乞求在河滩里没有人笑话。他追拦汽车的速度之快是无与伦比的，轻巧地跳上正在行驶中的汽车踏板的动作，也是无与伦比的。他曾经是本县中学生篮球代表队的主力中锋，那些笨拙的庄稼汉怎能相比呢！他的石头没有过多的囤积而及时卖掉了。

"有贡品我自个早享用了！"润生斜眼瞅着司机，感到了侮辱。他想：你自个那么贪吃，以致把肚皮吃得连纽扣都扣不上了，却怀疑别人去进贡。他不屑地一扭头，"我还没学会哪！"

"那么……是你舅还是你姨父在管理站？"司机恶毒地嘲笑说，"那么一个狗屁管理站！"

"我儿子也不在那儿！"润生反唇还击，"谁要是进过管理站的大门——咱俩，谁是儿子！"润生解气地说，报复似的瞧着司机那张气得鼓鼓的脸颊。

"既然你没进贡，既然没有你舅你姨父在管理站，那——"司机紧盯着润生，两只鼓出的眼珠不怀好意地瞅着他，"那么我问你，砂石管理站那个开票的女子，为啥把我调拨到曹村这个鬼地方来？为啥指名道姓叫我要拉你的石头？害得我多跑几十里路，多烧两公斤汽油……"

润生纳闷了。砂石管理站开票的女子姓甚名甚，他也不知道，真是摸不着头绪。看看司机愤愤不平的神气，不像说谎诓诈嘛！这到底是怎么一回事呢？

"那个长得怪疼人的女子，再三叮咛我，'你到曹村去装石头，找一个叫曹润生的青年……'"络腮胡须司机压细嗓门，愚蠢地模仿着那个女子的嗓门音调儿，随之脸一变，戏谑地说，"那个女子是你媳妇吗？我看八九不离十……"

"胡说……"润生臊红了脸，心里忽然一动：会不会是她呢？她什么时候到砂石管理站去工作了？他可一点也不知晓。

"我说准了吧？脸红了哇！"司机开心地哈哈大笑，更加放肆地取笑说，"那女子长得好漂亮！小兄弟有艳福……哈哈哈……"

润生的脸一阵阵发热，心在胸脯里不安地跳弹起来。他的同班同学刘晓兰，什么时候到砂石管理站工作了，暗中给他行着方便？他无法抵挡络腮胡须司机那锥子一样尖锐的眼光，惶惑地避开了。

"有这样疼人的妞儿暗中保佑你……"司机站起来，友好地拍拍润生的肩背，得意地笑着说，"你该当蹦起来才对呀！"

石头装满了。装卸工们先后爬上车厢，裹紧衣襟坐下来。司机钻进驾驶楼，发动了汽车，从车窗里探出头来，狡狯地笑着："小兄弟，日后甭忘了老哥给你搭过一回桥哪……"汽车开走了。

长才大叔一边抹着脖子上的汗水，一边把一张卡片递过来："润娃，你看，这上头写着几吨？"

"四吨半。"润生说。

长才大叔小心翼翼地把那张盖着紫红印章的卡片装进棉袄里头的口袋里，舒悦地笑着。他诚恳地拍着润生的肩膀，大嘴长舌头溅出唾沫星子，动情地说："俺润娃到底念过高中，懂得礼行，跟那混蛋孙子不一样……"

润生听不进去长才大叔啰啰唆唆的话了，心里正在想着砂石管理站那个开票的女子……"叔急着用钱哩！"长才大叔还在啰唆，"旁人给你小青哥说的那个媳妇，这月初六见面哩！正愁礼钱凑不够数儿……"

润生点点头，表示理会了。乡村里订婚结婚，那是庄稼人的头宗大事。他说："你要是急用，我再给你拦车……咱们干活吧！"

长才大叔感激地点点头，夸赞着他，转过身走了。润生走回到自己的罗网前，捞起锨把儿，抛甩起砂石来。铁丝罗网上发出连续不断的"唰啦唰啦"的响声，刘晓兰的好看的脸蛋和眼睛，在他的眼前闪动着……

三

公共汽车在五里镇停下,他和她走下车门,暮色苍茫了。

他们一块在县上参加中学生篮球联赛回来。她是本届女篮冠军获得者五里镇中学代表队的替补队员,他是男子季军五里镇中学男队的主力中锋。季军虽然不大显赫,而八号中锋的出色球技,却令县城居民中的球迷倾倒——这个秦岭山下的偏远的县城,有一种根深蒂固的传统性的篮球狂热。赛后,他被选拔为县中学生篮球队队员,不久将到市里去征战。现在,他和她穿着球衣,走过暮色苍茫的五里镇,朝河滩走去。他们的家同住在小河北岸。

"到学校去一下。"她说。

"暑假里,学校没人,去干什么呢?"他说。

"去拿我订的报纸。"她说。

"那得快点。"他随和地说,"天要黑了。"

"夏天怕啥?"她说,"有月亮。"

他和她一起走进熟悉的学校大门。砖铺的甬道上,散落着梧桐树的花边大叶子,青草从砖缝里也长出来了。看门的老头儿,光着上身,只穿一件宽大的短裤,在传达室门口的躺椅上摇着芭蕉扇。老头看见有女生进来,急忙套上短袖汗衫,接着就大加赞扬这两位为五里镇中学争得荣誉的运动员,热情地把一缸子酽茶也递上来了。润生听着,憨憨地笑着。忽然,他瞅见传达室的墙上贴着一张红纸捷报,上面工工整整地写着本校男女篮球队取得的战绩。有意思!暑假里没有学生,也没有教师,老校工还是要写这样一张捷报,他是为了抒发内心的欢愉之情吧!老校工这样重视五里镇中学的荣誉,这样喜欢体育运动,润生心里一下子缩短了和老校工之间年龄上的距离,热乎起来了。是的,一个对任何体育活动都毫无兴趣的人,内心一定是很单调很枯燥的。

刘晓兰拿到什么人给她的一封信,坐在门口的灯光下拆看起来;看完了,又翻着报纸看起来。这人真是性凉呢!他们要过河,还有五六里路才能到家,天黑了呀!他催促起她来。

晓兰不在乎地"咯咯咯"地笑着,站起来,把报纸塞进背篼,和老校工告别一声,和润生走进五里镇狭窄的街巷。

小镇夏天的夜晚,比白天似乎更富于生气,一幢一幢店铺的门口,坐着或躺着乘凉的男女,电视机搬到室外的街道上,什么武打片子惊起一阵阵大呼长叹……

走过五里镇短浅的街道,走下场塄了。河滩里,抽穗的稻秧散发着沁人心脾的清香;水渠里透着星光,闪闪发亮;青蛙从路边的草丛里蹦起来,"扑通扑通"跳到稻田里去。夜风从河川上游吹下来,挟裹着瓜果成熟的丝丝香味,灌进人的鼻孔,令人心神清爽。

一只青蛙撞到晓兰的腿脚上,吓得她尖叫一声,跳起来,差点摔倒,双手扑抓住润生的肩头。润生站住脚,哈哈笑着,笑晓兰的胆子太小了。青蛙有什么好害怕的呢?他说,小时候,他和小伙伴们在稻田塄坎上割草,把麦秸秆儿塞进青蛙的屁眼儿,吹得小青蛙肚子圆滚滚的,眼睛都翻鼓出来了。

她捂住耳朵,不要听他讲这样残忍的游戏。

"你投篮的时候,连看篮环儿也不看,怎么投得那么准!"

"怎么能不看篮环儿呢?看。"

"我发现你就不看,跳起来就投,'唰——'进了!我在场子外头看过好几次了。"

"当然,主要凭手劲儿……"

"我怎么越认真越是投不准呢?"

十八岁的哥哥　113

"不能太认真，越认真越投不进去。"

"哈呀！没听说过，随随便便倒能投中？"

"就是要随随便便地投……"

"教练老师可没讲过你这理论，总是要我们认真。"

"越认真越紧张，紧张了就投偏了。我就是随随便便。我一跳起来，就不管啥啥了，球场上好像只有我一个人，不必紧张……"

夜风轻柔，沙滩绵软，星光在河水里闪烁……河滩夏夜的安谧和清爽，简直使人无法回想晌午时分那令人燥热不安的阳光。旱季里，河滩裸露着沙子和石砾，只有窄窄的一道清流，"哗哗哗"地淌着，水声像金链条发出的脆响。

他脱掉鞋，把蓝色的运动裤往上拉一拉，裤脚的松紧带儿就卡在膝盖上头。河水很浅，他拎起鞋就下了水，清凉的流水，"嗖嗖嗖"地从脚面上流过去。他走过几步，没有听见她下水的声响，就转过身，发现她仍然站在岸边。

"水浅得很，过呀，没事儿！"

她站在水边，歪一下头，没有吭声。

"你在篮球场上拼得多凶呀！这点点水，倒怕咧？过吧，没一点危险……"

她又歪一下头，仍然没有吭声。

"咋回事呀？"他无可奈何地朝南岸折转回去，"你家也住在河边上嘛！河边的娃娃谁没耍过水……"他不在意地嘟囔着，走到她跟前，"你倒怕水。"

"我……不能……"她勾下头，羞怯地支吾着，"……不能下水。"

他不懂，她怎么不能下水呢？又没有病嘛！他又不好意思细问，却又作难地说："那咋办？夏天，木板桥早拆掉了。"

"你……"她微微仰起头，不好意思地说，"你不会背我过河吗？"

"那……"他口吃了，脸上先热了，他可从来没有背着一个大姑娘过过河。迟疑间，他忽然想，其实也没有什么大惊小怪的，河边上的庄稼人，男人背女人过河，是平平常常的事情。他给自己鼓劲，从不必要的拘谨里解脱出来，做出随随便便的样子，蹲下身来了。

她哈哈笑着，伏到他的背上。真好！她笑得恰到好处，天真的纯洁的笑声，不仅解除了她自己的窘态，也使他顿然觉得舒展自如了！他站起来，她可真轻，几乎感觉不到什么负载的分量。

她的手轻轻地扶着他的肩膀。他的双手背向身后，拘着她的两只膝盖，走到水里了。她仍然开心地在他背上"嘎嘎嘎"地笑着。

"你的肩膀多宽呀！"

"男子娃嘛，都是粗胳膊壮腿……"

走到河心了，水没过他的膝盖，"哗哗哗"响着。她的两只手从他的肩头上伸过来，搂住了他的脖子。他当是她害怕了，给她壮胆说："甭怕！深水槽只有三五步，马上就过去了……"

她的嘴巴却凑到他的耳边："你真傻，还要问人家为啥不能下水……"

"我……没有问。"他分辩说。

"问来……"她撒娇地说。

"没……"他还没有说完，她却把头伸过来，猛然在他脸颊上亲了一口。他的心"怦"地一跳，眼花了，双手松开了。糟了！"扑通"一声，她从他的后背上跌落下来，落到水里了！他愣愣地站在水中，不知该怎么办。

她"嘎嘎嘎"地笑着，扬着甩着手臂，从河水里跑过去，站在岸边，笑得前俯后仰。

十八岁的哥哥　　115

他从河里走上岸,为难地说:"怎么办?你的衣服弄湿了。"

"你走吧!在河堤上等我。"她认真地说,"一直朝前走,不准回头。"

他老老实实朝前走,没有回头,脖子连拧歪一下都没有。走上河堤,在杨柳林带里坐下,他看见她蹦着跳着从沙滩上跑过来,走上堤岸,在他旁边的沙堤上坐下来——她早已换上一条干净的运动裤了。

他的心在胸膛里按捺不住了,平生第一次想伸开手臂,拥抱身旁的姑娘。

"好呀润生!不背人家你就说不背,为啥把人扔到河里?"她故作生气地噘着嘴。

"不是你在我脸上……"他鼓起勇气,终于还是没有说清楚,"倒怪我!"

"那是……不小心碰的!"她低下头,羞怯地说,"真的……不小心……"

"那我也……碰你一下!"他无法抑制心里涌起的强大冲动,伸开手臂,猛然把她搂到怀里。

她蹦起来,"嘎嘎嘎"地笑着,站在河堤上,向他招手。

他三步两步跷过去,站在她的跟前。

"坐下。"她按着他的肩膀,"咱们说说话儿。月亮多好!"

"我不想说话……"他坐下来了。

"那……我给你唱歌。"她说。

他轻轻地点点头,把一只胳膊搭在她的肩膀上。她没有动。

她凝视着星光闪烁的河水,轻轻唱起来:

 九九那个艳阳天

 十八岁的哥哥坐在小河边

 ……

他不敢再鲁莽了，把一只手臂轻轻地搭在她的肩上。夜风轻柔，歌声婉转。李谷一相形见绌了，从来没有什么人的歌声能这样一丝不漏地融进他的胸膛、他的心、他浑身的血液；什么流行的轻音乐，什么校园歌曲，也都相形见绌而销声匿迹了。整个世界就只荡漾着这样一曲歌儿……

四

"唰——"

十八岁的哥哥曹润生，现在双手攥紧锹把儿，前弓后踮着双腿，从沙梁上铲起一饱锹混合着沙子和石头的砂石，抛向双层铁丝罗网。太阳已经托上秦岭群峰的上空，温暖的阳光羞怯地洒在沙滩上，严寒开始消退，河水闪闪发光。

他有意无意地瞅一眼对岸的河堤。落光了叶子的杨柳枝，伫立在天空中；树下的河堤的沙地上，留下他和她相依相偎的足迹。人生第一次接触异性，第一次拥抱和亲吻，第一次听一个心爱的人儿专为你唱歌，永远烙进心上，难以忘怀了。他每天走下河滩，不由得瞅一眼他和她坐过的那一段河堤、他背她涉水过河的那一段河口，天天如此。

他后来就明白了，她说她不能下水，完全是一种托词。她说到学校去拿报纸，无非是想把时间拖得更晚一些，好使那些在河滩稻田里贪恋干活的庄稼人走光去尽。由此可以追溯得更远一些。在县上篮球联赛期间，女队员常常帮助男队员洗衣服，晓兰总是及时地从他的床头把汗渍斑驳的衣裤搜走，洗得干干净净，叠得平平整整，放到他的床头；别的女同学根本插不上手。她常常在他上场的时候，在场外观看，给他递毛巾、橘子水……看来晓兰对自己早已有心了，而自己却糊里糊涂，只觉得她和自己既是同班，又同是小河北岸的同乡，自然更熟悉更亲近一些。没有料到，她忽然在他脸上亲了一口，令他不知所措，慌慌乱乱中把她从背上撂到河水里了……真是不期而遇！

在学校的篮球场上，他一跃而起，空中揽月似的抢到对方的篮板球，冲过层层堵截，可以一气把篮球带过中场，那球似乎粘在他的手掌里，难得脱掉；然后跳起，单手托球，往下一扣，篮网上"唰"的一声响，球儿连篮环儿的边也不撞，动作简捷，姿势优美。在他的身旁，常常围随着一伙崇拜者。可是一坐在教室里，他的魔力、他的风韵，完全失去了光彩，他又只是一个平平常常的学生。他没有想到过恋爱，更没有瞅瞄过班里哪一个女生可以成为他的追求对象。尽管已经有传闻散布，说他们班里已经形成了"四对"，可是没有包括他和刘晓兰。平心而论，他就是没有想过吗？

没有想过的事一旦发生，不期而遇的事一当遇到，曹润生的心再也安稳不住了。他坐在教室的最后一排桌子上，眼睛不由得从书本上移开，越过一排排男生和女生的脑袋，停留在刘晓兰蓬蓬散散的头发上。那头发的颜色有点黄，下梢甚至有点发红，却是那样蓬松，那么柔软，随着她写字的动作一抖一抖的。

班际之间的篮球赛时常举行。他活跃在自己的自由王国里，不由得搜索扫瞄场外围观的观众。一旦在人丛中发现了刘晓兰，他抓篮板球的成功率更加提高，带球越过中场的速度更加迅疾，跃起投篮几乎是百发百中，当然，姿势是更加优美而简捷；相形之下，如果发现刘晓兰不在场外观看，无论抢接篮板球，还是跃起投篮，都往往发挥失常，令班主任叹惋。他在心里骂自己：你这是怎么了？依然不顶用。

紧张的毕业考试迫在眉睫，接着就是决定人生去向的关系重大的高等学校统一考试。教室里的灯光彻夜不熄。几个家在农村的老师的老婆利用两间废弃的勤工俭学的工房，办起了小饭馆，专售凉皮和红豆稀饭,昼夜开门营业,挣那些开夜车的学生的夜餐费。其实,真正在酷暑季节里苦熬苦斗的,不过是班级里的为数甚少的几个尖子学生,因为有考则必中的信心,所以他们苦攻的劲头愈足;而对于绝大多数学生来说,仍然是按时就寝,如时起床。有一些同学已经打定主意:一当毕业考试完毕,就自动回乡务农了。曹润生只是打算碰一碰,碰不上了,自然回家去务农。教室里、校园中的树荫下、五里镇旁边的小河边,全是应届毕业生的天地。在河边的柳荫下,他和刘晓兰在背英语词汇。

"晓兰。"他叫。

"嗯。"她头也不扭,在念着单词。

"休息一会儿吧!我念得嘴唇都麻木了。"

"你休息吧!我不……"

"要是考不上大学,学英语有啥用?"润生说,"我那天回家,在后院里咕哝咕哝背英语,俺妈养的小鸡一下子扑棱着跑到我跟前,以为我叫它们哩!我刚明白过来,俺爸养的十多只小猪娃,也从猪圈的缝隙里钻出来,拱我的脚,当是我给它们喂食哩……"

刘晓兰早已忍俊不禁,笑得前俯后仰,眼泪都流出来了。她一手捂着笑得酸疼的肚子,一手拿着书本,在他头上打。

"真的!"润生说,"那些小鸡小猪……"

"你尽出洋相哩!"晓兰无可奈何地说,"复习功课这样紧张,你尽出洋相……"

"反正我考不中,你也悬乎!"润生说,"白费劲儿!"

"总得争取争取嘛!"晓兰说,"你……"

"我心里没劲儿,思想老是抛锚……"

"甭胡思乱想!"

"自从那天晚上背你过河以后……"

"背我过河又怎么了呢?"

"谁要你在我脸上亲一口哩！"

"啊呀！你……"

"谁要你给我唱'十八岁的哥哥'哩！"

"啊呀……"晓兰飞红了脸，瞧瞧左右，用书捂住了脸颊，"快甭说了，羞死人了……"

"我现在看书看不进去，老是想瞅你；听课也总是听不进去，耳朵里老是响着'九九那个……'"

"你权当没有那回事儿。"晓兰仰起脸，"集中精力，准备考试。"

"我试过，不行嘛！"

"那怎么办？"她也无可奈何地叹一口气，放下书，双手抱着膝头，坐在沙堤上，有点茫然地说，"我们都考不上学，回农村干啥呀？一想到很快就要离开学校了，我心里真难受！回家干啥？喂猪养鸡？做小买卖？烦死了！"

"养猪养鸡，那是老婆婆们干的事，乏味无聊没意思！"润生说，"我已经瞅准了一桩事儿——"

"做啥？"晓兰不以为然地说。

"养蜂。"润生眉飞色舞，"带上蜜蜂，春天走南方，夏天赶北方，走南闯北，自由自在。你跟我搭伴，咱们的生活多有意思……"

"想得真美！"晓兰笑笑，"那些动物家禽，我全无兴趣。那蜜蜂整天'嗡嗡嗡'叫，烦死人了……"

"那叫声才好听哪！"润生说，"蜜蜂的叫声可不是苍蝇……"

"比百灵子叫得好我也不喜欢。"晓兰淡淡地说，"我不喜欢嘛！怎么办？"

"那当然……"润生兴味索然了。

"我一看见那蜜蜂窝，身上就起鸡皮疙瘩。"晓兰说，"我看都不敢看!"

"噢!"润生叹口气,"我可简直入迷了。"

"你爱蜜蜂,你就养吧!"为了不使润生扫兴,晓兰调皮地说,"我可是爱吃蜂蜜呀……"

"我给你管饱。"润生也笑着,"能吃多少嘛!一箱蜂能酿……"

"好了,现在还是复习功课吧!"晓兰从草地上捡起英语课本,"我等着吃你的蜂蜜——未来的养蜂专家……"

……

曹润生抛着砂石,回味着离开学校前的那一段生活,自己也觉得好笑。当他和她以及十之八九的男女同学各自回到自己的村庄以后,那熟悉而又亲切的五里镇中学,立时就变得陌生而又遥远了,似乎不是刚刚离开了三四个月,倒像是三四年前的事了。一切不切实际的想入非非的幻想,全都沉淀到大脑后头去了。有的同学进城做临时工去了,有的在自行车后边拴上两只竹筐贩卖瓜果蔬菜去了,有的买下小四轮拖拉机跑起运输了,有的进社办工业单位当工人去了……他喜欢养蜂,为了把东杨村的那十箱蜜蜂尽早买到手,他现在正聚足力气,从早到晚,在沙滩上翻捣砂石。冷,不怕;累,咬咬牙忍下去。他被自己未来的养蜂事业鼓舞着,埋头在沙滩上,几乎与世隔绝了。

和晓兰见一面也不那么方便了。曹村和刘庄相隔六七里路,虽然不远,他也不能频频去找她——她的父母对她管得严,对女儿与异性的接触尤为敏感。乡村间没有电话,通信十分困难。他埋头苦干在沙滩上,没有想到晓兰已经进入社办企业,而且是砂石管理站管开票的工作人员了。

她依然对他好。润生肯定地想。她一坐进砂石管理站的办公室,就指派毛胡须的司机到曹村来装运他的石头。可爱的晓兰,心里疼着他哩!后响得去找找她,为了祝贺她有这样一份又干净又省力的工作,

十八岁的哥哥　　121

为了她给他指派汽车来拉石头的好心，为了他又有一月多没有和她见面……他现在十分想见她。

他抛甩起砂石，胳膊上格外有劲——必须把后晌找她要耽误的工夫加出来。

"润娃哎——"

听见一声亲切的女人的呼唤，他一抬头，看见长才大叔正在朝他招手哩，旁边站着的长才婶子正在叫自己。她给长才大叔送饭来了，老两口正在热情地招呼他过去一起吃饭哩……

五

乡村人习惯早晨起来先下地干活，八九点钟才回家吃早饭。冬季里，天明得迟，早饭就推迟到十点多钟了。沙滩翻捣砂石的活儿太重了，人一般很难支撑到饭时，就又渴又饿了。于是，就在天明和早饭之间，给干重活的人吃一顿加餐，乡村叫"贴晌"。现在，正是吃贴晌的时间，不断地有女人或娃娃，提着竹条笼儿，笼上盖着花格毛巾，端着热水瓶，从河堤上走下河滩里来。

长才大叔见润生没有动静，急急忙忙走过来，不由分说，从他手里夺下铁锨，扔到地上，拉他的胳膊，推他的脊背，长舌头在大嘴里笨拙地搅动着："歇一会儿嘛！人是铁饭是钢嘛！我一个老汉都饿得慌慌哩，甭说你年轻小伙……"

润生抬头看看河堤，母亲还没有给他送饭来。拗不过长才大叔实心诚意的相邀，他从沙地上拎起棉袄，披在身上，跟着去了。

竹条笼里装着烙得焦黄的发面锅盔，白瓷壶里装着茶水，全部摆置在沙地上。润生刚蹲下，长才婶就把一块锅盔塞到他手里，又把盛有拌着辣子的绿白萝卜丝的菜盘挪到他脚下。长才大叔双手把茶壶递过来，不无遗憾地说："先喝口水。没有茶碗，就对着壶嘴喝吧！咱庄稼汉讲不了卫生……人家城里人讲究，茶碗也不乱用……"

"上山打柴，过河脱鞋——走到哪儿说哪儿的话！"长才婶子畅快地说，"润娃，你尽吃尽喝！咱农民不讲卫生，倒是黑瓷圪垯的结实。"

润生笑笑，没有吭声。不管长才婶子的话有多偏狭，那锅盔的味儿可是真香！皮薄，酥脆，瓢儿绵软，就着清凉的萝卜丝儿，真是惬意极了。她虽然不懂得讲卫生的道理，烙制锅盔的手艺真是高超哩！

"润娃，嗬呀！好润娃——"长才大叔嘴里嚼着萝卜丝儿，"咔嚓咔嚓"地响着，口齿不清地叫着他的名字，大声感慨着，亲热诚挚地说着感激话，"你老侄儿，风格真高！嗬呀！"

"不就是帮你卖了一车石头吗？"润生不在乎地说，"我缓几天卖，又不急着用钱；你急着用钱，先卖了。有啥关系！"

"哈呀！看你说得轻松！"长才大叔瞪着眼，摇摇头，更加感慨地说，"你看看这沙滩上，为了卖石头，争得儿子不认老子！谁肯把到手的票子塞到旁人兜里去？所以说，你老侄儿真是……"

"主要是我眼下不急用钱。"润生淡淡地说。

"照润娃这样的好思想儿，搁在河滩捞石头，真是屈才了哇！"长才大叔盯着老婆说，目的在于争取附和者，"我说，润娃该到公社去当干部——准是好干部！"

润生听罢，不由得哈哈大笑起来。一车石头，他没有卖，把出售的机会转让给了长才大叔，竟然感动得长才大叔给他吃锅盔、喝茶，喋喋不休地当面夸奖他，还居然说出应该让他到乡里去当干部的梦话……真诚得令人好笑呀！

"你笑啥？实话嘛！"长才大叔更加认真起来，"至少……你不该

十八岁的哥哥　123

跟叔这号笨佬儿一般捞石头……"

"我不捞石头，挣不下钱嘛！"润生说。

"你不该挣这号出笨力的钱，真个；你该去贩羊肉，又轻快又挣得多。"长才大叔说，"咱村那一帮贩羊肉的，今日到山根去买下羊，后晌杀了，明日一早带到西安，卖了，天黑又赶回来。两天一趟，挣这个数儿——"他伸出食指和中指，"两天挣二十多块，一月挣多少？我都眼红了，只怪咱不会骑自行车……"

"我干过一回。"润生笑着说。

"为啥不再干咧？"长才大叔问。

"烂包了！"润生自嘲地说，"咱不识货，买羊时捏不出肥瘦，杀的肉少，差点连本钱都烂掉了……咱手头上的功夫不行！"

"那倒是。"长才大叔点头颔首，"那得凭眼看哩，凭手指头捏膘哩，没那功夫不行……"

润生转过头，看见整个沙滩上，几乎都闲歇下来，此起彼落的嘈杂的"唰啦"声停止了，像秦腔戏里紧锣密鼓的响击骤然中断，河滩里现出素有的自然的安静。这儿那儿捞石头的庄稼人，都坐着或蹲着吃起贴晌来；他们的女人或女儿，在给他们递馍、倒水，款款地说着话。只有少数几个蛮命干活的家伙，仍然没有停手，连吃一顿贴晌、抽一锅旱烟的时间也不放过。

"润娃，叔跟你说句结实话——"长才大叔神秘地眨眨眼，压低了声音，"你是有文化的人，能断书识字，你说，而今这政策还会不会变卦？"

"大喇叭上成天喊，这是基本国策嘛！"看着长才大叔细声细气的神秘的神色，润生觉得好笑，故意提高嗓门，大声粗气地说，"都什么时候了，你还问'变不变'！"

长才大婶撇撇嘴，不屑地瞅着男人，对润生说："甭看你叔说话声大，胆子可小得不像个男人。他见人就问'变不变'，成了毛病了。我说嘛！咱又没做犯法的事，凭出笨力捞石头挣钱，就是政策变了，能问出啥罪来……"

"你甭嘴犟！"长才大叔脖子一拧，声音又大了，"那年人家没收了你的鸡蛋，你咋不嘴硬？那该是你劳神养下的鸡嘛！人家说润娃他爸养的老母猪是'自发'，你说，润娃，你爸敢犟不敢犟……"

"老皇历了！"润生不自觉地现出老学究的神气来，"现在的政策，都写进宪法里头了……"

"只要不变就好！"长才大叔点点头，"咱一不会长途贩运——出了远门连火车站也寻不见哩！二不会弄鬼捣蛋——寻不着门路哩！只要允许咱捞石头，这沙滩就是咱曹长才的摇钱树、金盆子！拿时兴话说，是咱的存折！"

长才大婶宽厚地笑了："他这号笨人，打的笨主意，说的笨话……"

"实话！"长才大叔无端地兴奋起来，抑制不住了，对一个年龄相去甚远的晚辈后生，掏出知心话来了，"在这儿捞石头，不贴大本钱，不操心行情跌涨，不用东跑西颠，日有热饭吃，夜有热炕睡，沙滩的石头，十年八年捞不完，一天捞一方石头——五六块，到哪儿去找这么好的营生？累当然是累些，咱笨庄稼人还怕出力流汗吗？"

"对对儿的。"润生点点头。长才大叔说的是实话，这也是沙滩吸引来这么多的庄稼人的全部缘由。那些少数敢于走南闯北搞长途贩运的人，钱虽然挣得多，一月里可能成千上万地挣，但总带有某种冒险性、某种不太稳实的因素。习惯于小农经济的长才大叔一类农民，现在还不敢放开手脚，一天能捞到一方石头，挣得五六块钱，已经很满足了。润生没有打算在这沙滩上把罗网永远支下去。顶多干一年，捞够了能把东杨村那十箱意大利蜜蜂买到手的钱，他就要挂罗收摊了，走南闯北去放蜂，那无论如何是捞石头这种单调的劳作无法比拟的。

十八岁的哥哥　　125

"润娃，你听说过吗？"长才大叔兴致勃勃地说，"刚解放那一年，穿灰制服的一排子军人从咱河滩走过去，赶到南塬上去，过河的时候，有个人说，'嚄！一河滩银圆，一河滩洋面！'叫在河边割草的曹二老汉听见了，传说开来。人都不解，明明是满河滩的沙子、石头，解放军咋会说是银圆、洋面呢？而今，大伙才解开这话！你说神不神？"

润生听着这个传奇色彩甚浓的故事，笑着，打着饱嗝，拍一拍手，准备站起身走了。这时候，一个女孩把一疙瘩用毛巾包着的吃食塞给他，说是他的母亲给他捎来的，母亲忙得脱不开身。润生解开毛巾，是三个烤得焦黄的馍馍，夹着辣椒。他一抖毛巾，把三个馍馍倒进长才婶子的竹条笼里。

"这算做啥？"长才婶子问。

"你不要还的话，顺便捎给我妈。"润生说，"我已经吃饱了。"

长才大叔哑着旱烟，美滋滋地抽着，把一支"金丝猴"牌香烟塞到润生手里。润生推辞不过，点着了，一口烟抽进去，呛得他咳嗽起来，赶忙捏灭了。

"润娃，叔还想跟你说句话，你甭急走。"长才大叔有点难为情地说，"叔给你说过，给那个碎货订媳妇，急着用钱，还得你帮叔卖石头哩！"

"没麻达。"润生豪爽地说，"我拦住汽车，先给你卖。"

"你不是有个同学……在管理站吗？"长才大叔终于说出他的用心，"你去找她，让她给咱放几趟车来，啥问题都解决了！""嗯……"润生沉吟一下，有点为难。他原打算后响去找晓兰，可不是为了让她多放几趟车来。

"叔两眼墨黑，在管理站没有一个熟人。"长才大叔叹惋着，"管理站那些人，尽给他们的熟人办事。咱提上烧酒拿上烟，挨不上边儿喀！冒冒失失地送去，反倒给摔出来。其实，谁不知他们暗地里做啥！

好了！你的同学在管理站开票，有咱们的人咧……"

"给她送礼吗？"润生笑问。

"当然。"长才大叔悄声说，"给我办事，礼物由我买；叔弄得合适的礼物，你拿给人家也体面……"

"快算了，快算了！"润生有点烦，"真的找她去，我啥礼物也不会拿的。"

"憨娃！而今兴得这一套！"长才大叔说，"你刚从学校回来，不懂人情！没有这办法，没有路走！"

"你甭管！"润生说，"我去找她就是了。"

"空荡荡两手去求人，不成哇！"

"你就……甭管了！"

六

三岔路口，是从城里展伸到乡下来的公路的分岔处。曹润生骑着自行车来到三岔口了。正是一天里公路上最拥挤的时候，大卡车和手扶拖拉机、单套马车和自行车，一齐在三岔路口汇集。天色已晚，远途和近程的司机和驭手，都在急不可待地赶路。冬天北方白天短，五点不到，已经暮色昏暗了。这儿没有交通警察，司机们在拼命按喇叭，自行车铃儿摇得山响，三岔口仍然拥塞得水泄不通。润生跳下车子，离开公路，从麦子地里绕过去，就上了另一条岔道儿。

在三岔路口的三角地带，修建着一幢三层楼房，铁栅门旁的水泥门柱上，挂着一块显赫的白底黑字的木牌——河湾乡砂石管理站。任何一辆要进入河湾乡装运石头的汽车，必须到此登记开票，领取"通行证"。这个管理站的地址，真是选择得太适宜了。

十八岁的哥哥

润生扶着车子,停在大门侧旁。他过去多少次从这个三岔路口过往,似乎从来没有留意这个砂石管理站的存在,更没有想过他有朝一日会走进这个铁栅大门。现在,他要第一次踏进这个水泥铺面的大门了,要去找他的同学刘晓兰了,而她又哪里是一般的同学呢!他有点心跳,停一停,稳定一下情绪,拨拉一下头发,拍打拍打在路上落下的尘土,推着车子进去了。

刚走进院子,润生就看见了晓兰。她推着一辆小轮自行车,从楼房的门洞里走下台阶来。他几乎认不出她了——一件黑底红花的罩衫紧紧裹着腰身,脖子上露出高高的米黄色的羊毛衫的高领,披散在脊背上的头发,迎着寒风在飘动,模样更俊了。他忽然想到《追捕》电影中那位勇敢而又纯真的日本姑娘,就是这样的装束,而她和她的模样也真像得神。

"啊呀!润生——"她也看见他了,紧走几步,停住车子,喜笑眉开地问,"你刚来吗?"

"我找你有点事。"他的心在不安地跳动,努力做出无所谓的样子,似乎真是要来办什么公事似的,"你……忙吗?"

"下班了。"

未及晓兰说话,一个小伙子走到跟前,抢先说,显出腻烦的口气。润生一看,那小伙倒是长得细皮嫩肉,一张女人似的秀气的脸膛,白白净净,只是那眼里露出的一缕超然的优越的神色,叫润生感到不舒服。他像排除什么累赘一样的口气继续说:"下班了。有啥事,明天上班来办吧!"

"这是我同学。"晓兰连忙回过头,对那青年介绍,"他没来过这儿。屋里坐坐吧!"

润生有点迟疑,看晓兰和那青年同时推车的架势,大约是同路回家的。他忽然蹿起一股反感的情绪:我找刘晓兰,关你什么事!你怕下班回家晚了,你就骑上车子滚吧!我又没有找你嘛!

"你……"晓兰有点不大自然,对那青年说,"你先走呢,还是等一会儿呢?"

"我等你。"那青年毫不犹豫,"甭忘了,七点一刻的电影。"

润生心里一动。她和他去看电影?他看一眼晓兰,晓兰的眉毛轻轻弹动了一下,似乎现出某些不大明显的尴尬。他似乎敏感到一点什么,就说:"算了,不到屋里去了!"

"你不是有事吗?"晓兰说,"还没说啥事,怎么能走呢?"

"没什么……大事。"润生结巴了。离她看电影的时间,不过一两个小时了,他和她能说什么话呢?他今天来,原本打算晚上畅畅快快和她聊一聊,一月多没见面,他十分想念她;现在,他只好拿出长才大叔托办的卖石头的事情来搪塞,好像他专门是来求情走后门的,"我想……你给多调几辆车过俺曹村那边去。我一个老叔,人老实,捞下石头,总是卖不掉,家里有急事要办,需要钱用……"

"给他调过去几辆车吧!"那青年在旁边插言,急不可待的样子,对晓兰说,"我们还没吃饭哩!"

"好吧!"晓兰这回明显地现出尴尬的神色了。那青年的口气和态度,大约泄露出一种他们之间微妙的关系,她窘了,随口说,"我明天给你调车过去,让司机找你,放心吧!"

"那么……我走了!"润生再无话说。那个文静而超然的青年就站在他和她旁边,他一句话也不想说了,"你……去看……电影吧。"

"咱们一起走吧!"晓兰说。

"不……我还要……"润生本能地推辞着,"去办……另一件事……"

"走吧!"青年已经推动自行车,催促着晓兰。

三个人走出大门,润生谎说他要到三岔口的另一条路上去,晓兰和

十八岁的哥哥 129

那青年就先后跨上车子，消失在已经很浓的暮色里。

　　十八岁的哥哥曹润生，心里顿然涌起一股醋意了。她和他并排骑车走了，去吃饭，再到五里镇电影放映站去看什么有趣的电影了。他一个人站在三岔路口，平生第一次感到了从未有过的孤独。拥塞的车辆已经走空，偶尔有一辆汽车从三岔路口开过去，明亮的车灯在田野里推开一片扇形的光亮。初冬的夜晚的风开始施威，电线在"呜呜呜呜"地叫着。他的胸膛里十分憋闷厌烦，脚腿无力，怏怏地推着自行车走上公路，却不想跨上去，沿着公路慢腾腾地踯躅着。

　　那是一个什么人呢？白白净净的秀气的脸上，架着一副紫红色的眼镜，像是很有教养的大学生的派头，眼里射出的那一缕超然物上的优越的神色，完全把捞石头的曹润生视若草芥了！妈的，是将军的儿子吗？瞧那副神气！他和晓兰是什么关系呢？晓兰好像一点儿也不违拗他，是怕得罪他呢，还是……

　　润生跨上车子，尽管骑得慢，仍然感到了北风的寒冷。这可能吗？晓兰从来也没告诉过他有什么新的变化呀！而仅仅在两个月以前，他去找她，说他想买蜜蜂，却没有足够的资本，想到信用社去贷款；她兴冲冲地推出自行车，和他一起奔信用社去。

　　"信用社贷不贷给咱们呢？"他担心。

　　"报上和广播上都说要支持专业户嘛！"她说，"怎么能不贷呢？"

　　"我也这样想。"

　　俩人骑车在公路上飞驰，说着笑着。成熟的秋庄稼从眼旁闪过，苞谷棒子吊垂着，谷穗压弯了谷秆，满眼金黄；一小块一小块萝卜或白菜，在黄色的田野里点缀着绿色。

　　"刚从学校回来俩月，我都烦死了！"晓兰说，"出门下地，跟俺妈俺爸干活，连一句话也说不到一起。回到家里，后院母鸡前院牛，

'嘎嘎''哼哼'地叫,我都烦……"

"我也一样。"润生附和说,"俺妈俺爸把那些鸡呀猪呀,看得宝贝儿一样。老人们就爱抚弄那些东西。年轻人心里捉摸不住那些……"

"你倒好,买下蜜蜂,到处放蜂,多畅快。"晓兰难受地说,"我怎么办呢?没事好干……"

"跟我去放蜂呀!"润生笑着说。

"不害羞……"晓兰莞尔一笑。

走进信用社的办公大房间,俩人站在高可及胸的水泥柜台前,看见三五张桌子上,一人一把算盘,各忙各的财务,谁也不抬头。这里似乎自然形成一种严肃细密的气氛——从早到晚与大宗的人民币打交道的特殊工作呀。润生不知该找谁,晓兰倒大方地叫了一声:"同志!"

"什么事?"一个中年男人头也不抬,问了一声,手指头还压在算盘上。

"我想贷款。"润生忙说。

"贷啥款?"中年男人仍然不抬头。

"就是贷钱款嘛!"润生朦朦胧胧地搞不清贷啥款——不就是钱吗?

"唔!有贫寒贷款,有投资贷款,有私人贷款,有单位公用贷款……你倒好,贷钱款!"中年人终于抬起头,冷冷地嘲笑着说,"我在这儿干了十多年,倒没听过谁说'贷钱款'!钱和款子是一个东西呀!"

旁边桌子上的两位年轻女同志"哧哧"地笑起来。

晓兰看润生一眼,也忍不住笑了。

"我想买蜜蜂。"润生顾不得说话中的漏洞,忙说,"需得一千块!"

"他要做养蜂专业户,"晓兰也递上话,"发展养蜂事业哩!"

十八岁的哥哥　　131

"那当然好啊！"中年男人双手支着下巴，从柜台里的桌子上，朝上瞅着他们，"正当家庭副业，我们完全支持。"

"那好哇！"润生高兴地说，"现在能拿钱吗？"

"你的申请书呢？"中年男人说着，伸出一只手。

润生恍然大悟，一拍脑瓜——自己居然不知道贷款要先交申请书！瞧一眼晓兰，俩人为自己的冒失行为不好意思地笑了。润生忙补救说："我可不知道还要写申请书的手续。那好办，我现在写行吗？"

"这是贷款，不是你朝你家里要学费！"中年人有趣地揶揄说，"冒失鬼！"

柜台里的人全都哄笑起来。

"交了申请书，还有啥手续呢？"润生这回用心了，问道。"交了申请书，先经过我审查，再经过领导审批，大约就成了。"中年男人说。

"得等多久？"润生忙问。

"过了春节再来吧！"中年男人说，"今年的贷款已经用完了，节后就是明年的任务了。"

"啊呀……"润生心凉了，猛然意识到这位不阴不阳的中年人，大约在柜台里闲坐得无聊，故意拿他开心哩！既然没有钱可供贷款，为啥不早说呢？他怎么能等到明年春天呢！他懊丧地说，"噢，那算咧……"

润生和晓兰一走出信用社的大门，俩人相对一看，哈哈大笑起来，笑自己的无知——贷款来居然不知道要写申请书！俩人笑毕，骑上车子。

"怎么办？"晓兰问。

"算咧！不贷了！"润生说。

"你怎么买蜂呢？"

"我去杀羊卖羊肉！要是不行，我就下河滩捞石头！"

"杀羊多残忍！捞石头太苦咧！"晓兰不赞成他去干这些营生，"找我姑父一趟吧！他在乡工业办公室当主任，我已经托他给我找事干了。咱们一起去找他，让他给你在乡办工厂找个差事。"

"乡办厂的差事，我不干。"

"咋咧？"

"挣钱少。"润生说，"杀羊卖肉，甭看不好听，挣出钱哪！捞石头虽然苦些，也挣出钱哪！我现在不管干啥脏活累活，只要挣钱多，我不怕。我要在年前攒一笔钱，赶过年把东杨村那十箱蜜蜂端过来……"

"咱们都在乡办厂干工作，多好！"晓兰柔情地说，"免得东颠西跑……"

"我不喜欢老待在一个地方——乏味！"润生说，"带上蜜蜂，走南闯北——多美！我有好几夜都做梦，梦见我成了养蜂大王了！哈……"

……

初冬的小河川道的夜晚，风愈来愈冷。润生在河川公路上骑车前进，心里渐渐平静下来了。也许，是砂石管理站给职工发了电影票，那位男青年和晓兰一块去看电影，自己有什么好忌妒的呢？晓兰没有给他介绍他是谁，自己怎么好无端地猜疑呢？既然和自己有过那么一次不期而遇的事，她绝不会……

他这样想想，又那样想想，之所以想不透，就是没有机会和她谈谈，谈谈以后就会把一切疑惑搞清了。他得再和她见一次面，好好谈谈。他喜欢清清楚楚，不能忍受黏黏糊糊……

十八岁的哥哥　　133

七

第二天早晨,当润生坐在自己的罗网前,吃着母亲让人捎来的贴晌饭的时候,他脑子里还萦绕着昨日晚夕在管理站与晓兰见面时的情景。他意识到他和晓兰的关系变得复杂化了,虽然还没有更充足的证据和事实,仅仅是一种预感吧!她和他好,他也喜欢她;她亲了他一下,又给他唱那动情的歌儿,他喜欢她开朗的性格、漂亮的模样;他们俩就好上了。事情简简单单,恋爱不就是这样简单——你有情我有意嘛!哪儿又夹挤进来那位戴眼镜的大学生派头的小伙子呢?是他们的关系确实已经变得复杂化了,还是自己太敏感,甚至心胸狭窄,把问题看得复杂化了呢?

不管怎样,从昨晚到现在,过多的思虑,已经使润生的脑子隐隐作痛了。他向来心里不搁事,考试分数差了点,别人愁得晚上失眠,他照样打呼噜;篮球比赛失利,战友们垂头丧气,他依然哼着小曲儿。世界上尚没有能使他发愁,或者愁得睡不着觉的事。现在,自有记忆以来,昨天晚上是他第一次失眠。十八岁的哥哥睡不着觉,脑子里黏黏糊糊,分不清眉目,一直睁眼到天明,扛着铁锨下河滩来了。

他四肢酸软,施展不开,心胸郁闷,馍馍嚼在嘴里,像嚼着一团泥巴,没有香味。他觉得自己的简单的脑袋,盛不下这么多复杂的事情……这当儿,两辆汽车从河湾里开过来了。沙滩上,正在吃贴晌的人,丢下筷子和茶壶,跃起身来,纷纷朝汽车开来的方向追去。他懒洋洋地坐着没动,又低头想着自己的心事。

两辆汽车拐进沙滩,戛然停住,司机甩开层层包围纠缠的庄稼人,站在石头堆子上,扯开嗓门呼叫一声"曹润生",又呼叫一声"曹长才"。未等润生动静，长才大叔已经笑着，摇着细长的胳膊，歪扭着挑担推车累得变形的罗圈腿，奔上前去，把司机领下来了。润生心头忽然轻松了——晓兰尊重他的请求，如期调拨来汽车，自己大约是……确实是太敏感了吧？

润生动手帮那些装卸工装车，一片倒腾石头的"哗啦"声响。车装好了，长才大婶恰到好处地提着竹条笼儿送贴晌来了。

"同志，尝一块。"长才大叔拉住司机的胳膊，声大，心也诚，"你尝一块嘛！烫面油旋饼子，城里人不常吃的。"

长才大婶的烫面饼子烙得真好，焦黄的外皮，令人嘴馋，可惜拿得少了点儿。她大约只考虑到给男人长才一个人饱餐一顿，没有想到会遇见拉石头来的司机，而且有五六个装卸工人。润生替长才大叔作难——那么几块饼子，够谁吃呢？

"饼子少人多，俩师傅先吃。"长才大叔倒不作难，以实相告，安抚坐在汽车上的装卸工们，"下趟来时，管大家一饱。没办法，我不知道来这么多同志……"他的坦白的态度，倒惹得那些装卸工宽厚地笑了。

两位司机只是谦让着，不就座。

"认不得，是生人；认得了，一家人嘛！工人还是咱农民的老大哥嘛！"长才大叔居然表现出外交家的风度，尽管语言有点拉三扯四，态度却大方，"而今农民不缺粮了！你们吃公粮的月月有定量，俺庄稼人没定量——海吃！润娃，你站那么远做啥？来陪师傅吃饭。"

那位年长的司机盛情难却，吃起饼子来了，赞扬饼子烙得好，说农家的面食新鲜，吃来特香，而在粮店购买的面粉，总是吃不出粮食自身的香味……

那位年轻司机，看上去不过二十四五岁，嚼着饼子，自然地把头转向润生一边，问："看你的架势，像是喜欢体育运动？"

十八岁的哥哥　　135

未及润生答话，长才大叔就插言介绍说："俺润生打篮球全县第一名，到省城里也得过奖！"为了讨得司机（财神爷啊）的欢心，他显得对一切话题都感兴趣，全不顾自己对篮球运动的知识一无所知。篮球是个集体的对抗比赛，哪里有个人得第一的名次呢？

"喜欢足球吗？"年轻司机问。

"球类我都喜欢。"润生的神经兴奋起来了。回家几个月来，先是秋收，接着秋播，秋收秋播的大忙季节一过，他就扛着罗网扎进沙滩上来了，连篮球摸都没有摸过。曹村的那一副篮球架，早已倒掉了，乡民在球场上种下了不怕猪拱鸡刨的芥菜儿。乡村里的小伙子，都忙着弄自己的营生，没有人对篮球感兴趣了。他没有伙伴，没有知音——谁现在舍得把大好时机消磨在篮球场上呢！现在，他遇到了陌生的司机，单是他喜欢看球赛这一点兴趣，就使润生感到亲近起来了——他和他有共同的兴趣，有共同的语言。他说，"乡下的学校，只重视篮球……"

"你看过亚太区足球分组赛了吗？"年轻司机问，又带着深重的懊丧的口气说，"国家队输得多窝囊啊！"

"技术差劲。"润生也表示惋惜，"那没办法。当然，有时候也凭运气……"

"希望渺茫哟！"年轻司机苦笑着，"中国的足球，跟中国的工业一样落后；要跟世界列强争雄，看本世纪末吧！等我儿子一辈人……"

"冲出亚洲，时日不会太久。"润生点点头，表示同意司机的估计，"要跟欧美强队争雄，真是要等下一代人；球场期待有明星出世……"

"我把我儿子一定要培养成一名球星！"年轻司机得意地笑着，"三岁了，我什么玩具也不给他玩，只给他玩小皮球。每天下班，我教他练球。南美国家从六七岁开始训练儿童，我从儿子会跑就开始……"

司机看来不像是开玩笑，狠着劲儿说得很认真。润生倒是动了情，附和说:"十亿大国,足球输给泰国,真是叫人憋气……"

老点儿的师傅吃完饼子,不屑地嘬嘬嘴,嘲笑说:"瞧瞧他俩,倒是说得投机。操那些闲心做啥?什么足球,输了赢了,管屁用!"

"你只要能塞饱油饼就满意了!"年轻司机不恭地说,也是嘲笑的口气。一边回过头,摇摇手,对润生说,"咱们和这些老皮,没有共同语言……"

润生很有节制地笑笑,不介入他们两位司机之间的争议。

"交个朋友吧!"年轻司机站起来,很义气地伸出手,"你捞石头吧,我包了!你捞多少,我拉多少;不说别的,单是为了足球……"

润生握着年轻司机的手,高兴地点点头。

两辆汽车"呜呜"吼着,开出沙滩,拐上河岸了;河滩的临时车道上空,卷起浓厚的黄尘。

"你交了个好朋友,润娃。"长才大叔高兴地说,"人家有这样朋友、那样朋友,你呀,可是交了个'球朋友'……哈!不管咋样,交这个朋友好得很!咱们的石头不愁卖了……"

润生也笑着,没有料到因为对球类运动的爱好,交上了有利于卖石头的朋友,真是不期而遇的事。运气不错!他心想,真是运气不错哩!刚刚十八岁,一个可爱的姑娘在他连想也没敢想过的情景下,猛然亲了他一次,钟情地给他唱《九九艳阳天》……这个年轻的司机头一次和他结识,既没吃他的烫面油旋饼子,也没抽他一支烟,却要包销他的石头,运气还不好吗?生活里处处都向他微笑,十八岁的哥哥心里美滋滋儿的,瞧着长才大叔憨憨地笑着。

"抽烟!"长才大叔大声豪气地往润生手里塞烟,同时装起旱烟袋,笨拙地把一支带滤嘴的香烟叼在宽厚的嘴唇上,"不抽,怕啥?"

润生笑着摇摇头。他没有接受烟熏火烤的那种刺激的需求,辣刺刺的烟味只使嗓子眼异常难受。他瞧着长才大叔的脸,那脸上布满一条条

十八岁的哥哥 137

又粗又深的皱纹,这些皱纹里,以往总是蕴藏着焦急和愁苦,使人一眼便可看出他的家境的紧迫和拮据,人都说这是副苦命相。是的,困苦的忧愁在这张脸上表现得十分显露。

现在,长才大叔脸上的每一条粗的或浅的、横的或纵的皱褶里,都溢出欢悦的浪花来了。同样,心里的欢乐表现在这张脸上的时候,也是十分显露的。他不会像有些城府很深的庄稼人那样,不但会隐藏苦衷,也会隐藏喜悦。他的一切都时时表现在那张黑红色的皱皱巴巴的脸上。有两辆汽车同时来装他的石头,而且是指名道姓地要装他曹长才的石头,而且说好要把他堆积在沙滩上的那一堆石头全部买走、拉完,不仅解决了他给儿子订婚的彩礼钱,更有一层不便说破的隐情,那就是——他感到脸上有光彩了!

他既没有门路疏通任何可以卖掉石头的渠道,又是笨手笨脚无法追拦汽车,捞下的石头就堆积在沙滩上。在这远离曹村村庄的沙滩上,捞石头的庄稼人,既嫉妒又眼红那些有门道找来汽车卖石头的人,还既嫉妒又眼红那些手脚灵便而能拦住汽车的人。无法卖掉石头的曹长才,太无能了,被人瞧不起了。

现在看吧!曹长才的石头有人指名道姓来买啰!同时有两辆汽车,而且说定全部买走呢!曹长才被冷落在沙滩上的无人问津的局面打破啰!他咂着过滤嘴纸烟,把一只手叉在瘦细的腰里,挺起胸瞅着沙滩上下的庄稼人,瞅一瞅升上山顶的太阳,像是一位有学问的人在欣赏小河川道初冬清晨的自然景致哩!

现在,三三两两的庄稼人,手里掂着馍馍,利用吃贴晌的歇息时间,悠闲地转到长才大叔的罗网跟前来了,很关心地询问卖掉了多少立方、那两位司机是什么单位云云。

"哈呀!你看我这号瓷锤愣种!"长才大叔恍然大悟,拍着自己落满尘土的脑袋,"居然忘记了问问人家是啥单位……"不管怎样,有这么多曹村的乡党到他的罗网前来拉话，是一种荣耀。他连忙掏出招待司机时吸剩的过滤嘴"金丝猴"香烟，一次抽出五六根，硬塞给众人，不接也不行。

润生坐在旁边的沙滩上，看着长才大叔的举动，觉得未免有点可笑，却也终究使人高兴。作为一个庄稼人，长才大叔在这里，可以挺起腰和那些庄稼人说话了……

一连三天里，两部国产的"黄河"大卡车，往返十余次，把长才大叔和润生的所有积压的石货，装完揽净了。三天里，长才大婶把糯米酿制的米酒坛子，搬到沙滩上来了，红壳或绿壳的热水瓶摆下四五个，给那些司机和装卸工们冲米酒喝，如同过喜庆的大事一样。这种热气腾腾的场面，震住了沙滩上所有的捞石头的庄稼人——谁能有幸一次卖掉七八十立方石头呢？曹长才真是洪福洪财一齐发！那些或多或少都积压着存货的庄稼人，终于弄明白了缘由，把馋急的眼睛从长才的苦相脸上，移到十八岁的哥哥曹润生的紫红光亮的椭圆形脸上来了……

年轻的司机和曹润生已经成为很要好的朋友了。这是最后一次到曹村的沙滩上来拉石头，车装好以后，他给润生留下了单位的地址，热情地邀请润生到西安去的时候，一定要去找他。润生感动地点点头，送他上车。年轻司机刚一坐进驾驶楼，就大呼小叫着伸出头来："啊呀！润生，你的信——我差点给忘了！"

润生接过信来，一看信封上的笔迹，心里一热。信是晓兰托司机捎过来的。他当即撕开，只有一张纸条，写了短短的一行小字，约他今晚到管理站去。他把信塞进裤兜，跳上踏板，钻进汽车，坐在年轻的司机旁边说："捎我到三岔路口。"

"赴约会呀？"年轻的司机笑问。

"对。"润生第一次公开了自己的秘密，又从窗孔探出头，"长才

十八岁的哥哥　139

大叔，把我的铁锨捎回家去……"

汽车从曹村的河滩里开过去，落完了叶子的一排排白杨从窗前闪过，灰色的雾霭从地上升腾起来，朝树梢上弥漫。润生的心在胸膛里，随着飞驰的汽车在狂跳。

"开得真快！"

"你着急，我也着急嘛！"

"急着回家训练儿子踢足球吗？"

"今晚电视转播国际足球比赛录像。"

"唔……"

润生也是第一次觉得，迷人的足球比赛现在失去吸引力了……

八

"你没有吃晚饭吧？"

"我从河滩直接来的，铁锨让别人捎回去了。"

润生坐在床沿上，老老实实地告诉晓兰，他没有吃晚饭。晓兰揭开火炉上的小铝锅，热气蒸腾中，端出一盘菜，又端出一碗包子，放在桌上，问："你吃面条不？挂面是现成的……"

润生摇摇头，已经抓起一个包子："有肉包子吃，面条就省下吧！"他想说得调皮点儿，却不见晓兰笑；他也不管，大嚼起来。

"我记得在县上赛球时，你爱吃甜食。"晓兰说着，又从五斗桌的下边，取出一包蛋糕来，解开，摊在润生面前，"你随便吃吧！"

"还有什么好东西呀？全拿出来吧！"润生畅快地吃着，故意逗晓兰，"我可真是饿……"

润生还没说完，看见晓兰取出一瓶啤酒，揭掉盖子，正要往玻璃杯里倒,他抢上一步,一把抓住瓶子,说:"你忘了?我喜欢对着瓶口喝……"

晓兰爱抚地瞅着他:"怎样喝,还不都是酒味吗?"

"你可不知道哇,对着瓶口喝来才解馋。"润生说,"你也吃呀!"

"我吃过了。"晓兰说,"这是给你预备下的。"

"你该是陪着我吃。"润生逗她说,"那才像是……一家人。"他想说"夫妻",终于有点羞,没有说出口。

晓兰腾地红了脸,低了头,没有吭声。

润生发觉,晓兰变得腼腆了,说话声音低了,不像过去和他说话时的那种爽朗的声调了,也没有那高八度的"嘎嘎嘎"的笑声了。她现在在他面前,完全表现出似乎贤惠的妻子那样的温柔和娴静。他倒觉得别扭,干吗要那么压低声儿说话呢?干吗笑的时候只抿一抿嘴角而不出声呢?什么时候学会了这样的规矩?

晓兰却在炉子上给他熬茶了。

"晓兰,你不吃也罢,你坐在我跟前。"润生说,"我在沙滩捞石头,总不由得瞧瞧咱俩坐过的河堤……"

"我把茶冲好,就来。"晓兰依然不为他的挑逗而动心,说,"就好。"

他吃着,喝着,一碗包子吃光了,一瓶啤酒喝净了,打着饱嗝,双手接住了晓兰递上的酽红的茶。

"你吃饱了没?"她深情地瞅着他问。

"这样好的招待,我还不吃饱吗?"他笑着说,同样深情地瞅着她;她却把眼睛避开了,装着收拾碗碟,转过身去。这一瞬间,他发觉她好看的眼睛里隐藏着忧郁的神色。他说,"你坐下,让我好好看看你,忙着收拾那些碗碟做啥?"

十八岁的哥哥　141

她却从床头的箱子里，取出一只包袱，解开，把一件新衣服送到润生面前："你试试，看看合身不？"

"这……"润生有点不好意思。

"'这'啥哩！试试！"她声音仍然不高，却很执拗，"穿上让我看看。"

润生穿上了。她拽拽前襟，抻抻后摆，用手熨熨平，欣赏一番，慰藉地笑着，完全像他的妻子要打发他出门走亲戚一样，那神态令他感动。他一把把她搂到怀里，动情地叫着："晓兰……你真好……"

她偏过头，挣脱开他的手臂："再试试裤子。"

"刚好。"他拎起裤腰，和自己的腿比了比长短，"你真有心啊！"

她把衣服重新折叠整齐，用报纸包好，装进一只网袋里，说："我第一次领工资，给你买一身衣服，算是纪念。"

"那……好，你等着……"润生感情的潮水在心里翻腾，激动得声音都颤抖了，"等我养起蜂来，我要把……我的蜜蜂……酿下的第一罐蜂蜜……送给你……"

晓兰听着，眼眶里扑下一行热泪来，似乎那泪水早就准备好了似的。润生以为他的真情打动了晓兰，又伸开双臂。晓兰结结巴巴地说："咱们出去……走走……"

他和她避开公路，走上田坎，冻僵了的麦叶儿在脚下"沙沙沙"响。他把一只胳膊搭到她肩上，她却抖索了一下。这是怎么了？他轻轻地问："晓兰，你冷吗？"

"不。"她说，"你呢？"

"我都要出汗了！"他故意夸张地说，"你刚才打了个冷战……"

她没有吭声，走着，站住了。

没有月亮，星星在灰黑的天空闪着冷光；西北风掠过，虽然很小，却是够冷的。

"润生……"她站了片刻,轻轻地叫他。

"你的性格像是大变了!"润生说,"我可真是爱听你过去那利索的说话……"

她又闭口不说了。

"给我再唱一回《九九艳阳天》吧,晓兰!"润生动情地说,"听了你那天晚上的歌声,我再不听广播上唱歌了!"

"呜……"晓兰却哭了。

润生一惊,扶住晓兰的肩头:"你咋咧?谁欺侮你了吗?"

"我……对不起……你……"她终于说出话来,一头扑跌进润生的怀抱,"你……骂……我吧……"

润生大吃一惊,急切地问:"快说,到底怎么了?"

"我……姑父……给我……介绍下……"十分为难的声音。

"是不是那天和你看电影的那个人?"润生推开晓兰,抓着她的肩膀,急问。

"就……是。"

"唔……"

俩人都垂下手,静静地站立着。

"那个男的是干什么的?"润生问。

"管理站的会计。"晓兰说,"他爸跟俺姑父是朋友,才给我说这人……"

"他爸干啥哩?"

"县上干部……"

润生醒悟似的"噢"了一声,骤然就明白了。她姑父在乡里,他父亲在县上,既是上下级关系,又是老朋友,他们的儿子和亲属就可以在砂石管理站工作,还要联婚,正好门当户对……想到这层说来复杂实

十八岁的哥哥　　143

际简单的关系,曹润生——十八岁的哥哥啊,几乎本能地想到自己的父亲——自己的父亲只是一个养猪养牛的能手。润生的自卑里,冒出一股强烈的厌恶情绪,他负气地摆摆手:"那好!那好!我走了……"

晓兰一把拉住他,怨怨艾艾地说:"你……听人说完嘛……"

他站住了,双手塞进裤兜,直立在麦田里,忽然想到,她还没说清楚她对那个会计的态度哩!自己怎么就要走掉呢?他问:"你到底愿意不愿意?一句话就说清了,问题很简单!"

"俺爸俺妈逼得我……"晓兰诉说着,"我原先到管理站来工作时,一点不知道俺姑父有这意思……"

"你现在知道了,咋办呢?"润生耐着性子听着,"我不强迫你,只想听你一句截断的话。"

"你说……我咋办呢?"晓兰问。

"你的终身大事,我咋敢掺言呢?"润生直率地说,"而今的年轻人,各人主各人的事。"

"我想听听你的意见……"晓兰坚持说。

"要叫我说……"润生毫不含糊,"辞了管理站的工作,回家另寻营生去!而今农村里,饿不死人了!"

"我也这么想过……"她低下头,"好容易找到这个工作……"

"那就算咧!算咧!"润生说,"你按你的主意办,我不干涉你……"

"润生……"晓兰拉住他的胳膊,又哭了,喃喃地诉说,"我刚刚领下头一回工资,我就给你买下礼物,侍候你吃一顿饭,好不好,算我补一回心……"

"……"润生忽然觉得鼻腔里也酸渍渍的。他听明白了她的话,这一切又都显得没有必要了。他说,"好!就这样……我走了。"

"你甭急嘛!"她又抓住他的胳膊,"我对不起你!你骂我吧……"

"没啥对不起的地方！没有！"润生忽然觉得自己长高了，豪爽地说，"我骂你做啥？你没伤害我嘛！你的事由你定嘛！"

"我心里还是忘不了你……"

"甭把事情故意弄复杂！快点忘干净吧……"

"我知道你在河滩捞石头，苦累重……"晓兰动情地说，"你捞下石头，甭愁卖，我给你调车……"

"不不不！再不要了！"润生固执地说，"你给长才叔卖掉那么多石头，算是帮了大忙；我的石头不愁卖，我追车拦车可有经验了……"

"我隔十天八天，给你放一趟车过去。"晓兰多情地说，"算我一点心吧！"

"不要。晓兰，我走了。"他这回下决心走了。

"回管理站，把衣服拿上。"晓兰又挡住他，"你把我的车子骑上，这么晚了……"

"不要！"润生甩开手，扯开步子；刚走开两三步，却听见背后传来压抑着的哭声。他想回过头，安慰她几句，略一踌躇之后，他终于没有转过头去，似乎后颈上别着一根棍子，脖颈梗得梆硬了。他大步走过麦田，冻僵了的麦叶在脚下"嚓嚓嚓"响……

结束了，他和她的初恋！那么令人心魄震颤的初恋，就这样完结了！他在平整的柏油公路上走着，现在才感到西北风的刺骨之寒了。他的脑子里混沌一片，乱糟糟的，只顾机械地扯开长腿走路；似乎懊丧，似乎伤心，又似乎是傲视一切，说不清是一股什么滋味……

润生终于走进曹村了。村巷静寂，一幢幢房屋的黑乎乎的轮廓，静静地隐蔽在冬夜的黑暗中。他走到自家门楼下，木板门虚掩着，推开门，从里屋就传出母亲的问询声。他不回家，门是不上关子的，母亲就坐在灯下做针线，等待他回来——这已经是习惯了。走进院子，左边的猪舍里，传出老母猪睡下时的"呼噜"声和小猪崽的梦呓一般的"吱吱"声；右边的牛栏里，老黄牛倒嚼的声音很有节奏地响着。他从空旷的原野回到熟悉的现实世界来了，心里顿然稳实了。

"润娃，你到管理站去咧？"母亲从针线上抬起头，"我听你长才叔说的。你吃饭了没？我给你在锅里留着。"

"吃过了。"他坐在椅子上，低下头，想到吃她的那顿饭，心里又不自在了，"我去联系……卖石头的事。"他不得不撒谎。

"哼！你联系得怎样？"父亲并没睡着，坐起来，披上棉衣，不满意地说，"你看看柜子上——"

润生转过头。装着粮食的长板柜上，搁着一堆油渍渍的纸包、一堆未曾开启的酒瓶……这是怎么回事呢？

"村里人看着你给长才卖了石头，知道你有熟好的同学在管理站开票，这下倒好——"母亲不知是讨厌呢，还是欣赏这种事情，"都求你帮他们卖石头哩！"

"嘿呀！我怎么能……"润生说不出话来。这无疑又是一件不期而遇的事。他从报上看见过一些不正之风的报道，也从旁人的口中听到过诸多的行贿受贿的丑恶行为，而他自己亲身经历，却是有生以来的第一次。是啊，没有什么人会给他的父亲行贿——父亲只会喂猪养牛，给别人帮不了什么大忙；他过去一直念书，也不会遇见什么人来求他帮什么忙的。现在，他第一次看见了在沙滩上被人谑称为"进贡"的"贡品"了——一包包糕点、纸烟、一瓶瓶贴着各种装饰图案的酒瓶，供奉在柜盖上了。甭说他受不受这些"贡品"吧，想到晓兰和他的不堪回想的初恋，他连看一眼那些"贡品"都觉得讨厌！

"你收人家这些东西做啥？"他朝母亲使性子，"你收下了，你去给人家卖石头吧！"

"啊呀！俺娃——"母亲不恼，亲热地叫着，"那些人一进门，挡都挡不住，不信你问你爸……"

"我一辈子没有白吃白喝过人家的东西。"父亲没有直接替母亲做证，却讲起家规来了。作为父亲，他比老伴更疼爱独生的儿子，却不忘时时处处给儿子以实际的影响。他把这件事，看得远远比老伴严重，"就是咱能给人家帮忙，也不能收受这些黑天黑地里送来的东西！啥味呀？"

"谁收下谁送走。"润生怨母亲。

"话虽这样说，理虽这样讲，甭忙——"父亲完全显示出他的一家之长的主事人的深谋远虑，"给人帮不了忙，也甭得罪乡亲……"

"你说咋办？"母亲也急了，"怎么还给人家？一还，就准定得罪人咧！"

"我想想……"父亲沉思起来。

"我还！"润生站起身，"谁送来的还给谁。简简单单的事，偏想得那么复杂！"

润生烦躁地走出里屋的小门，走进自己的小厦屋去了。他需要一个人静静地躺下，想想他和她究竟经历了一场什么。简直跟做梦一样呀……

九

神秘的动人心魄的初恋，竟是这样来去匆匆地结束了。在人毫无精神准备的时候突然发生，又在人毫无精神准备的时候突然中止，真是不期而遇，来去匆匆！

黎明时分的河滩里好冷啊！秦岭东山的群峰的上空，透出一抹亮光。田野里一片昏暗。河堤上落光了叶子的杨柳林带，像一堵雄浑的城墙，齐刷刷排列在河岸上，露出高高矮矮参差不齐的锯齿一样的树梢。小溜子北风在黑暗里溜过来，像挟裹着无数的钢针，扎刺人的脸颊，钻进脖颈和袖口，手指麻木得握不住铁锨的木把了。

沙滩上空寂无人，河水也像冻结了似的发出不大连贯的颤颤的响声；白日里熙熙攘攘的沙滩，现在显得空旷和广漠。黎明前的这一刻分外黑暗，伸手不见五指，即使顶勤快的庄稼人，也要等这一刻过去，大地和村庄露出黎明的端倪的时候，才扛着铁锨和担笼下到河滩来。

十八岁的哥哥曹润生鸡叫三遍的时候，就在沙滩上撑起罗网了。他昨晚一宿未曾合眼，翻来覆去，那被窝里像是有石子和柴枝，蹭得他睡不着觉。他和晓兰就这样断了！刚刚热乎了起来，骤然又凉咧！唉……怎么处理这种事？老师在课堂上只教给他作文和计算，从来没有讲过怎么恋爱。有一次，老师严厉地批评两个偷偷谈情说爱的同学，凛然无情，直到那两个倒霉的家伙抬不起头来，老师干脆宣布：中学生不准谈恋爱……他却在心里说，晚了，老师警诫得太晚了！他和晓兰在河边上已经亲过嘴了！抹也抹不掉这样的记忆了……老师要是能给他们讲讲怎样恋爱，失恋了又该怎么办，现在对他来说就有很大的参考作用了；老师却只是一味地警告不许谈。父母亲只是教他好好念书，供给他吃的和穿的，训示他要尊敬先生、和同学友好相处、出远门念书一切得谨慎，从来没有告诉儿子，当一个姑娘突然亲他一口，给他唱歌的时候，他应该怎么办？没有，从来没有。因为政府提倡晚婚，已成定律，庄稼人虽然不大满意，却逐渐地推迟了给儿女们订婚的年龄，一般都在二十岁以后才张罗；订得早而不能婚嫁，倒惹得好多麻烦。他才十八九岁，尚不见任何一位热心的婶娘或嫂子来提亲说媒，父母也没有因缘提及此事，他更不好意思告知父亲和母亲，说他和一个女同学如何如何了。

没有谁能帮助他，怎么办？他和晓兰在三岔口旁边的麦田里分手了，头也不回地走了。他拒绝了她要送给他的那一身合尺合码的衣服，走回曹村来了。他说不准他对她的这种态度合适不合适，以这样的方式结束他和她的关系好不好，只是……完全是凭着一种不可逆转的心性，就这样告别了。当他躺在小厦屋的被窝里，静静地回想和她在麦田里的谈话的时候，他不觉得自己有什么过错。既然她要和那位县上干部的儿子……又何必给他送一身衣服呢？他穿上这一身衣服会是一种什么滋味呢？保持那样一种不明不白的关系干什么呢？要么就好，好得无遮无掩，像他们那晚过河时的情景一样；要么就断，断得一丝不连，各人奔各人的前程。她能找下一位大学生派头的管理站的会计做女婿，他也绝不至于打光棍一辈子！他头脑简单，喜欢干干脆脆，小葱拌豆腐——一青二白，脑子里盛不下缠缠络络的丝麻……尽管这样，他还是睡不着。

令人哭笑不得的是，乡亲们悄悄送来了那么多糕点和烟酒，指望求他通过她卖掉石头，却不知他正打算再不和她交往了呢！睡不着，躺着特难受；上房里传来父亲沉重的舒悦的鼾声，更叫人感到心胸里憋闷。他悄悄爬起来，扛上铁锨，挑上铁笼，出了街门……

苞谷秆子燃烧起来，"噼啪"乱响，火光在沙滩上辟开一个小小的温暖而明亮的空间。他抓起一捆干透的苞谷秆子扔到火堆上，被黑夜收缩了的空间，又随着蹿起的火光而扩大了。他铲起一锨砂石，抛到罗网上，"唰"的一声刚落，又一锨砂石接着抛上去了。他发疯似的干着，像是和谁赌气似的干着，不让双手有一瞬间的停歇。忽而蹿起的火光，照出他一副红扑扑的脸膛，眉毛拧到鼻梁上头的凹坑里，嘴里轻轻喘着气。

要是晓兰现在坐在苞谷秆燃起的火光里，"嘎嘎嘎"地笑着拢火，歪着脑袋唱《九九艳阳天》，那他就会……啊呀！胡乱想到哪儿去了！他揪一把自己的头发，眉头又紧紧地拧扭在一起了。用劲挖砂石吧！

用劲挖，使劲抛，一天争取增加一半收入，早点攒够钱数儿，把东杨村那十箱意大利蜜蜂买到手,早点离开这无聊的曹村的河滩,满世界赶着花开放养蜜蜂去。把晓兰和他的关系彻底割断,把她在他心里的影子彻底抹掉,一身轻松,无牵无虑,满世界去逛呀!

他将押运着自己的蜂箱,乘着火车,风驰电掣般驰过平原和丛山、村庄和河流,春天到南方,夏天回北方,哪儿的花儿开了就赶往哪儿;在平原上的某个陌生的小镇旁,或者在山区的某个小村庄里,摆开蜂箱,撑起一顶绿色的小帆布帐篷,戴上面罩,抚弄那些"嗡嗡"叫着的金黄色的蜜蜂……晚上呢?最好能带一台电视机,可以看球赛……问题是要钱!钱!他要挣钱,拼命地刨砂石,拼命地挣钱!

不知什么时候,南塬那刀裁一样的平顶现出清晰的轮廓,从夜幕黑沉沉的罩衣下分离出来;杨柳林带的梢头也从夜幕里摆脱出来,现出青色的枝丫;苞谷秆燃起的火光暗淡了。黎明来到了。

村子里有了响动,河滩里有人在大声咳嗽,白杨甬道上,有人影晃动,车轱辘在冻结的土地上撞出"哐哐"的响声……终于,有人走到沙滩上来了。

今天,润生是第一个迎接黎明的人。往昔里,他总是睡得醒不来,即使偶尔被尿憋醒了,仍是舍不得离开暖烘烘的被窝;现在,他站在沙滩上的罗网跟前,看着黑夜的暗影怎样一层一层被黎明的光亮所驱逐,看着从曹村通河滩的大路上走来一个一个庄稼人,心里顿然萌生起一股豪气——我是第一个起得早的人啰!

"哎呀!润娃!哈呀呀呀!"长才大叔人未来而声先至,大声吁叹着走来了,"真是个勤快的娃娃,起得多早!真是发了狠心咧……"

润娃拄着锨把儿,没有吭声,瞧着长才大叔在沙滩上急急忙忙走过来,罗圈腿上裹着厚重的棉裤,在沙地上一踩一溜地走着,笨拙的样子,活像一只扑棱着翅膀的老母鸡。

"你昨晚啥时候回来的?让我老等!"长才大叔走到当面,喘着气,"刚才我去寻你,一摸被窝都凉咧!你大概一宿没挨炕面儿……"

"有啥紧事吗?"润生问。刚刚给他卖掉积存了几个月的石头,还有什么急事一天两头寻自己呢?

"紧事,当然是紧火事,还是不小的个大事哩!"长才大叔语言重复紊乱,这是他的一贯性的特点,不过口气听来却是乐悠悠的,"你昨日后响走了以后,好些乡亲来盘问我,问你跟砂石管理站有啥样的熟人。我说,你的一个女同学在那儿开票。你看,我不说不成嘛!有人已经扫风咧……"

"这算啥紧火的大事呢?"润生笑笑。

"甭急。你坐下,烤会儿火,该当歇气咧!"长才大叔在火堆旁坐下,两个指头从火堆里捏起一块火星,轻轻按在烟锅上,在棉裤上擦擦被火烫烧的指头,说,"你听我说。"

润生蹲在火堆旁,把双手伸到火堆上烤着,头侧着,听长才大叔说什么"紧火的大事"。他料到他不会有什么大不了的事——长才大叔一向说话声高,有点虚张声势,大伙背地里叫他"刮大风"。

"润娃,你常看报不?"长才大叔问。

"大队的报纸全给队长他婆娘擦了屁股,谁捞得到手呢!"润生笑着说。

"收音机你该有吧?"长才大叔依然认真地问,"念书人都爱看报听广播。"

"你到底要说啥事?还说'紧火',真要是'紧火事',早叫你给啰啰唆唆地耽搁得冰凉了。"

"你要是常听广播,我问你——听没听到过,人家说西安城北啥村子,农民自己成立了'养鸡协作会'?"

"听到过。那是个养鸡专业村。我在《对农业广播》节目里听过。那村子叫什么名字,记不得了。听是听过。"

十八岁的哥哥   151

"看看看！"长才大叔磕着烟锅，"昨日后响，你不在，好些人说他们在广播上听到了。听到了就想学那样子，成立咱曹村的'捞石头协作会'哩！"

"那就成立吧！"润生淡淡地说。他的心没有安在这沙滩上。不过是临时干几个月，捞够了足以买回十箱蜜蜂的钱，他就要撒罗拔脚了。他从来也没想过把自己的一生交给这沙滩，两年也不曾想过。至于成立不成立什么"协作会"，与他关系不大；要是成立养蜂人协作会，他倒会感兴趣。他说，"那就成立吧！"

"'那就成立吧'，你倒像不粘事一样。"长才大叔很不满意地说，"大伙掐你……当会长哩！"

"那哪儿使得嘛！"润生急了，万万没有料到，他要当什么"会长"了，"我不干！"

"大伙瞅见你和管理站的那层关系啰！"长才大叔说，"当然……主要是大伙看你公道实在，肯帮助像我这号笨佬儿……"

"我不干……"润生说，一点也不含糊，"我干到春节，过罢年，再不下河滩咧……"

这当儿，从滩地里通到河岸边来的大路口，拥挤着一堆人，嘻嘻哈哈，高声阔谈着什么，像是围观耍猴的游戏一样有趣。

"那些人围在那儿看啥西洋景哩？"长才大叔问。

"你去看看吧！"润生笑着说。

长才大叔站起来，又把一粒火星捏到烟锅上，喷着蓝色的烟雾，扭着丑陋的罗圈腿，赶去看热闹了；走出五六步远，又回过头来，叮嘱说："众人托我先给你透透风，你甭一口回绝嘛！逢事多想想，甭违拗众人……"

十

润生拨拉着火堆，使没有燃尽的柴火重新冒烟起火——完全是一种下意识的动作。他已经没有勇气再次走进乡砂石管理站的大门了，好多乡亲却不明底细，给他送礼，又要成立什么捞石头的组织，企图通过他和晓兰的同学关系图得卖石头的方便，真是叫人哭笑不得。不过，所有这一切令人难堪的局面，马上就要结束了，他已经完全摆脱了。那边——好多人围观的现场，正是他别出心裁制造出来的。他把昨晚收到的糕点、瓶装酒、香烟，全部装在一只竹编提笼里，搁到下沙滩的河岸边的路口，挂着一绺纸条——请认领自己的东西。

听见从那儿传来的嘻嘻哈哈的议论，润生现在很得意。他很欣赏自己处理这件事的光明磊落而又奇特的方式。他虽然一直念书，没有经过世事，却耳闻过不少丑恶的社会现象，庄稼人对于有权而谋私的干部，表现出深恶痛绝的情绪，深深地震动过十八岁的哥哥的纯洁心灵；老师在政治课上讲到的不正之风对于党的战斗力的严重危害，深深地引起了他的担忧。他曾经想：我要做一个正直的人！如果我当县长的话，就把那些赃官统统开销回家……把那些送给他的礼物全部摆到大路口，表示他对此类事情的态度，这是他昨晚最后想到的办法。

"嗨呀！润娃，你咋弄下这号没名堂的事？"

润生转过头，见长才大叔从背后走来，脸色都变了，非常懊恼的样子，压着声儿抱怨他。未等他开口，长才大叔蹲到面前，火烧火燎的样子，说："你这不是故意给人难看吗？"

"那有啥难看的！"润生不以为然，"是谁送的东西，谁领走好咧——简简单单的事嘛！"

十八岁的哥哥　153

"谁现时当着一河滩的人，好意思领走那些东西呢？唵？"长才大叔的声音又压不住，高了，"那里头也有我送给你的两样东西，你叫我怎好伸手取出来呢？我这老脸搁哪儿去？"

润生看着长才大叔扭歪了的脸，没有说话。是啊，这种办法虽然表白了自己，却使长才大叔这样老实巴交的人感到难堪了。

"你不愿意收受这些东西，也行嘛！你悄悄给人家送回去，两方面都好看嘛！这样——"长才大叔叹口气，惋惜地说，"你要得罪人了……"

"我想过悄悄送还的办法，又怕有人再送来；这样一搞，就没人再添麻烦了。"润生也有点惋惜地说，"这么办可能要得罪乡亲……"

"你说你不'受贡'，人家可要怨你高傲，不肯给乡亲帮忙。"长才大叔更加深入地释阐他的见解，"乡村里的庄稼人，虽是痛恨旁人走后门，临到自己有急事要办，还要寻情钻眼儿找门路。咋哩？正路走不通喀！只有走后门……"

"骂就让人骂吧！反正咱没做不明不白的事。"润生硬着头皮说，"天长日久，乡亲会明白的……"

"净说傻话！天长日久，人都叫你得罪完咧！"长才大叔开导他说，"农村里，人老八辈住一搭，得罪不起人哩！你娃正年轻，要活人，叔是替你担心哩！"

"唔呀！这事倒弄瞎塌咧！"润生悻悻地说，"世事真个复杂……"

"乡城里外一个样儿，哪儿也不是简简单单！"长才大叔得胜了，"走，快去把那些东西提回来，免得……"

"这……"润生犹豫不决。

"你不去我去，我去给你提回来。"长才大叔说着，竟然照直走去了。

那双丑陋的罗圈腿,在沙地上扭着移着,越来越远。倒像是有一根无形的绳子,一头牵着那双腿,一头牵着润生的心,那双罗圈腿朝前跨出一步,润生的心就被扯动一下。让长才大叔把那只竹编的提笼拿回来,就等于在曹村众多的庄稼人面前,承认自己做错了。可是,错了吗?错在哪条理儿上了?得罪人并不一定都是做错了嘛!润生的心在痛苦地扭动,头上竟然冒出汗水来了。长才大叔一旦把那些东西提回来,就等于自己唾到自己脸上,就会给曹村人留下一个谈笑的好话题……

长才大叔已经走近那个路口了。润生的心被揪得透不过气来,他终于忍不住,从火堆旁跳起来,像争抢篮球一样奔跑过去,在长才大叔刚刚弯腰的时候,抢先一步把竹编笼儿提起来了。长才大叔惊愕地瞪起眼睛,不知所措。

太阳已经升起来,微弱的却又温暖的冬日的阳光洒在沙滩上。已经有女人和娃娃提着装着吃食的笼儿罐儿走到沙滩上来了,好多人丢下铁锨,手里拿着馍馍,赶过来看热闹了。对于从早到晚抓摸石头的庄稼人,这无疑具有吸引力;对于沉闷而又沉重的劳动,这无疑更使人开心,算是一个插曲。大伙瞅着那装满瓶儿包儿的竹编笼儿,嘻嘻哈哈,议论纷纷,说着损话刺儿话,从沉重的劳动下得以解脱了。即使那些最贪活儿的汉子,也经不住一阵阵笑声的诱惑,丢了家具跑来凑热闹了。

"叔伯爷们!"润生自然地成为这场活报剧的中心人物,他仰起头,红着脸,诚恳地说,声音都颤了,"我是晚辈娃娃,咋敢吃大叔大爷送给我的东西……"

众人骤然闭了口,齐刷刷静下来了。这些庄稼人也不是没经见过世面的人,他们经过怕人的"四清"和"文革"运动;平常时月里,也常有县上和公社的干部到曹村来开会做报告,县委一位副书记还来过一回哩!他们听过一套又一套的理论,开过数不清的会议。现在,在沙滩上,这个十八九岁的小伙儿的一句开场白,把他们震住了,乱七八糟的喧笑全部销声匿迹了。这是怎么了？绰号"牛王爷"的曹老大的独生儿子润娃子，要干什么呢？

"我确实没办法给这么多人卖掉石头。真的，没有办法。管理站倒是有个同学，可是……这么多人……"润生说到这儿，忽然心底一沉，有种十分难受的感觉袭来。他想到了她。她和他好过；她已经明白地告诉他，她和他的关系完结了。他努力抑制住自己的冲动，不使眼泪忍不住而流出眼眶，"就是我能替谁卖一些石头，我也不敢收受叔伯爷们的礼物。我是个娃娃呀！哪有长辈人给晚辈人送礼的……"

诚能感动天地。好多人投来赞赏的目光，窃窃私议着。长才大叔突然从蹲着的人后蹿到中间，溅着唾沫星儿，大声感叹着："好娃好娃！乡亲们，大家甭为难润娃了。有事找他，他肯定帮忙，我敢保证！千万甭乱送东西，人家娃娃不受'贡品'……"他的愚鲁的憨态和实话，引得庄稼人善意地笑起来。

"这包点心是我送的，这瓶'雁塔大曲'也是我送的，我现在领走了。"长才大叔把他的东西从竹编笼里拿出来，也不怕当众丢脸了。他高高地举起点心包和瓶装酒，像显示什么一样，坦诚地当众招认说，"大家看见，润娃帮我卖掉了囤货（石头），我心里过意不去，就送了这两样东西；润娃不收，我心里也畅快。这东西大家享受吧！点心大家吃，酒大家喝……"

几个小伙子"嗷嗷"叫着，拍着手起哄，有谁竟然高声笑喊："曹长才大叔——万岁！"点心包早被青年们撕破了，酒瓶不断地被抢来抓去，笑闹声遮掩了一切。

尽管气氛已经十分活跃，仍然没有人前来认领礼物。润生记得的两个人，也躲在背后，不肯拿去他们送来的礼物。庄稼人好面子啊！

有个中年汉子挤进人窝里，在润生的笼里翻腾。他一看，认出是村子东头的曹五龙，忙说："五龙叔，原谅我……"曹五龙看也不看他一眼，铁青着脸，转过身，走出人窝去。只听"哗啦"一声响，酒瓶在石头上摔得粉碎了。曹五龙头也不回，背抄着双手，走到他的罗网跟前去了。众人一齐盯着润生，润生难堪地低下头来。那帮青年却故意起哄似的在地上抢夺曹五龙摔下的点心。

　　长才大叔明显地斜瞅着那个不通人性的家伙，同情地盯一眼润生，忽然提高嗓门，对众人说："大家昨日后响说要成立'协作会'，我刚才跟润娃说了，问题不太大！借这个机会，大家商量商量吧！当着润娃的面更好……"

　　润生很感激地盯了长才大叔一眼。他把自己从五龙示威的难堪中解救了出来。话题一引到捞石头的庄稼人的切身利益上，没有谁再去盯那个短见识的家伙了，大家七嘴八舌地议论起成立"捞石头协作会"的事了。

　　"咱们整天操心拦车，不是办法！你追车追得越紧，那些司机越品麻！"

　　"一个村子的乡亲，为拦车弄得红鼻绿眼，失了和气，实在难看！"

　　"咱们都是下苦人，下苦人跟下苦人为卖石头吵架闹仗，倒是给人家司机净赔笑脸，说骚情话，低三下四……"

　　"我说——"长才大叔完全是主持者的角色，"要是咱的'协作会'成立了，统一安排，一家卖了一家卖，咱们何苦要追车拦车呢？何苦要给人家递烟赔笑说骚情话呢？咱有笑脸，给咱老婆看；把骚情话节省下，晚上给咱婆娘说……"

　　长才婶子送饭来了，早已站在男人背后，听到此，捶了大嘴长舌头男人一拳，嗔骂道："你那猪脸，笑起来能把人吓死！"

　　"长才的话丑，理端着哩！"曹七伯在众人的笑声中，郑重地说，"队长只顾挣补贴款，不理民事喀；这样，大家才想到举出一个人来。

十八岁的哥哥　　157

有个公道人出面，大家按顺序卖石头……"

润生瞅瞅长才大叔，他倒蹲在地上不吭声，只顾抽烟。他把话题引出来，自己就不出头了，免得旁人说他让润生主事。看上去粗笨的长才大叔，心数儿一个也不比旁人少。果然，有好几个人先后喊起来："让润娃给咱当会长！"

"大家看咋样？润娃行不行？"长才大叔忽地站起，扫视一周，"有屁放出声来！"

"行！"众人一哇声喊起来。

"我……不行！"润生像被洪水卷着，身不由己了，他勉强地说，"我这人脑子简单……"

"事情本来就简单！"长才大叔大声说，"只要你娃子公公道道办事，我看啥事都不难办！脑瓜太复杂的人，倒是光给自家往怀里刨！'公道'俩字，本来就简单嘛！"

又是一件不期而遇的事！润生可真是没有想到自己会当什么"捞石头协作会"的会长。既然遇到了，而且无法躲避，无法推卸，他怀着不安的心情应承下来了。他说："大家得定出几条规矩来，我才好办理这事……"

"你提几条出来，大家商量。"长才大叔像早有准备，"众人七嘴八舌，乱口纷纷。"

"我拟几条，大家再补充。"润生说，"关键是卖石头的次序。我说，咱们抓阄。大家同意了，立马就抓，说不定一会儿就有汽车来。其余的规矩，缓后再立。"

"抓阄最公道！"

"抓啊！"

……

润生低头编制纸阄的时候，那些青年们已经把笼里的糕点和纸烟哄抢一空了，酒瓶也在大伙的手里传来抢去。有人把一块点心放到润生的膝盖上，他不由得笑了，一口咬去了半个。

长才大叔从他老伴手里夺过一只空碗，放进纸阄，伸到众人面前。一只只被河滩上的北风吹得皱皱的黑手，伸进碗里去了……

"二号，谁？"润生喊着，记下了名字。依次记完之后，他站起来，面对着那么多乡亲说，"一号我留下了，请大家原谅。"

众人一愣。

润生没有解释，走出人窝，径直朝沙滩上边走去。曹五龙现在独自一人，挥锹抛沙，没有参加抓阄的活动。润生坚定地朝他走去，手心里捏着那个留下来的一号的纸阄……

十一

一家三口，围在老祖宗传留下来的方桌上吃早饭。

润生着实饿了。母亲托人捎到沙滩上去的馍馍，因为忙于让众人抓阄的事而没有顾上吃，早已冻成一块块冰疙瘩，没法吃了；昨晚一宿未眠，从鸡叫三遍起来下河滩直到现在，肚子里"咕咕咕"响，肚皮已经紧紧贴着脊梁骨。他大口吞咬着又软又韧的发面馍馍，"咔嚓咔嚓"咀嚼着清脆脆水津津的萝卜丝儿，"呼噜呼噜"喝着甜腻腻油丝丝的苞谷糁儿，真香啊！重体力劳动造成的饥饿是这样难以忍耐，而大嚼大咽五谷饭食简直是一种至高无上的享受了。

母亲不时停下筷子，爱怜地端详着儿子狼吞虎咽的样子，似乎说，吃饭也像个男子汉了。

父亲的牙齿掉光了，两边脸颊的松弛的肌肉紧张地运动着，仍然吃得很慢，拿在手里的一个馍馍，总不见减少，而润生已经吃掉三个了。

他瞥一眼父亲艰难地咀嚼食物的样子,忽然意识到,父亲老了。他的因为牙齿脱落而深深陷进去的脸颊,他的被粗大的和细密的皱纹所网罗着的皮肤,他的昏暗而又板滞的眼睛,都标志着他衰老了。看着父亲的神态,润生忽然想到一条橡皮绳——一条失掉了弹性的疲惫不堪的橡皮绳。是的,出尽了力气的老父亲,正像一条被不停地扯拉着的橡皮绳,终于失掉了弹性,失去了活力,现在变得松弛而又疲惫了,很难承受重力的牵引拉扯了。

润生忽然记起,从早到晚,父亲从屋里忙到地里,又从地头忙到槽头,一天里很少能看见他有闲闲散散的一刻。他很少到人窝里去扯闲话,也很少赶集上会;牛棚和猪圈是他陶醉的游艺宫。他最大的乐趣,就是咬着旱烟袋,蹲在黄牛后腿跟前,欣赏乳毛未换的小牛犊撑开四蹄,仰起嘴巴,在黄牛肥大的乳头上一拱一顶地吸吮奶汁……润生过去熟知这一切,却从来没有在意,似乎本来就是这样,没有什么好想好说的。现在,突然之间,润生强烈地意识到父亲竟是如此地苍老,那松弛的肌肤和疲惫的身体里,再也爆发不出强劲的力量了。

润生的心里翻腾起来,有一股什么冲动在翻腾——应该接替父亲了,凭那样衰老的身体,不可能再有什么大的作为了。他是这个家庭里的最小的也是唯一的男孩子;六个姐姐,像硬了翅膀的燕子,一个接一个离开了这个老窝儿,只在年下和节日来看望父母,留下一袋礼物又匆匆回她们的村子、忙她们的日月去了。他才是这个小院的真正的主人。房子太破太旧了,被烟火熏成黑色的屋梁和椽子,不断地有虫蛀的粉末飘落下来,阴雨天常常"滴滴答答"地漏下黑红色的水珠。四方木桌、直背靠椅,有的断腿,有的缺角,都像父亲一样出尽了力气,古旧而衰老了。应该有新的住房和新式的家具,彻底改换这一切了。村子里已经有不少人家盖起了新房,添置了新式衣柜和台桌,年轻人已经拆除了土炕,换成钢筋弹簧床了。改换和更新这个小院的房屋和设备,舒舒坦坦地生活,已经不能指靠父亲了,得由他来干。

"润娃,听说你当了啥'会长'咧?"父亲已经点着烟锅,慢腾腾地问,"有没有这事?"

"嗯。"润生点点头。

"嚯!咱们祖辈三代没人当过官,你当了,改了咱的门风啰!"父亲半是喜悦半是揶揄地说,"咱们润娃有才魄哩!"

"那是民间劳动组合,不算官。"润生给父亲解释,"责任制实行以后,农户之间发生了多种形式的联合,以便适应生产的发展……"

"不管算不算官,总带着个'长'字嘛!"父亲蔫不拉唧地说,"我这辈子也挂过一回'长'字……倒给吓得……"

润生笑笑,没有吭声。父亲当过一回队长,已经是他的老生常谈了。润生尚未出生的时候,父亲当了农业社的一个生产队长,到乡上去开会去,要"放卫星",别人都"放"了,他却从会场吓得逃跑了,躲到姨妈家,不敢回曹村来。待他心惊胆战回到家里的时候,曹村农业社已经有新任队长执政了。他进了饲养场,直到前年牲畜下户,他才挟着那一卷铺盖回到自家屋里。他的胆小,因此而出名;他的当队长的逸闻,长久地留在曹村人的记忆中,他自己当然也不能忘记。润生早就听说过这档子事了,他也觉得父亲太胆小太老实了,居然吓成那样……

"你想干不想干?"父亲问。

"众人……硬推举我……"润生答。

"那当然,是众人瞅中了你。我问你一句话——"父亲认真地说,"和村长相比,谁领导谁?"

"当然……村长领导我……"

"要是这话,你趁早甭干。"

"咋哩?"润娃急忙问,"怕啥哩?"

"你干不出好下场。"

十八岁的哥哥

"为啥?"

"一句话——那人不是个正路货。再甭多问了。"父亲说,"我跟他在一个队里三十年了,还看不清一个人吗?你信爸的话,就趁早撒手;不信了,你干着试试。"

"他当他的村长,我捞我的石头,只要按国法交税,跟他没啥关系嘛!"润生无法想象村长究竟是怎么一个歪路货,"你怕他暗中使绊子?"

"那人呀……"父亲摇摇花白的脑袋,撇着缺牙的嘴。他的担忧是根深蒂固的,一切苦衷都在那无言的摇头叹息之中了。似乎很不愿意提及村长这个人,父亲迅即把话题转换了,"再说,这政策还变不变,也是难得料定……"

"放心,允许农民发家致富,中央有红头文件。"润生早已听惯了那些担心的话,不在乎地说,"老人们全都得下一号病——怕变!"

"你娃娃没经过世事。没经过'四清'和'文化大革命',你就不懂得世事。"父亲深深地叹惋,"那阵儿来曹村的工作组,拿的也是红头文件……"

润生张不开口了。瞅着父亲皱皱巴巴的脸,他无法探知,父亲那一道道横的竖的深的浅的皱纹里,究竟隐藏着多少忧虑?他既无法估计,也无法说服父亲。他仅仅只有十八九岁,"四清"运动在曹村轰轰烈烈进行的时候,他还没有来至这个偏僻的小河川道的村子里呢!"文化大革命",对于他来说也是一片空白;对于电影上和人们口头上传说的"文化大革命"的种种奇闻逸事,在他看来,和《西游记》里的故事一样荒诞不经。怎么可能有那样荒唐的事情在我们的生活里发生呢?人们怎么全都变得神经质了呢?他不理解。没有办法,他没有经见过嘛!没有亲身经见过的事情,总是很难体味其历史的和现实的、主观的和客观的诸种因素。在他这样的年龄,是最容易用今天自己正在经历着的生活去想象已经过去了的未曾经见过的生活的。他不在意地说:"没啥。爸,这个'会长'不算啥官衔;能干我就干,干不了拉倒。你甭担心害怕。"

"你能给大家把石头卖完吗?"父亲过问起最具体的问题,"捞石头的人多,石头不好出手,现时又兴得走后门,你凭啥呢?"

"润娃,妈听你长才婶子说,你的一个同学,在管理站开票。"母亲突然插上话,"说是人家给你派来汽车……"

"嗯。"润生不由一悸,低头喝饭。

"你长才婶子给我叨叨,想给你联扯婚姻……"母亲装出不在意的口气,探问着,"我说咱娃是农民,怕不行……"

"没那回事!"润生立时臊红了脸,一口说死,避开母亲探询的目光,和父亲说,"走后门卖石头的人有,不凭后门卖石头的人也有。咱们成立'捞石头协作会',就是要跟砂石管理站建立组织联系,合理安排,不走后门走正路。"

"众人信服你,你就干吧。"父亲已经站起身,走到门口,又转过头,"凡事甭叫人指脊背骂祖先,你已经长大了。就是这话!"

润生放下筷子,看着父亲走出屋子,心里涌涌波动。他已经长大成人了!是啊,十八九岁了!众人已经向他委以"会长"的重任了!今天无论如何是一个重要的日子,他在众人眼里不再是一个不懂事的毛娃娃了,而是一百多个捞石头的庄稼人所寄托着希望的青年了。从不懂事到懂事,从昨天到今天,他第一次在生活中担负起责任来,而且是众人的责任。他第一次明显地意识到父亲老了,强烈地感到他在这个小院里的责任。人生的旅途中的第一个重要的驿站,他就要驭马奔驰了。

润生走出屋门,心里第一次有沉重的责任感了。人生的多么奇妙、多么重要的第一次觉醒!

十八岁的哥哥 163

十二

  人需要别人的信任。被别人尤其是被众多的一群人所信任、所拥戴，会产生一股强大的心理力量，催发人为了公众的某种要求、某种愿望、某种事业而不辞艰辛地奔走，忍受许多难以忍受的苦难，甚至做出以生命为代价的牺牲，也在所不惜，心甘情愿。他们的这种英雄行为，往往使那些极端利己的人迷惑莫解。

  十八岁的哥哥曹润生，此刻就被这种强大的心理力量支配着。他骑着自行车，驶过沿着坡根伸展开去的坑坑洼洼的土石大路，穿过一个个大的或小的村庄，忍受着尖利的下山风的刺骨的寒冷，意气勃发地转上了平整光滑的柏油公路，更加快速地踩动着自行车的踏板，到设置在三岔路口的乡砂石管理站去，代表曹村所有捞石头的庄稼人，交涉出售砂石的公务。

  为了刚刚成立的捞石头的劳动者联合体，润生要耽搁一整晌时光了。一整晌时间里，他可以捞出半立方米石头，价值两三块钱。他心里明白这笔账，毅然做出牺牲了。为了众人有秩序地出售石头，也使自己日后再不为出售石头而追拦汽车、低三下四地讨好司机，牺牲一晌乃至一天的时间是不足计较的。他第一次受到那么多曹村父老兄弟的委托和信赖，心里简直承受不住了；那些比他高过一辈两辈的叔叔和爷爷，那些和他平辈的老哥或兄弟，竟然对他——一个刚刚从五里镇中学下到沙滩上来的青年，寄予厚望和重任，他感到充实，感到有力，感到自己骤然间成为一个大人了。

  这种强烈的心理力量，帮助他克服了隐藏在心底的重大障碍。他曾经暗暗下定决心，再也不进砂石管理站的铁栅大门了；既然晓兰已经另有选择,他就要狠心割断和她的一切来往及感情上的联系。现在,他必须再次走进那个宽大的水泥立柱的铁栅大门,说不定还要撞见晓兰,撞见了也就必得说话打招呼……他是为曹村一百多个捞石头的庄稼人的切身利益来造访管理站的,理直而又气壮;不是找她走后门卖石头,也不是死乞白赖地纠缠她和他的那种关系的。他飞一般踩动自行车。冬日的冷风,即使在晌午,也仍然是尖利的,他的脸颊和耳朵冻得麻辣辣地疼。

刚到三岔路口,他跳下车子。尽管有那样强大的心理力量推动着,他还是感到心跳了,而且跳得越来越厉害。现在见了晓兰,该怎么说话才合适呢?他略停一会儿,稳一稳心情,硬着头皮走进铁栅大门了。碰得真巧,晓兰正在院子里打羽毛球,对手是那个戴眼镜的青年。她打得很开心,又很专注,没有发现润生。她穿一件红色的羽绒服,蓬松的头发从后颈上束住,尾梢披散在肩上和背上,跳起击球的时候,头发被风张起来,落地时又像潮水一样跌落在肩背上。她的动作优美,跳起而又落下,蹲下而又跃起,进前退后,像是一种刚健的舞蹈。一个好球打完,她的"嘎嘎嘎"的笑声响起来。

润生突然觉得心里很别扭。看见她和他那么快活地玩着,听见她那动人心魄的爽朗的笑声,润生妒恨起那个戴眼镜的砂石管理站的会计了——他凭他的老子谋得这样一份不晒太阳也不挨风冻的职业,把润生的晓兰轻易地夺走了。润生不愿意看见她和他玩羽毛球的样子,更不想在这种场合里和她照面,他想退出门去,过一阵子再来。然而,已经为时过晚,晓兰已经瞧见了他,握着球拍跑过来,毫不在乎地和他打招呼:"润生,到屋里坐。午饭吃了吗?"

"我来找你们站长。"润生立即说明来意,企图向她暗示,他不是来找她的。他用一种自己也觉得陌生的事务式的口气说,"和站长联系一下俺们曹村村民卖石头的事。"

十八岁的哥哥　　165

"站长回家吃饭去了。你等一会儿吧！"那位青年用不耐烦的口吻说，"晓兰，快！现在是十比七……"

"到我屋里烤烤火，等会儿，站长两点来上班。"晓兰有点为难地说。

"不去了，我到外面转转。"润生已经推动车子，"我不打扰你了。"

"外头好冷！你到哪儿去？"晓兰说着，把球拍往润生怀里一推，"你来玩玩吧！"

润生的心里一动，撑起车子，接过长柄球拍，站到球网的一边，从球网的网眼里盯着那位站在对面的情敌。他大约不太乐意润生换下了晓兰，有点明显的扫兴的神气，没精打采地把白色的羽毛球掷了过来。

"开始计数！"润生看见对方懒洋洋的样子，不由火起，从地上挑起球，以一种挑战的姿态说，"你开球吧。"他又回过头，对晓兰说，"你做裁判。"

眼镜青年一震，愣了片刻，不在乎地笑笑，把球开过网来。润生忽然跃起，一记重扣，那白色的羽毛球像从绷紧的弓弦上怒射出的一支羽箭，栽死在对方脚下，而眼镜青年的拍子还没有挥动起来。他脸色略略一红，迅即捡起球来，发了一个刁钻的旋转球，直飘到润生背后；润生灵巧地转身，背对着球网，把羽毛球捞起来，送过网去；对方又一个轻吊，球儿落在网前；润生跃进两步，长臂猿似的从地皮上又把球儿挑过网去，落在底线旁；眼镜青年转身补救的时候，脚下绊了一下，摔倒了。

晓兰"嘎嘎嘎"地笑起来，报着数：二比〇。

眼镜青年从地上爬起来的时候，面孔气得煞白煞白了——他的笨拙的动作出了丑，又在她的面前。他扶正眼镜，咬着嘴角，谋算着第三个球怎么开法。

润生随随便便地站在场地上,一副漫不经心的样子。他的心里,却凝聚着一股强烈的报复的火气。他要彻底打掉他的那种优越的干部公子的神气;他要打得他措手不及,疲于奔命,一败涂地;他要他在她面前出丑亮拙;他要把他彻底地击溃……即使在地区的中学生篮球联赛的时候,润生的求胜的迫切心理也不过如此吧!

第一局结束,晓兰也不好意思再笑了,大约怕那位同样十分自尊的青年太难堪——比分悬殊:十五比三。

"再来?"眼镜青年喊,企图挽回面子。

"来吧。"润生随随便便地应着。

一开局,又是五比〇。眼镜青年愈急愈输,愈输愈急,简直是一副气恼的神气,脸颊上淌下汗水来了。润生愈打愈熟练,挥洒自如,左右逢源。看看对方狼狈不堪的架势,瞥一眼晓兰也显出难堪的神色,他不忍心再使对方输下去。恰在这时,晓兰喊:"站长来了。"

润生停下球拍,歉意地笑笑:"站长来了,我该办事去了。你们玩吧!"他把球拍递给晓兰。

眼镜青年扫兴地说:"甘拜下风……"

"不!你是实际的胜利者……"润生拍拍他的肩膀,苦笑一下说。

眼镜青年悻悻地笑笑,以为润生在安慰他。只有晓兰体味出润生那句话里的真实含意,脸上掠过一丝难堪的神情,转过头,掩饰地说:"站长,有人找你。"

润生也借此机会跟站长走进他的办公室。

站长是个瘦老头,虽则是砂石管理站的脱产站长,其实从头到脚都是一个纯粹的农民的装束——那种精明强干的农民。听说他原来是塬上一个大队的党支部书记,因为上了年纪,被年轻的新干部所代替,乡政府安排他到这个只有七八名职工的管理站来主事。他仍然习惯抽旱烟,仍然习惯蹲在条凳上和人交谈。听完润生的述说,他很爽快地说:

"那好嘛！咱们有计划地给曹村调拨汽车过去拉石头，你们在那边有秩序地卖货，免得曹村社员白天黑夜到管理站来找熟人、要汽车。这是好事嘛！"

"那就这样，站长。"润生听了站长的话，十分受鼓舞。一切都顺顺当当，简简单单。从这位老站长的直言直语中，他感到了老干部秉公办事的品德，很钦佩这位干练的老站长了，"我等您派汽车到曹村……感谢您。"

"回去给你们村长谈谈，让他知道你们有了劳动组合。"老站长提醒他说，"免得村长说他不知道……"

"应该应该。"润生感激地盯着老站长，"应该尊重村长的领导……"事情已经谈妥，他就告辞出门，临走时叮嘱站长，顶好能派足够的汽车到曹村来……

第一次出门交涉公务，竟然这样顺利，十八岁的哥哥心里十分畅快，加之他略施球技，把那位优越感十足的情敌打得溃不成军，心里更觉解气，一路顺风，回到曹村来。

……

村长曹子怀，年近五十，坐在自家的简易沙发上，接待登门请示工作的小青年曹润生。他嘴角呷着黑色的卷烟，只用半个嘴角说话："你去乡政府请示吧！我吃不准，你们成立的'捞石头协作会'，究竟算个啥性质的组织……"

瞧着村长嘴角里上下闪动的卷烟，听着他慢腾腾的声音，润生不由得发急，忙说："民间劳动组合。城北一个村子是养鸡专业村，村民成立了养鸡协会，电台广播了，说是新事物……"

"报纸和电台，一天换一种说法，咱撵不上哇！"村长蔫不拉唧地说，"我得靠上级的正式文件行事。广播和报纸，只能参考一下。你说你那是新事物，旁人要说那是非法组织，咋办？现时要肃清'文化大革命'的无政府主义哩！"

"这是劳动组合嘛！"润生莫名其妙，"不是'文化大革命'那种搞派性斗争的组织嘛！"

"我吃不准，刚才就说了。"村长仍不起性儿，"我保守脑瓜跟不上形势，你去问乡政府吧！乡政府批准了，我照乡政府的批示办。"

润生不再解释了，村长的冷淡态度令人难以忍受。他走出门来，推起自行车，又奔乡政府去了。

乡政府一位主管乡镇企业的吴副主任回答了润生的问询，也十分简单："你们成立这样一个协会，不能算是'文革'中的派性组织。可是，你们搞得迟了，曹村村长今响午刚报来一份申请，大队里已经建立了砂石管理机构，大队统一管理就行了，再搞一个什么'协会'，成了重叠机构了，势必加重群众负担。现在的政策精神是，要减少干部，要减轻农民负担……"

"我不是要抢着当干部。"润生忽地红了脸，向吴副主任解释，"我说过不要报酬。"

"算咧算咧！小伙子——"吴副主任拍拍他的肩膀，"我不是那个意思。"

润生没有信心再谈下去了，越谈可能越造成他要抢当干部的印象。他退出门来，懊丧地转上回曹村的路。

刚走到村口，他听到广播上正响着村长慢腾腾的声音："经村民委员会和大队委员会开会研究，决定成立本村砂石管理站，统一经销……"

后面的话，他听不清了……

傍晚的下山风吹下来，润生觉得从后背到前心，全凉透了。

"润娃！唉——"

润生木然地转过头。长才大叔垂头丧气地摇着头，摆着手，气哼哼

十八岁的哥哥　169

地说:"村长的儿媳妇已经下到河滩,经营曹村砂石管理站的事咧!你还为大伙空张罗哩!唉,去他妈的黑脚……"

十三

十八岁的哥哥躺倒了!

他躺在自己单身独居的小屋的土炕上,没有开灯,插死了木门闩,用被子蒙住头,静静地躺着。

"润生,吃了再睡。"母亲在窗外劝。

"不饿。"他一口回绝。

"世事就是这样子。"父亲并不惊慌,世故地说,"不跌跤长不大,不碰钉子就认不得人、不懂得世事。"

长才大叔"哐当哐当"摇门板,大嘴长舌头乱嚷嚷:"润娃!你开门,叔有话跟你说,要紧弦弦的话……"

他不吭声,也不开门。长才大叔大声叹息着咕哝着,走出院子去了。

他的心里烦得很,乱得很,想静一静,想一想,他的简单的脑袋被搅得晕乎乎的了。

如果长才大叔说的话是实情,那么事情就可以捋顺了,廓清了——

当他饥肠辘辘地吃早饭的时候,村长曹子怀已经坐在砂石管理站站长的火炉旁边了。

当他报复似的用羽毛球拍打得他的情敌大显其丑的时候,村长曹子怀已经把曹村大队设立砂石管理分站的简单的书面报告,递交给乡政府分管乡镇企业的吴副主任了。

他完全听信了管理站站长要他向村长打招呼的话,实际上,一经和村长接头,一切就一目了然,用不着站长来否定你的什么"协会"。于是,他就开始钻进预备好了的圈套——像诸葛亮在陆逊尚未出生时就为其摆下了乱石阵一样,早已等着娃娃来钻呢!

他向村长曹子怀汇报的时候,曹子怀并不推翻他的意见,只说自己对当今的政策"吃不准",把他推到吴副主任那里去了。

吴副主任用"不增设重叠机构""减轻农民负担"的绝对符合政策的话,就把他搁到冰箱里冷冻起来了;而当他满含委屈向吴副主任表白自己不是为了抢当干部的时候,村长曹子怀的儿媳妇已经在腋下挟着合页夹子下了河滩,走马上任了。

他钻完了"乱石阵",得到的是"想抢当干部"甚至"加重捞石头的庄稼人的负担"的嫌疑。

村长曹子怀不声不响,连个社员会也没开,就把儿媳妇派到沙滩上去,统管曹村捞石头的庄稼人的出售石头的业务了。当然,她不会在三九寒冬的沙滩上白挨冷冻的——抽取石头销售总款的百分之八,作为曹村大队的扣留,其中当然包括她的报酬。

曹子怀叼着黑色卷烟的嘴,现在异常清晰地映现在润生的眼前:那说话时上下闪着的卷烟,轻轻地就把他弹到干沟里去了;曹子怀只用半边嘴和他说话,已经使他里里外外说不清楚了!

润生现在才强烈地意识到自己的头脑太简单了,简单得令自个憎恨!一切都不简单,只是自己把一切都看得简单了,看不透才觉得简单。他第一次为自己的口头禅——"事情很简单"——懊悔了。

和晓兰的关系,也不像自己以往想的那么简单吧?

第一次萌动的爱情结束了!

他被曹村的庄稼人推举为"会长",还不曾执行过一次协会"会长"的使命,就被村长不动声色地排斥到一边去了……他却毫无办法。

现在,曹润生躺在小屋的单人床上,努力回味这一切的细微末梢。

十八岁的哥哥　171

毛病究竟出在哪里？他搜肠刮肚，寻找自己的过失。平心而论，他觉得无愧，既无愧于晓兰，也无愧于曹村那一百多个在沙滩上捞石头的庄稼人。他终于归结到一点——自己头脑太简单了！

他心里有点冷，却不空虚。他仅仅只有十八九岁，而生活的路还很长……

一声雄壮的公鸡的啼叫声，惊醒了他；翻身坐起的时候，窗户已经大亮——起得晚了。他急急忙忙穿上衣服，拉开门闩，嚄！雪！夜里落了一场大雪，院子里和屋瓦上全是一片白。

他扛起铁锨，走出街门，走下场塄，朝河滩走去。

大雪覆盖了塬坡和河川。雪止风息，树枝上落着一层绵茸茸的白雪。太阳还没有出，雪地上闪动着一缕缕蓝莹莹的光彩。通河岸去的白杨甬道上，白雪已经被踩踏得稀烂了。

沙滩上，罗网林立，铁锨起落，"唰啦唰啦"的翻捣砂石的声音响成一片，偶尔传出一声沉闷的咳嗽。

润生突然看见，在河岸和沙滩的交接路口，站着一个披着军绿色大衣的人，头上包着红头巾，腋下挟着一本活页夹子，在路口踱步，大约是活动被冻疼了的双脚。那是村长的儿媳妇。他不想从她跟前走过去，就岔开大路，从积着厚雪的麦田里斜插过去，跳下河岸，走到沙滩上来了。

他的罗网已经被雪埋住了。他把三角木架支起来，用铁锨刮积雪，却不想把锨扎到砌石里去了。他一侧过头，穿着军绿大衣的村长的儿媳妇，正在河岸边远远地瞅着他。

他用铁锨的木柄穿过罗网的网眼儿，背起罗网，转身朝河岸走去。

"润生——"长才大叔从雪地上奔过来，嘴角呼出大股大股的白气，"你——"

"不干了。"他的沉静的口气，连自己也暗暗吃惊。

"你干啥去呀？"长才大叔伤心地摇摇头。

"而今卡不死人了！"他淡淡一笑，"哪儿挣不到钱呢？路数多咧！"

他走了，背着罗网。雪把石子和沙子全遮住了，他被雪下的石头绊得一滑一拐。忽然间，一种奇异的感觉在润生脑海里产生了——那"唰啦唰啦"的翻捣石头的杂乱的声音没有了，河滩里倒显得空旷而寂寞，耳朵边骤然清静下来。他停住脚，一回头，见散落在沙滩上的庄稼人，手拄铁锨，一齐停住了劳作，正目送着他走出沙滩去。他忽然动情了，没有力量再看那自然形成的肃穆的场面，急忙掉转头，继续大步朝前走。

"润娃——"

他听见呼叫，又站住脚，喊他的竟是五龙叔。五龙叔人正中年，穿一件紫红绒衣，粗壮的身坯像个碾场的碌碡在雪地上滚过来——

"润娃，你发给叔的这个一号的号码，还算数不算数？"

五龙叔站在他的面前，手里捏着那张写着一号号码的小纸片。他忽然想，五龙大叔在要笑捉弄他吗？他给他送了点心和瓶装烧酒，他把这些东西提到沙滩上来公开招领，他把自己的东西取出来，示威似的摔碎了。润生没有说话，瞅着五龙大叔煞有介事的脸色，不像是专门来烧骚他的呀！

"叔知道，这个号码没用了……"他大声说，大约不是说给润生听，又忽然意味深长地说，"虽然没用了，叔还是舍不得扔了。叔留下做个记物儿……"

他居然解开对门开襟的绒衣的纽扣，把那写着号码的纸条塞进衬衫的口袋，压了压，又结上纽扣，像藏进万元存折一样认真谨慎。

河滩里突然爆发出一阵哄笑，有人打起了呼哨，像山洪突然从河的上游奔泻下来的呼啸。

十八岁的哥哥　　173

润生一转过身，看见站在只有三五步远处的那穿军绿大衣的村长的儿媳妇，他明白五龙大叔的举动的含意和那哄笑声中所包含的怨愤了。

润生背起罗网，扯开长腿，从村长儿媳的身旁走过去，头也没有拧一下。

太阳从秦岭东山群峰的巅尖冒出来，雪地上闪射出五彩缤纷的花环，令人眼花缭乱。十八岁的哥哥走上河岸，再没有回头……

1984年6月至7月
草改于西安东郊

蓝袍先生

我的启蒙老师徐慎行先生，年过花甲，早已告退，回归故里，住在乡下。他前年秋末来找我，多年不见，想不到他的身体还这样硬朗。

他住在塬上的杨徐村，距我居住的小河川道的村子，少说也有二十里远，既不通汽车，也不能骑自行车。他步行二十余里坡路，远远地跑来，我的第一反应是要我帮他什么事情。他接过我递给他的茶水和卷烟，坐稳之后，首先说明他没有什么事，只是找我闲聊。他确实只是闲聊。整整一个下午过去，天色将暮时，他顶着一顶细草帽又告辞了。他说他在三个多月前埋葬了老伴，过了百日，算是守完了节，心里实在孤寂得受不了，才突然想到来找我聊聊的。我信了他的话。老伴初逝，女儿出嫁，男娃顶班在县城小学教体育，屋里就剩下他一个人，怎能不感到孤独和寂寞！我心里也有一缕悲怜的气氛了。

腊月里，入冬以来的头一场好雪，覆盖了塬坡和河川，解了冬旱；大雪封锁了道路，跑小生意的农民挂起秤杆，蒙住被子睡觉了。大雪初融的中午，奇冷奇冷，徐慎行先生又走进我的院子，令我惊叹不已。他的身上和胳膊肘上、膝头和屁股上，沾着融雪的水痕和泥巴；两只棉鞋灌满了雪粒，湿溜溜的了。可以肯定，他在坡路上跌翻过不知多少回——又是孤独和寂寞得受不了了吗？

"我有一件事，要跟你商量。"

徐慎行先生呷了一口茶，就直截了当地开了口。他的脸上泛出红光，许是跋涉艰难累得冒汗的原因，而眼里却泛出一缕羞怯的神色，与六十岁人的气色很不协调。他终于告诉我，说是别人给他介绍下一个五十多岁的老婆，他已见过一面，颇以为合宜；可是两个女儿和儿子均

蓝袍先生　175

是一口腔反对，没法说服他们。他自己当然不好直接与儿女商议，只好托亲友给儿女解释。他的大女儿嫁到小河川道的周村，与我的住处相距不远，人也互相认识，于是他就想让我去给他做大女儿的解释工作。

我不假思索，一口应承下来。

第二年春天，草木发芽了，一直没有见他的面，不知他的婚事进展得如何，我倒有点惦念不下。我和他的大女儿以及女婿都是熟人，话可以敞开说，我说了许多条"该办"的好处，譬如徐老先生的吃饭穿衣问题、生病服药问题、家务料理问题，统统都解决了，对于儿女们，倒是少了许多负担；又解释了儿女们最为担心的一个问题，即老汉退职薪金的使用，会不会被那个老婆子揽光卡死了？终于使他们夫妇点了头，表示不再出面干涉，我也算是给启蒙老师尽了一点心。我随之就担心他的二女儿和儿子的思想通了没有——据说主要阻力在二女子身上，她不出面，却纵容唆使弟弟出面闹事……

徐慎行先生来了，时在河川和坡塬上的桃花开得正艳的阳春三月。他一来，我从他的眼里流露出来的羞怯神色就猜出了结果。

"我想忙前把这事办了。"他说，"到时候，你可要抽空来坐坐。"

我很乐意地接受了老师的邀请。

他坐下喝茶，抽烟，说那个老婆的脾气和身世。从他的语气里可以听出来，他是很满意的。说到她的人样、她的长相，他说能看出她年轻时很俊……

我实在想不到，夏收之后，他第四次来到我家的时候，又是一脸颓唐的神色，先哀叹了三声，说那件事最后告吹了！

我很惊诧，忙问他：到底哪儿出了差错？谁又从中坏事了？

"谁也没有坏事，也没有啥差错——"他淡淡地说，"是我不办了！"

"为——啥？"我不得其解。

"唉——"他摇摇头，叹息着，不抬头，"我事到临头，又……"

既然他觉得不好开口，我也就不再强人之难，于是就聊起闲话。他轻轻摇着扇子，眯着眼，扯起他这几十年来的往事，一阵阵哀叹，一阵阵动情……

"读耕传家"

我们塬上的村庄，不论是千儿八百户的大村，抑或是三二十家的小庄，村巷整齐，街道规矩；家家户户的街门沿街巷开设，坐北一律坐北，朝南一律朝南，这一家的东山墙紧紧贴着那一家的西山墙，而自家的西山墙又紧挨着另一家的东山墙，拥拥挤挤，不留间隙。俗话说，亲戚要好结远乡，邻居要好高打墙。家家户户在自家的庄院里筑起黄土围墙，以防鸡刨狗窜引起纠纷和口角。院墙临街的中间开门，门上很讲究修一座漂亮的门楼。

我们那儿的农民十分注重修饰门楼。日子富裕的人家修建砖木门楼，多数人家则是土木门楼；无力修建门楼的人家，就只好在土围墙上凿开一个圆洞，安一个荆条编织的篱笆门，防贼亦挡狗。生人进入任何一个村庄，沿着街巷走过去，一眼溜过两边高高矮矮的各姿各式的门楼，大致就可以划出各家的家庭成分了。不过，这是解放初期的旧话。现在，门楼的规模和样式，已经与土改时定的那个成分关系不大了；如果按着旧的习惯去猜度，准会闹出牛头不对马嘴的笑话来。

门楼正中，一般都要挂门匾，门匾上镌刻四个大字。这四个大字的选择，实际上就是这个门楼里的庄稼主人的立家宣言。解放后，庄稼人心劲高涨，对门楼上的门匾的选择，免不了受时风的影响：土地改

蓝袍先生

革时，好多人喜欢用"发展生产""发家致富"；合作化时又时兴"共同富裕""康庄大道"；三年困难时期又流行起"自力更生""勤俭持家"；及至"四清"和"文革"运动接连不断的十余年中，诸如"红日高照""万寿无疆""斗争为纲""真学大寨"等政治口号，确实风靡一时。

　　解放前门楼题匾的内容，可就单调得多了。凡是能修建得起砖木门楼或稍微像样的土木门楼的殷实人家，题匾上的立家宣言，十之八九都选用"耕读传家"四字，其用意是显而易见的。我们杨徐村，在塬上稠如星海的乡村里，只算个中小型村庄，二百多户农家中，门楼修葺得最阔气的是大财东杨龟年家的——水磨青砖，雕梁画栋，飞檐翘角，俨然一座富丽堂皇的四角亭子。门楼下蹲着两只青石雄狮，墙上刻着飞禽走兽；门楼正中，在象征着吉祥永久的鹤鹿图像中，刻下四个篆体"耕读传家"的题字，与团团祥云相谐调。杨龟年的大儿子在咸宁县政府做官员，家里有百余亩河川水浇地、整整两槽高骡大马，真是有耕有读，宣言与实际相一致。其余那些虽然也能修得起土木门楼的殷实户，尽管也东施效颦地题下"耕读传家"的门匾，却大都是有耕无读，名实不副，甚至一家老少尽是些目不识丁的粗笨庄稼汉子；但作为立家宣言，自然主要是照亮后世，无读书人的缺憾，必当由后辈人来弥补。

　　杨徐村另一户能修得起砖木门楼而且名副其实的"耕读传家"的人家，当推我家了。

　　我爷爷徐敬儒，对"耕读"精神的尊崇，甚至比杨龟年家还要纯粹。杨龟年的大儿子在县府供职，主要是为官而不从读了；二儿子从军耍枪杆子而鲜动笔杆子了；家里的庄稼全靠长工和短工播种和收割，而无须杨龟年动手抬脚。我爷爷徐敬儒，那才是"耕读"精神的忠诚信徒和真正的实践者。

　　我爷爷徐敬儒，人称徐老先生，是清帝的最末一茬秀才，因为科举制度的废止而不能中举高升，就在杨徐村坐馆执教，直到鬓发霜染，仍然健坐学馆。也不知出于什么思想的影响，我爷爷把门楼上那副"耕读传家"的题匾挖掉了，换上一副"读耕传家"的题匾，把"耕"和"读"的位置做了调换。字是我爷爷亲笔写的，方方正正，骨架峻嶒，一笔不苟，真柳字体，再由我父亲一笔一画凿刻下来。我父亲初看时，还以为我爷爷笔下失误，问时，爷爷一拂袖子，瞪了儿子一眼，没有回答。我父亲不敢再问，却明白了是有意调换而不属笔误，该当慢慢地去体味，遂低下头小心翼翼地凿刻起来。

更有一件蹊跷的事。我爷爷垂老之时，对我父亲兄弟三人做了严格分工：一人继承他坐学馆，体现"读"；二人作务庄稼，体现躬耕；世世代代，以法累推。这样的分工，兄弟三人还勉强接受得了；没料想，临到爷爷咽气时，他又留下严格的家训——可以归纳为"三要三不要"的遗嘱。其训示曰：教书的只做学问，不要求官为宦；务农的要亲身躬耕，不要雇工代劳；只要保住现有家产不失，不要置地盖房买骡马。

兄弟三个瞪大眼睛，你瞅瞅我，我瞪瞪你，不知所措了。他们三个正当成年，早就想着齐心合力一展宏图，在杨徐村与杨龟年家争一争高低。近几年间，杨家兵强马壮，置田盖房，百业兴旺，已成为方圆十里八村新兴的富户。眼看着杨家小河涨水似的暴发起来，兄弟三人对父亲拘拘谨谨的治家方针早已多有不满，却不敢说，更想不到老先生活着时限制他们的手脚，临走前还要把他们死死地捆绑在这点小家业上。老先生似乎早已揣摸算计到三个儿子的心数儿，怕自己走后儿孙们有恃无恐，干脆一句话说死：不遵从父训者，孽种也！不许给他上坟烧纸！兄弟三人只好委屈隐忍，不理解的也要执行，遵循老先生的遗训，耕田的躬耕垄亩，坐馆的潜心静气研读圣贤诗书。村里人把我爷爷这种古怪的治家训诫编成顺口溜——"房要小，地要少，养头黄牛慢慢搞"，当作笑话流传。

蓝袍先生　179

嗬呀！到得杨徐村一解放，杨龟年家耍枪杆子的老二死在解放军的枪口之下，当县官的老大被囚在人民的监牢当中，家里的深宅大院、高骡子大马以及水地旱田全部被分给杨徐村的贫雇农了！我至今也忘不了那个晚上的情景——父亲兄弟三个，捧着我爷的神匣，磕头作揖，又哭又笑，简直跟疯癫了一样。夜静以后，兄弟三个又跑到村后的祖坟里，趴在我爷的坟堆上，啃啊！拍啊！恨不得掘开坟墓，把留下"三要三不要"遗训的先知先觉的老祖宗的尸骨抱在怀里亲一百次！该怎样感激老祖宗——比诸葛孔明还要神明的老祖宗啊！亏得他早已看破红尘，留下严格的治家遗训，使得儿孙后辈免遭杨家那样的横祸！我们家被定为上中农成分，虽然不是工作组依靠的对象，却也不在被打击被孤立的剥削阶级的圈子里——这已经是万幸了！

我爷爷瞑目前五年，已经选定我父亲做他的接班人，去杨徐村的私塾坐馆执教。据说，老先生在长期的观察中，觉得我大伯父工于心计，善于谋划，带一股商人的气息；二伯父脾气拗倔，合当是一介武夫；我父亲自幼聪灵智慧，既不像大伯父那么诡，也不像二伯父那样倔，深得老先生钟爱器重，加之他对我父亲的面相也满意（用老先生的话说，"天庭饱满，眉高眼大，肤色滋润"），于是就在他年过花甲之后，由我父亲坐上了私塾里那把黑色的令人敬慕的太师椅子。

我依稀记得，爷爷死后，父亲脱下了蓝色长袍，换上了一件藏青色布袍，一来表示给爷爷的亡灵守志守节服孝，二来标志着他已过而立之年，该当脱下青年时期的蓝色长袍了。我的印象十分深刻，爷爷死后，父亲似乎一下子变成了另一个人——那眉骨愈加隆起，像横亘在眼睛上方的一道高崖；眼神也散净了灵光宝气，纯粹变成一副冷峻威严的神气。在学堂里，他不苟言笑，在那张四方抽屉桌前，正襟危坐，腰部挺直，从早到晚，也不见疲倦；咳嗽一声，足以使那些调皮捣蛋的学生吓一大跳。来去学堂的路上，走过半截村巷，他抬头挺胸，目不斜视，从不主动与任何人打招呼；别人和他搭话问候时，他只点一下头，脚不停步，就走过去了。回到家中，除了和两位伯父说话以外，与两位伯母和他的七八个侄儿侄女，从不搭话。除了两位伯父，没有不怯他的。父亲从学堂放学回来，一进街门，咳嗽一声，屋里院里，顿然变得鸦雀无声，侄儿侄女们停止了嬉闹，伯母和母亲烧锅拉风箱的声音也变得低匀了。我和堂兄堂弟们要是打仗吵架，一不小心，父亲站在当面时，无须动手动脚，他只用眼一瞅，我们就都不敢出声了。他倒是从来不动手打孩子，可也从来不对任何人表示哪怕是少许的亲昵，而我似乎比堂哥堂弟们更怯着父亲。

我现在唯一能解释父亲这种性格变化的原因，是爷爷死后父亲在这个十六七口人的大家庭里的地位的变化。爷爷死时，意外地打破了长子主事的传统法则，把全部家事委于父亲来统领。据说爷爷怕大伯父太诡而远伤乡邻近挫兄弟，怕二伯父脾气暴烈而招惹家祸，于是就由排行最末的父亲统领这个家庭。父亲要领导两个哥哥和两个嫂嫂，要处理三兄弟三妯娌以及七八个侄儿侄女和亲生儿女的种种矛盾，要处理这个家庭与远远近近几十家新老亲戚的关系，要处理我们家与杨徐村二百多户同姓和异姓的乡邻的关系，真是太复杂了！我当时尚不能体味父亲的种种难场，只觉得他的脸上，笑颜永远消失了。

尽管父亲在这个家庭里严以律己——母亲、姐姐、弟弟以及我，宽以待人——伯父、伯母以及堂兄堂妹，家庭里的摩擦总不会间断，只是没有公开闹到分家的程度。大伯本来对父亲统领家事就觉得有失面子，再加上三条遗嘱死死捆住了他的手足，终日憋气。他的大儿子已经长大，意欲送到西安去学生意，因为父亲坚持遗训而不能成行，他有气无处发泄，就哄唆直杠子二伯发难。父亲一切都看得明白，只是隐忍，不理睬二伯的恶火，大伯也就无法了。

这样下去，终非久远之计，父亲不能眼看着这个以礼仪之风在全村

蓝袍先生　　181

享有最高乡誉的家庭,在自己手中闹出分崩离析的结局,令杨徐村人耻笑。他断然决定,从学堂里告退回家,统领家事。他自己在学堂执教,一心难为二用,顾了学堂顾不了家,顾了家庭又怕贻误人家子弟的学业;更重要的是,在他一天三晌坐在学堂里的时候,家里和地里,给大伯留下了毫无顾忌地唆弄是非的太大的时空环境。这样,在我刚刚交上十八岁的时候,父亲就把我推到他坐过的那把黑色的太师椅上了。

"蓝袍先生"

父亲选定我做他的替身去坐馆执教,其实不是临时的举措。在他统领家事以前,爷爷还活着的时候,他就有意培养我作为这个"读耕"人家的"读"的继承人了;只是因为家庭内部变化的缘故,才过早地把我推到学馆里去。

我有一个姐姐,已经出嫁了;一个弟弟,脾气颇像二伯,小小年纪就显出倔拗的天性,做教书先生的人选,显然不大合适,"人情不够练达嘛"!父亲再无选择的余地,尽管我也是差强人意,也没有办法了。如果说父亲也暗藏着一份私心,此即一例——大伯父的二儿子灵聪过人,然而父亲还是选择了我。

读书练字,自不必说了,对我是双倍的严格;尤其是父亲有了告退的想法之后,对我就愈加严厉了。那柳木削成的木板,开始抽打我的手心,原因只不过是我把一个字的某一画写得离失了柳体,或是背书时仅仅停磕了几秒钟。最重要的是,父亲开始对我进行心理和行为的训练,目标是一个未来的先生的楷模。"为人师表"!这是他每一次训导我时的第一句话。

"为人师表——"父亲说,"坐要端正,威严自生。"

我就挺起胸,撑直腰杆,两膝并拢。这样做确实不难,难的是坚持不住。两个大字没有写完,我的腰部就酸酸的了,两膝也就分开了。猛不防,那柳木板子就拍到我的腰上和腿上,我立即坐直。几次打得我几乎从椅子上翻跌下去,回头一看,父亲毫不心疼地瞅着我。

"为人师表——"父亲说,"走要有个走势。走路要稳,不急不慢。头仰得高了显得骄横,低垂则萎靡不振。两目平视,左顾右盼显得轻佻……"

我开始注意自己走路的姿势。

"为人师表——"父亲说,"说话要恰如其分,言之成理。说话要顾及上下左右,不能只图嘴头畅快。出得自己口,要入得旁人耳……"

所有这些训导,对于我这样一个刚刚十七八岁的人来说,虽然很艰难,毕竟可以经过日渐长久的磨炼,逐步长进;而最使我不能接受的,是父亲对我婚姻选择的武断和粗暴。

对于异性的严格禁忌,从我穿上浑裆裤时就开始了。岂止是"男女授受不亲",父亲压根儿不许我和村里任何女孩子在一块玩耍,不许我听那些大人们在一起闲谝时说的男女间的酸故事。可是,在我刚刚十八岁的时候,父亲突然决定给我完婚了。他认为必须在我走进学堂之前做完此事,然后才能放心地让我去坐馆。一个没有妻室的人进入神圣的学堂,在他看来就潜伏着某种危险。

父亲给我娶回来多丑的一个媳妇呀!

婚后半个月,我不仅没有动过她一指头,连一句话也懒得跟她说;除了晚上必须进厢房睡觉以外,白天我连进屋的兴趣都没有。然而,我却不敢有任何不满的表示——父母之命啊!

父亲还是看出了我的情绪,有一天,把我单独叫进他住的上屋,神色庄严。

"你近日好像心里不爽?"

蓝袍先生　　183

"没有。爸。"

"我能看出来。有啥心事，你说。"

"爸，没有。"

"那我就说了——你对内人不满意，嫌其丑相，是不是？"

"……不。"

我一直未敢抬头，而眼泪已经忍不住了。

"这是我专意儿给你择下的内人。"父亲说。我没有想到。他说，"男儿立志，必先过得美人关。女色比洪水猛兽还凶恶。且不说商纣王因妲己亡国，也不说唐明皇因贵妃乱朝，一个要成学业的人，耽于女色，溺于淫乐，终究难成大器……"

我惊讶地抬起头，看了父亲一眼。那严峻的眉棱下面，却是满眼的赤诚、坦率的诚意，使我竟然觉是自己太不懂事了。大丈夫立国安家成学业，怎能贪恋女色！我长到十八岁，从来没有听过怎样对待婚娶的道理，父亲第一次这样坦诚地对我训导，使我悟出人生的道理了。

父亲当即转过头，示意母亲；母亲从柜子里取出一件蓝袍，交给我，叫我换上了。我穿上那件由母亲亲手缝制的蓝洋布长袍，顿然觉得心里"咯噔"一声，沉重起来——似乎一下子长大成人了！服装对于人，不仅是御寒的外在之物；穿起蓝袍以后，我抬足举步都有一种异样的庄重的感觉了。

父亲领着我走出上房的里间，站在外间里。靠墙的方桌上，敬着徐家祖宗的牌位，爷爷徐敬儒生前留下的一张半身照，嵌镶在一只楠木镜框里，摆在桌子的正中间。父亲亲手点燃大红漆蜡，插上紫香，鞠躬作揖之后，跪伏三拜，然后站在神桌一侧，朗声道："进香——"

我走前两步，站在神桌前头，从香筒里抽出五根紫香，轻轻地捋整齐，在燃烧着的蜡烛上点燃，小心翼翼地插进香炉，抖索的手还是把两支弄断了。重插之后，我垂首恭候。

"拜——"父亲拖长声喊。

我抱起双拳,作揖。

"叩首——"

我跪在祖宗神牌前,磕了三个响头,就抬起头,等待父亲发令。

父亲从腰里掏出一片折叠着的白纸,展开,就领着我向祖宗起誓:

"不肖孙慎行,跪匍先祖灵前。矢志修业,不遗余力。不慕虚名,不求浮财,不耽淫乐。只敬圣贤,唯求通达,修身养性,光耀祖宗,乞先祖护佑……"

父亲念一句,我复诵一句,及至完毕。我呆呆地站在灵桌前,诚惶诚恐,不知该站着还是该走开。父亲紧紧盯着我,说:

"明天,你去坐馆执教!"

由我代替父亲坐馆的仪式是在文庙里举行的。时值冬至节气。一间独屋的庙台上,端坐着中国文化的先祖孔老先生的泥塑彩像。屋梁上的蛛网和地上的老鼠屎被打扫干净了。文庙内外,被私塾的学生和热心的庄稼人围塞得水泄不通。杨徐村最重要的最体面的人物杨龟年,穿着棉袍,拄着拐杖,由学堂的执事杨步明搀扶着走进文庙来了,众人抖抖地让开一条路。

我站在父亲旁边,身上很不自在,心里却潜入一股暗暗的优越来。这儿——文庙,孔老先生的圣像前,排站着杨徐村所有的头面人物,我也站在这里了。门外的雪地上,挤着那些粗笨的却又是热心的庄稼人,他们在打扫了房屋以后,临到正式开场祭祀的时候,全都自觉地退到门外去了。

杨步明主持祭祀。首先发蜡,然后焚香;接着,在杨步明拿腔捏调的诵唱中,屋里屋外所有参与祭奠的村民,无论长幼尊卑,一律跪倒了。油炸的面点、干果,在杨步明的诵唱中,被摆到孔老先生面前。整个文庙里,烛光闪闪,紫香弥漫,乐鼓奏鸣,腾起一种神圣、庄严、肃

蓝袍先生 185

穆的气氛。

执事杨步明把一条红绸递给杨龟年，由杨徐村最高统治者给我的父亲披红，嘉奖他光荣引退。杨龟年双手捏着红绸，搭上父亲的右肩，又斜穿过他的胸部和背部，在左边腋下系住。父亲连忙跪伏下去，深深地磕拜再三；站起身来的时光，竟然激动得热泪盈眶。这个冷峻的人，竟然流泪了！他硬是咬着腮帮骨，不让眼泪溢出眼眶。我是第一次看见父亲流泪。往昔里，我既看不到父亲的一丝笑颜，也看不到他的一滴泪花。那泪眼里呈现出我从未见过的动人之处，令人敬服，又令人同情。这个严厉的父亲，从来也不会使人产生对他的同情和怜悯；他的脸色和眼神中永远呈现着强硬和威严，只能使人敬畏，而不容任何人产生怜悯。现在，他的脸上像彤云密布的天空扯开一道缝儿，露出了一绺蓝天，泻下来一道弱柔动人的阳光。

父亲简短地说了几句真诚的答谢之词后，执事杨步明代表所有就读的孩子的家长向父亲致谢，并对我的上任多有鼓励。杨龟年没有讲话，只是点点头——算是最高的赏赐了。

奠祭活动结束，我随着父亲走出文庙。刚一出门，那些老庄稼人就把父亲围住了，拉他的袖子，拍他的后背，摸抚那条耀眼的红绸，说着听不清的感恩戴德的话。我站在旁边，同样接受着老庄稼汉们诚心实意的鼓励的话，心里很激动。由爷爷和父亲在杨徐村坐馆所树立起来的精神和道义上的高峰，比杨家的权势和财产要雄伟得多！我从今日开始，将接替父亲走进那个学馆，成为一个为老少所瞩目的先生了！

那把黑色的座椅，那张黑色的四方抽屉桌子，我能否坐得稳？一直到将来再交给我的尚未成形的某一个后代，大约至少还要二十多年吧？二十多年里不出差错，不给徐家抹黑，不给杨家留下话柄，不落到被众人撵出学堂，谈何容易！要得到一个善终的结局，就必得像父亲那样……

乡村的私塾学堂也放寒假，每年农历的冬至节气就是下学日，祭过老祖宗孔老先生之后，就放假了。

过罢正月十五，私塾又开学了。我穿上蓝布长袍，第一次去坐馆，心里怎么也稳实不下来。走出我家那幢雕刻着"读耕传家"字样的门楼，似乎这村巷一夜之间变得十分陌生了。街巷里那些大大小小的树木——一搂抱粗的古槐、端直的白杨、夏天结出像蒜薹一样的长荚的楸树，现在好像都在瞅着我，看我这个十八岁的先生会不会像先生那样走路！那些拥拥挤挤的一家一户的门楼里，有人在窥视我的可笑的走路的姿势吧？唔呀！从我家的街门口到学堂去，要走到街心十字口，再拐进南巷，距离不近哩！不管怎样，我已经走出街门了，没有再退回去的余地了，只有朝前走。这时候，像面对一个十分面熟而又确实读不出字音的生字时顺手掀开字典，我想到了父亲走路的姿势。我多少次看见父亲来去学堂时走在村巷里的身姿，而他训导我的如何走路的条文倒模糊了。

我抬起头，像父亲那样，既不仰高，也不低垂，两目平视，梗着脖根，决不左顾右盼，努力做到不紧不慢，朝前走过去。

"行娃……唔……徐先生……"杨五叔笑容可掬地和我打招呼，发觉自己不该在今天还叫我的小名，立即改口，脸上现出失误的歉疚的神色，"你坐馆去呀？"

"噢！对！"我立即站住，对他热诚的问话表示诚意的回答；站下以后，却又不知再该说什么了。我立即意识到，不该停下脚步，应该像父亲那样，对任何人的纯粹出于礼节性的见面问候之词，只需点一下头，照直走过去，才是最得体的办法……我立即转身走了。

我走进学堂的黑漆大门了。三间敞通的瓦房里，学生们已经把教室打扫得干干净净，摆满了学生自己从家里搬来的方桌和条凳，排列整齐；桌子四周围坐着年龄差别很大的学生，在"哇啦哇啦"地背书。今

蓝袍先生　187

日以前的七八年里,我一直坐在这个学堂的左前排的第一张桌子上,离安在窗户跟前的父亲的那张教桌只隔一个甬道。这个位置是父亲给我选定的,从第一天进入这学堂接受父亲的启蒙,直到我今天将坐在窗前教桌的位置上,一直没有变动过。我打第一天就明白,父亲要把我置于他的视力首先所能扫视到的无遮蔽地带……现在,那个位置坐上新进入学堂的启蒙生了。

除了新添的几个启蒙生,教室里坐着的全是那些春节以前和我同窗的本村的熟人、同伴、同学,有的个子比我长得还高还壮实,我今天看见他们,心里真怯了。我完全知道他们和我父亲捣蛋的故技,尤其是杨马娃和徐拴拴两人,念书笨得跟猪差不多,却尽有鬼点子捣蛋。我一进门就瞅见他俩的诡秘的脸相,真有点怯场了——那些不怀好意的脸相!

我立即走向那张四方教桌,偏不注意那几张扮着怪相的脸。我在父亲坐过的那把直背黑漆木椅上坐下来,腰似乎自然地挺直了。父亲就是这样挺着身坐。我回忆父亲的工作程序:坐下,先把桌上的四宝摆整齐,抹干净桌子,再掀开书本,或者在砚台里磨墨;一当听到教室里有异常的响动,就抬起头来,逡巡一遍,待整个学堂里恢复正常的气氛,再低头看书或者练习写字。

父亲一般是先读书的,后晌上学时才写字。我也应该这样做,只是今天例外——读书是难得专注的,写字肯定对稳定情绪更好些。我在父亲用过的石砚台上滴上水,三只指头捏着墨锭,缓缓地研磨。磨墨也该像个先生磨墨的姿势,不能像下边那些学生乱磨,最好的姿势当然只有父亲磨墨的姿势了。

墨磨好了。桌子角上压着一沓打好了格子的空影格纸,那是学生们递上来的,等待我在那些空格里写上正楷字,他们再领回去,铺在仿纸下照描。我取下一张空格纸,从铜笔帽里拔出毛笔,蘸了墨,刚写下一个字,忽然听到耳边一声叫:

"行娃哥——"

我的心一扑腾,立即侧转过头去,只见本族里七伯的小儿子正站在当面,耍猴似的朝我笑着:"给我题个影格儿。"

教室里腾起一片笑声。唔!应该说学堂!

笑声里,我的脸有点发热,有点窘迫,也有点紧张。学童入学堂以后,应该一律称"先生",怎能按照乡村里的辈分儿叫"哥"呢!可他是才入学的启蒙生,也许不懂,也许是忘记了入学前父母应有的教导吧!我就只好说:"你放下,去吧!"他回到位置上去了,笑声消失了。

我又转过头写字。刚写下两个字,又一个声音在我耳边响起:

"'蓝袍先生'——"

我的脑子里轰然一声爆响,耳朵里传来学堂里恣意放肆的哄笑的声浪。我转过头,看见一张傻乎乎愣笑着的脸——这是村子里一个半傻的大孩子。他的嘴角吊着涎水,一只手在背后抓挠着屁股,得意地傻笑着;和我几乎一般高的个子,溜肩吊臂,像是一副不合卯窍的屋架,松松垮垮。这个老学生,念了七八年了,字认不下二百,算盘打不到"三归",只是家底厚,又是他爸唯一的顶门立户的根,就这么在学堂里泡着。这个傻瓜蛋儿,打破他的脑袋,也不会给我起下这样一个雅号的,我立即追问:"谁教你这么称呼我?"

教室里的笑声戛然而止,静默中潜伏着许多期待。

"他……他不让我说他的名字。"傻子说。

"你说——他是谁?"我冷眼追问。

"我不敢说——他打我!"傻瓜怕了。

"我先打你!看你说不说!"我说。

我从桌上摸过板子——那块被父亲的手攥得把柄溜光的柳木板子,攥到我的手里了。我心里微微怔忪了一下,但随即毫不退让地说:"伸

蓝袍先生　189

出手来！"

傻子脸色立时大变，眼里掠过惊恐的阴影，把双手藏到背后去了。

我从他的背后拉过他的左手，抽了一板子，傻子当下就弯下腰去，用右手护住左手号啕起来："马娃子，×你妈！你教我把人家叫'蓝袍先生'，让我挨打……呜呜呜呜呜……"

我立即站起，一下子瞅住杨马娃——这个暗中专门出鬼点子捣乱的"坏头头"。不压住这个杨马娃，我日后就难得在这把椅子上坐安稳。我命令："杨马娃，到前头来！"

杨马娃虎不失威，晃一下脑袋，走到前头来了。他个子虽不高，年岁却不小了，也是个老学生。他应付差事似的朝我草草鞠了一躬，就站住了。

"是你给他教唆的吗？"我斥问。

"没有。"他平静地回答，似乎早有准备。

"就是你！"傻子瞪着眼，"你说……"

"谁能做证呢？"杨马娃不慌不急。

"……"傻子急迫地瞪着眼。

"不要做证的人！"我早已不能容忍这种恶作剧继续往下演，"伸出手——"

杨马娃伸出手来。他的眼里滑过一缕似乎冤枉的无可奈何的神色，既不看我，也不看任何人，漫不经心地瞅着对面的墙壁。

我抽一下板子，那只手往下闪了一下，又自动闪上来，没有躲避，也听不到挨打者的呻吟；我又抽下一板子，那只手依然照直伸着。我有点气，本想经过教训他解气，想不到越打越气了。那只伸到我跟前的手，似乎是一只橡皮手，听不到挨打者的呻吟，更听不到求饶声了。我突然觉得那只手在向我示威，甚至在蔑视我。教室里很静，听不到一丝声响。我感到了两方的对峙在继续，我不能有丝毫的动摇，不然就会被压倒，难得起来。我也不吭气，谁也不看，只看着那只要击中的手。我记得父亲打板子的时候就是这样，从来不看被打者的脸，更不听他们的呻唤和求饶，只是打够要打的数字。我抽下五板子了……

傻子突然跪倒在地，抱住我的板子，哭喊说："先……先先先生！马娃教我叫你'蓝袍先生'，我说你要打手的，他说不会，说你和俺俩都是在一块念下书的，不会打手的。他就教我跟你耍玩，叫'蓝袍先生'……我往后再不……"

我似乎觉得胳膊有点沉，抬不起来了；再一想，如果杨马娃一直不开口，我能一直打下去吗？倒是借傻瓜求情的机会，正好下台，不失威风也不失体面。

傻瓜先爬起来，深深地鞠了一躬，跑下去了。杨马娃则不慌不忙，文质彬彬地鞠了躬，慢慢走回到座位上去了。

我重新坐好，提起毛笔，题写那张未写完的影格儿，手却在抖。我第一次执板打人，心里却没有享受打人的畅快，反倒添加了一缕说不清的滋味……

萌动的邪念

无论如何，对杨马娃的一顿板子，彻底划开了我和同伴、同学之间的界限。那些心存侥幸企图开我的玩笑的人，那些想试试新上任的先生的脾气软硬的人，全都得出了自己应该得到的结论，学堂里的秩序按照父亲过去的模式继续下来了。

杨马娃退学了。挨打的当天后响，他就没有再来上学，扛着镢头跟他爸上坡挖地去了。迅速地从村子各个角落反馈到我耳朵里的反应，却是绝对的一边倒。没有任何人同情杨马娃，听说连他爸也骂他不知深

蓝袍先生　191

浅。执事杨步明当天下午就跑到学校,给我撑腰:"打得好!念了几年书,连个礼行儿也不懂,没有一点规矩!不打的话,明日该翻天了!"他故意大声说话,让那些坐在学堂里的娃娃都听见。不光执事杨步明,几乎所有送子入学的庄稼人,在我来去的街巷里,一律支持我动板子的举动。我心里明白,不尊师长的越轨行为是不会有人同情的,所以并不觉得意外。

对杨马娃的退学,我也不觉得遗憾。按照我爷爷在这个学堂里开创的独特的教程(后来又经过了我父亲的补充),启蒙生从"一二三四五"开始识字,然后学《百家姓》,中年级学《七言杂志》,大约三年时间;附加的课程是珠算,先学加减,后学《九归》。三年时间里,那些穷庄稼汉的后代,学会了日常生活中惯用的杂字,会打一手算盘,就走出学堂,跟他们的父兄做庄稼去了,或者到西安某个铺店、作坊当相公(学徒)去了。留下为数不多的一些富裕户的子弟,接着就开《论语》,步步深造。这一套教程,从爷爷创立,颇受庄稼人欢迎,可以说贫富皆宜,有普及也有提高,照顾了"面"又保证了"点"。杨马娃早该退学去做庄稼或当相公去了,只是生得矮小,父母疼其体力不支,就叫他在学堂多混几年……迟早是要走的。

俩月过去了,没有发生什么意外,秩序正常。执事杨步明对我父亲几次夸赞:"栽培有方!"父亲自然很欣慰。我的自我感觉也甚好。我从村中走过去时,可以踏出缓急有致的脚步了,再不紧张了;我在教桌前端直坐一晌,看书或授课,不再觉得腰酸腿困了。人说,我活脱就是二十年前父亲的原样儿,连脾气也跟父亲一模一样了!

我也意识到我的脾性儿变了。我小时爱笑,母亲说我长了一副笑面菩萨的脸儿,而且一笑脸颊上就有两个酒窝。父亲为我的爱笑没少训过我,说我长了一副没棱角的脸,尤其讨厌我脸上的那两个倒霉的酒窝……现在,我改掉爱笑的毛病了,酒窝自然也就极少出现了。我面对一伙性格各异的学生，没有威慑的力量是不行的，父亲说绝不能跟学生嘻嘻哈哈，笑了就失掉威势了；另一个不便说出口的原因，是我自打媳妇一娶进门，就笑不出来了。

她是坐着轿子来的，在伴娘的搀扶下走进厢房；我一把揭开她的盖脸的红布，狂跳着的心就一下子沉下去了，再也跳不起来了。我实在没预料到，父亲会给我娶回来这样一个媳妇！当然，父亲那种奇特的理论，我不敢顶撞。想想我现在在杨徐村的地位，想到徐家三代人在杨徐村所树立的威望，我觉得心里十分沉重。我不能给祖先丢脸，更不能耽于女色而使徐家的门楼上的"读耕"精神毁断于我手——这个女人的位置和比重一下子给划开了。

我从学堂放学回家，她就怯怯地招呼我："先生，用饭。"她从来也不敢正眉正眼地看我的眼睛。当我发觉她在注视我的时候，我一回头，她立即就把眼光避开了。她不会撒娇，只会烧火、洗锅、刷碗、缝衣、做鞋。我见了她就没有话说了，我不说话，她也不说话，大约是怕说得不合适，所以小厢房里总是静悄悄的。

配偶的不甚称心和夫妻感情的不甚融洽，被新承担的教书工作的热情和兴味所冲淡，我觉得自己十分喜欢教学。这一方面的如愿与另一方面的不如愿掺和着，我就这么过着，也没有感觉到活不下去。生活虽显得古板，却也平静。

我的平静的心境却突然被打破了！

这天放学时，天下着雨，大雨点子在院子里的积水上打出一片白花花的水泡。年龄大点的学生们不顾雨大路滑，缩着脖子跑出学堂去了，院子里响起一阵杂乱的"扑哧扑哧"的脚步声；几个小娃娃躲在门口的房檐下，不敢出去。我站起来，舒展一下腰身，走到房檐下，劝那几个小娃娃再等一会儿，雨住了再走。这时候，一个穿着旗袍的女人走进学堂院子来了，撑起的红纸雨伞遮住了她的头脸。我却早已认出，这是杨

蓝袍先生　193

龟年的二儿媳妇。我返身走回学堂，在椅子上坐下。

这个女人走到学堂门口，她的儿子已经扑到她的膝前，抱住了她的腰。她摸着孩子的头，笑容可掬地说："把这把伞给你先生送去，你跟娘打一把伞就行了。"

我立即从椅子上站起，推辞，要她和孩子一人打一把伞，我到雨住了再走。她的儿子把伞放到桌子上，跳出门，她牵着他的手，转身走了；在院子的泥水里，小心地挑选可以下脚的地方，走出院子去了。剩下的三五个小娃娃，大约估计到他们的父母不会送洋伞或草帽来，就冒雨跑了。

学堂里静下来，剩我一个人，看着桌子上那把红色油漆纸伞。我拿起伞掂掂，却嗅到一股淡淡的香味——那是脂粉一类东西的诱人的气息。我坐在椅子上，眼前浮现出两只水汪汪的眼睛。如果不是这样近距离地看见她的眼睛，我真不知道世界上还有这样好看的眼睛。她穿一件紫红旗袍，披着卷发，细皮嫩肉，不过二十四五岁，旗袍紧紧包裹着丰腴的胸脯和臀部。我突然奇怪地想：如果我有这样好看的一个女人，难道真的就会荒废学业了？

雨小了，漾漾的雨雾从浓密的树梢笼罩下来，院子里昏暗了。我最后看了那把红伞一眼，终于没有用它，锁上门，走回家去了。

大约过了十天，或者半月，她牵着孩子的手走进学堂来了。她站在我的教桌前，斥说儿子想逃学，她把他亲手牵来了。我让她的儿子归坐。她却不走，从腰间摸出一块纸，摊开在我眼前的桌子上，问："徐先生，这个字怎样念？"

我一抬头，发觉她并没有瞅字，而是瞅着我的眼睛，那眼里有一种令人动心的神色。我忙回答了那个字的读音，就把脸避开了。她笑笑，说声"劳驾"，就走出门去了。

从这以后，每当我从杨龟年家门楼前走过的时候，就忍不住扭头瞥一眼那个深宅大院了。往昔里，我和父亲一样，是不屑于瞅一眼这角亭式的阔绰的门楼的。瞥一眼，其实也什么都没有看到。这一天，终于在门口撞见她了。我向她点一下头，就走过去了，她却又叫了一声"徐先生——"我停住脚，转过身。

"孩子肚子疼，后晌不能上学了。"

"那好。让娃儿在家养息。"

"缺下课……"

"娃儿病好了，我给补。"

"真麻烦你了！"

"不客气。"

我回到家中，那两只水汪汪的眼睛在我眼前忽闪飘浮；我在学堂，那两只眼睛又在字里行间闪眨……

这天晚上，我回到家，看见父亲脸色不悦，从地里犁地回来，把犁杖重重地磕摔在台阶上。他回到家中，已经和大伯二伯一样亲身躬耕了——是累得心生烦躁了吗？

直到夜深人静，大伯二伯和堂兄弟们都睡定了，父亲终于把我叫进上房里屋，关了门，压住声儿，严厉得怕人："你和那个臭婊子有啥好说的？嗯？"

我像当头挨了一砖，眼前都黑了，说："她给孩子请假……"

"我不要你回话！"父亲站起来，可怕的鹰一般的眼睛，"我只想给你说一句：那个婊子再找你搭话，你甭理识！那是妖精，是鬼魅！你自己该自重些！"

我低下头，简直无地自容，好像我已经和那个女人真有过什么苟且之事；其实，不过就是说了两三次话，而且说的都是关于她的孩子念书的事，每一次也都是那么简单的几句。我想分辩、解释，然而，不光是父亲盛怒之下难于容纳，我自己也感到有口难张，羞于启齿了。

"走吧！"父亲负气地一摆手。

我不知自己是怎样从父亲住的上房里屋回到自己的厢房的。躺下之后，怎么也睡不着，心里烧躁憋闷，脑袋"嗡嗡"响。

这个女人，是杨龟年的二儿子在河南娶下的小老婆，因为战事吃紧，送回老家来了。杨龟年压根儿不知道儿子在外已经娶下小婆娘，气得吹胡子瞪眼，无奈那女人引着一个可爱的小孙孙——毕竟是杨家的后代，才收容下来，心里却见不得这个操着异乡口音的女人。那个经明媒正娶的大婆娘，对于这个"妹妹"，更是恨入牙根了。这个女人在杨家，没有援助也没有同情，活得没滋没味儿，村里人说她夜夜都偷着哭哩！村里人不明底细，纷纷传说，有的说杨龟年的二儿子从河南送回来的洋婆娘，是抢霸的一位良家女子；有的却说得截然相反，说她原本是开封府里一家妓院的窑姐儿云云。

无论父亲的态度怎样生硬，怎样叫人难以忍受，但冷静之后，我就不能不暗暗慑服于父亲那洞察细微的眼睛。我虽然没有和那个洋婆娘有任何拉拉扯扯的事，可从心里反省，那双水汪汪的眼睛确实弄得我有点神不守舍。如果不是父亲警告，长此下去，即使不会发展到做出什么有损门风的丑事，也极其危险。任何一点半句的风言浪语都可能毁了我，毁了父亲，毁了徐家几代人守节持仪所建树起来的家风……父亲直接砸向我脑门的这一砖头，是狠的，也是及时的。

我的心在收缩，被那个洋女人搅起的一缕纷乱的云霓，消散了。我再也不理睬那个被父亲骂作"妖精鬼魅"的女人，甚至连村中一切年龄尚轻的女人也都一概不予搭理。我不能让桃色亵渎徐家贞节的门楼……

杨徐村解放了。人民政府给杨徐村派来三位先生，真是令我大开眼界。他们穿四个兜的短褂，戴着八角制帽；废止了我的教程，给学生发下西北军政委员会编的课本，设语文和算术课，另开音乐、体育和图画；其中一位年轻的女先生，教孩子唱歌，张着嘴唱呀唱，令我目瞪口呆。

　　我自动辞职了。没有办法，我不会算术，连那些阿拉伯字见也没见过；语文科的新课本，虽然是浅显通俗的白话文，我却教不了。我离开了那个祖孙三代执教的学堂，让位给那三位新派来的新先生，跟父亲去种地。我的蓝袍脱下来了，作务庄稼穿它太不方便啰！

　　半年后，一天后响，我和父亲正在村西的官道边的田地里翻耕靠茬地，乡政府的通信员送来一张通知，要我到城南的师范学校去进修。去不去？敢去不敢去？该去不该去？我拿不定主意，不知该怎么办。父亲也拿不定主意。自从那三位新先生进入杨徐村，父亲不止一次地讥诮说："蹦蹦跳跳，行走唱唱喝喝，男女不分，见谁都想搭话——啥好先生的样子！"现在他明白，师范学校培养出来的先生肯定都是那个样子，我将来也可能就是那个样子——他拿不定主意了。为此事，他专门走访了一回县教育科，回来后就拍了板——去！

　　临行的前一晚，我坐在父母住的上房里屋里，悉心听取父亲的临行教诲：怎样和先生说话，该当如何与同窗相处，远离家乡，一切都需自己检点。母亲又接着叮嘱生活上的琐屑事：忌食生冷食物，加减衣服要注意。我的那位媳妇呆呆地站在一旁，惶惶不安的样子，一直没有插嘴，这时问了一句："我该给先生准备哪件衣服出门？"

　　我一愣。这是一个暂时被父母连同我自己都忽略了的事。该穿短褂呢，还是长袍？我想了想，没有主意。看看母亲，母亲又瞅瞅父亲，看来也是不知该穿哪样才合适。父亲正在桌上磨墨，沉思一下，抬起头来，对我说："穿蓝袍。"

　　我有点疑惑："爸，我看咱村来的那三位新先生，都没穿长袍。解放了，不兴穿长袍了。"

　　"解放了，没听说不准穿袍子！"父亲讥诮地说，"你看那三位洋先生，穿个短褂儿，又那么短！前裆后臀无遮无盖，有失大雅！为人师表,成何体统!"

结论定局了,穿蓝色长袍。我的媳妇就退出去,准备我明日的行装去了。

父亲已经磨好墨,拔开毛笔帽儿,在砚台盖儿上再三地顺着毛笔尖,然后猛然悬起手腕,在一张硬纸上写下两个字——慎独。等得墨迹干涸,他交到我手上,严厉而又含蕴不露地瞅着我。我双手接住那父亲题示的嘱咐,夹在那只折叠小皮夹里,装在贴身的内衣口袋里,表示一定要在远离父亲的陌生的环境里,一切都谨慎行事,尤其是独自一人,不在父亲的视觉之内的地方……

第二天晨曦中,我背着行装,上路了。走出村子好远的时候,我一回头,隐约看见村口的大路边,兀然站着父亲的高大的身影。因为背向从东山泛出的晨光,他像一截黑黝黝的古塔岿然不动……

我转过身走了,心里忐忑不安,脚步也有点慌匆。等待我的那个世界会是什么样子呢?我无法具体想象……无论如何,这次出门,成了我一生中的第一次重大的转折……

我不会说话了,也不会走路了

当我站在教室的前头,班主任把我介绍给全班同学的时候,我简直都要窘死了。

班主任王先生领我走进插着"速成二班"木牌的教室的时候,整个教室里腾起一阵笑声,笑的声浪几乎把我掀倒了。我立即低下头。这个见面礼太令人难堪了。班主任挥挥手,缓声和悦地劝止大家:"不要笑",然后简要地向大家介绍我的名字、年龄,希望大家和我互相帮助,搞好学习。我低着头,对班主任也不满了:面对一个生人,这些人这样狂笑乱说，太没礼仪了呀！你做先生的不予严厉训导，只是淡淡地劝止，像什么话？在你介绍的时候，教室四处仍在嘀嘀咕咕议论，这像什么话？什么教学秩序？太松懈了！

班主任介绍完毕，一位男学生站起来，表示欢迎我加入这个集体。他大约是班长。他也是随随便便的样子："欢迎徐慎行同学到我们班学习，为速成二班争光，为祖国的教育事业贡献力量！归结一句话：我代表全班同学，欢迎……'蓝袍先生'！"教室里立即腾起一阵喧闹的声浪，鼓掌声和笑声搅和在一起，乱极了！

我听到班主任王先生也在笑。我不能容忍他的笑，他毕竟是先生。他笑毕说："同学们不要笑，也不要给新同学乱起绰号……"

我现在才明白大家嬉笑的原因了——笑我的蓝布长袍和头顶的礼帽。我一下子意识到了我和所有同学的差异——男生女生一律穿制服或便衫，头顶八角制帽，女生留齐脖短发或双辫儿。在杨徐村，那三位新先生的装束成为众人稀奇和议论的话题，成为我父亲讥诮的怪物；在师范学校速成二班的教室里，我的装束却成为老古董怪物了！好在班主任此时指给我一个空位子，我立即从讲台上走下去，逃脱这个被众人嬉笑着的尴尬地方。我走到座位跟前，那个位子上坐着一个女生，她朝我笑笑，表示欢迎与我同桌。我的心里猛地一跳。这个女生长得太漂亮了，又是一双水汪汪的眼睛。我不敢多看一眼，脑子里立即反射出杨龟年的二儿子从河南遣返回杨徐村的那个洋婆娘来，立即反射出我的父亲的警告：妖精！鬼魅！而这个同桌女生，这个"妖精鬼魅"，却成了对我一生影响深重的人，我后头再说和她的纠葛吧！

我不看她，在自己的座位上坐下了。我从书袋里取出学习用具，放在桌子抽斗里。这时，我的头皮一凉——礼帽被谁摘掉了。

我临行前刚刚剃过头，光光净净的秃头一定很难看，教室里又响起此起彼落的笑声。欺人不欺帽！我生气了，愤恨地扭过头，寻找恶作剧

蓝袍先生　199

的人。我甚至不惜要撕破面皮,给他个对不起了。哪有这样开玩笑的?我没有找到帽子,却看见一张张开心的笑脸全都瞅着我的旁边。我一回头,看见礼帽正戴在她——我的同桌的头顶,她正装模作样地向大家扮着鬼脸。

我不知所措了。那顶黑呢礼帽扣在她的头顶,底下露出一排长长的黑发,似乎不觉滑稽,倒使她显得十分好看了。我聚集在心里的火气发不出来了,也不好意思从她头上动手取过礼帽来。就在我犹豫的短暂一刻里,不知后排谁从她的头顶揭去了礼帽,戴在自己的头上;之后,我的礼帽就被许多手抢来夺去,轮换戴在男生和女生的头顶。我无法忍受这样的侮辱,生气地端坐在凳子上,负气地不予理睬了。

她大约终于感觉到自己的行为有点过分,离开座位,在教室的一角里抢到帽子,从背后过来,扣到我的头上,说声"对不起",就坐下了。

我一动不动,也没看她,以无言表示我的气怒。太没教养了!一个大姑娘,刚与人见第一面,就把别人的帽子抢过去,戴到头上,像什么话?疯张野教!

还有使人难堪的事。吃饭要赶到饭堂去,端上饭碗拿着筷子排队,依次到窗口去打饭。我站在队列里,心里很别扭。前头已经打了饭的学生,因为没有餐厅,一堆一伙蹲在院子里,一边吃饭一边说笑;女学生也夹在一堆,张着填满饭菜的嘴巴笑。我很不舒服。这些参加两年速成进修的男生女生,很快就要为人师表了,却是这样不拘礼仪!我在家时,自幼父亲就训诫我关于吃饭的规矩:等上辈人坐下后,自己才能坐;等别人都拿起筷子后,自己才能捉筷;等别人动手在菜盘里夹过头一次菜后,自己才能夹;吃饭时不能伸出舌头,嘴也不能张得太大,嚼时不能有响声,更不能在填着饭菜时张口说话。现在,瞧这些将来的先生们吃饭时的模样吧!张着嘴笑的,脸颊上撑起一个疙瘩的,满院子里是一片吃喝咀嚼的"唧唧嚓嚓"的声音……完全像乡间庄稼人在村巷里的"老碗会",没有一点先生应有的斯文。

我打了饭,捧着碗,怎么也蹲不下去,就索性端回教室里来。走过一排排教室,我听见背后有压抑的嘻嘻的笑声,猛一回头,看见屁股后头尾随着一串同学,在模仿我走路的姿势——挺着腰,仰着头,迈着可笑的八字步……他们轰然大笑了。我真没办法!我觉得他们粗野无礼,他们却觉得我好笑,处处拿我开心哩!我回到教室,气得食欲也没有了。

我至今忘记不了我在师范学校集体宿舍里度过的第一个夜晚。

这种集体宿舍,我第一次见到:一排房子,两边开窗;钉成两排木板通铺,中间留一条走道;楼上又有一层。每个人把自己的褥子折成窄窄的一绺,挤挤拥拥铺满了床铺。我在我们班的辖区里铺上了铺盖被褥。天气虽是深秋季节,却不见冷,一个个小伙子,脱得只穿一条裤衩,在走道上擦洗,光着身子把脏水倒到室外的渗水井里。

我坐在床铺上,看着一个个男性特征暴露无遗的身体,心里更觉别扭,很替他们难为情。我自懂事以后,就从没有在外过夜;即使夏天,父亲也不许我穿短袖和短裤,连布袜布鞋也要穿戴整齐,不许不能暴露的肌肉露出来。现在,看着这么多赤裸裸的男性肌体,我更觉得难于当面脱下衣服、解开裤带了。

我悄然脱衣,迅速钻入被筒,却无法入睡。嬉笑吵闹声像戳乱了麻雀窝,好多人逞能说笑,引逗大伙发笑。

熄灯铃响过,马灯被宿舍舍长一口吹灭,宿舍里静下来。

一个细小沙哑的却是清晰的声音在宿舍里传播,像人们在夜静时听到的国外电台的播音——

"南山里有座古寺院,住着一个老和尚和一个小和尚。小和尚原是老和尚拾来的被人遗弃了的一个孤儿,无家无根,在老和尚膝前长大

蓝袍先生　201

了。老和尚对小和尚十分钟爱，管教也非常严格，俩人终日念经诵道，修身养性，一心要修炼成佛。每逢正月十五古寺的香火祭日，老和尚就把小和尚推到后殿，锁起来，不许他看见进香的女人，以免受到诱惑。小和尚长到二十岁，还没见过异性，十分纯真。老和尚非常得意自己培养出一个心灵纯净的真人，认为他绝不会被世俗的情欲所侵染。

"为了试验这个小和尚的纯洁性儿，老和尚领他下山来，走进了繁华热闹的西安东大街。

"老和尚突然发现，小和尚不见了。一回头，小和尚站在十字路边，呆呆地盯着一个漂亮女子出神，口角的涎水吊到了胸膛上。老和尚一见，气得脸都扭歪了，急步走上去，又不好当着大街上的人发作，就狠狠地说：'那是魔鬼！'

"小和尚傻乎乎地笑着：'魔鬼多可爱呀！我要一个魔鬼……'"

宿舍里，楼上楼下腾起一片压抑着的笑声。我的心里一悸，似乎那个说故事的人，是专门影射我的编撰。那个沙哑的声音还在继续——

"老和尚领着小和尚回到寺院，狠狠地把小和尚教训了三天三夜，说那个魔鬼如何可恶、可憎。小和尚不知心里如何，嘴头上表示憎恶那个魔鬼了。老和尚平气之后，就想到自己教育方法上的缺点，觉得只采取隔离的方法不行，应该让小和尚在女人窝儿里锻炼出铁石心肠来。

"老和尚在进香之日，让小和尚和自己一样盘腿坐在祭坛两边，合手闭目。为了试探小和尚看见进香的女人是否春心浮动，他在小和尚的腿上平放了一面鼓。为了避免小和尚的疑心，他给自己的腿上也放了一面鼓。

"进香的女人络绎不绝。老和尚微微启动眼皮，看见小和尚两眼闭得紧紧的，自己就合上眼。不一会儿，老和尚听到对面'咚'的一声鼓响，心里一震，暗自骂道：'这小子春心动了！算我白费了训诫的工夫！'睁眼看时，那小和尚的眼还是闭得严严的，嘴角流出涎水来了。

正气恨间,又连续听到两声鼓响……

"进香完毕,游人走尽。老和尚追问:'什么东西敲鼓?'小和尚低头不语,羞惭难当,不好说话。

"小和尚始终未听到老和尚腿上的鼓响,十分佩服师父练成了真功,就跪下请罪。请罪之后,还不见老和尚起来,他就献殷勤,去搬老和尚腿上的鼓;不料——鼓的那一面,被戳了个大窟窿……"

突然爆发的笑声,终于招来了值勤教师的禁斥。

我的脸上热腾腾的。这些没有教养的人,将来要做为人师表的教员,却在宿舍里讲这样下流的故事,太粗野了!我总疑心故事的说者,是在影射我,不,简直是侮辱我的人格!

我很苦闷,孤单。我走路,有人在背后模仿,讥笑;我说话,有人模仿,取笑;我简直无所适从,连说话也不知该怎样说了,路也不会走了。而我最头疼的是音乐课和体育课。我一张口唱歌,大家就笑,说我的声音是"撇"音,连音乐老师都笑;体育课更难受,我穿着长袍接受体育老师的篮球训练时,体育老师先笑得直不起腰来……每逢上这两门课,我就请病假。

漫长的一个月过去了。我没有快乐,也没有温暖,一切习性全乱了套。为了躲避众人的讥笑,我整天待在教室里不出门,以避免外班的学生的讥诮的眼光。我失去学习下去的信心了,想想两年时间,真是难得磨到底。我终于下决心退学,想回家当农夫务庄稼去。

这天早晨一进教室,我看到后墙壁的黑板前,围着好多同学在观看。这块黑板是《生活园地》——登载本班的好人好事等内容的宣传阵地,大约有什么消息了。我走到跟前一看,在《新同学介绍》栏内,写着一段取笑我的话。因为这个速成班的学生,先来后到参差不齐,不断地有从各方介绍来的学员插入,所以这儿开了一方《新同学介绍》栏。有人把介绍我的文字作了修改,变成这样:

徐慎行，字孔五十六。男性，二十三岁。籍贯：山东孔府。人称"蓝袍先生"，实乃孔家店的遗少……

整个教室里的同学都咧着大嘴朝我笑。

我不好发作，走出教室，向班主任请了病假，回来收拾了书籍用具，就向班长说一声请过病假的话，回到宿舍。

我捆了行李，在校园里静寂下来的时候，背起行装，从后门走出去。我匆匆走过学校所在的山门镇的街巷，就沿着小河的低矮的河堤向东走去。我像抖落了满背的芒刺，终于从那些讨厌的讥诮的眼睛的包围中逃脱了。说真的，他们看不惯我，我还看不惯他们哪！他们容不下我，我心里也容不下他们那些粗野少教的行为！

走着走着，我听到背后有人呼叫我的名字，而且是一个女人的声音。我一回头，就惊奇地站住了——我的同桌田芳正气喘吁吁地奔上来。

"你……为啥要走？"她奔过来，站住，双手叉腰，气喘不迭，水汪汪的眼睛里，有气愤、惊讶以及素有的柔情，"嗯？偷跑了？"

"我不想进修了。"我心死而气平。

"那不行，你得回去跟班主任说一声。"她放下一只手，另一只手还叉在腰里，"连纪律性儿都没有！"

"你是什么人？"我不在乎，"管我？"

"我是班干部！"她理直气壮。

我才记起，她是班里的宣传委员。我不屑地笑笑说："我要回家务庄稼去了！"

"国家刚解放，到处缺乏人民教员。"她说，"政府到处搜集有点文化的青年，集中培训，也满足不了乡村学校的需要；你倒好……当逃兵！"

我想，既然国家这样需要我，你们为什么欺侮我？我依然瞅着远处，执意要走。

"共产党毛主席领导我们闹革命，翻身了，解放了，自由了！大伙在一块儿学习，多高兴！"她在给我宣传，"咱们班的同学，都是些穷人家的孩子，要不是解放，能这么自由吗？你怎么能回去呢？"

这些大道理，我早听惯了，然而由她一泻而出，却不是说教，有真情在。她见我还不回头，就从我的背上扯被子，说："我从山门镇看病回来，看见你从街东头走出去了，我就撵你；我不撵你，我就失掉班干部的责任心了。你即使一定要走，也该跟我回去，给班主任打个招呼……"

我只好跟她走回学校。

自由多么美好

从师范学校的操场上朝南望去，可以看见挺拔雄伟的秦岭的峰峦；眼前逐渐缓坡增高到山根的广阔的平原上，星散着大大小小的被树木的绿叶笼罩着的村庄；小河川道里，挑着稻捆的农民从木板搭成的便桥上忽闪忽闪走过去；田间小路上，农民拉着装满苞谷棒子的小推车朝邻近的村庄走去。沉到平原西部的太阳，在落沉下去之前，向平原上的人们投射过来热情的最后的一瞥，把瑰丽的红光洒满村庄、田野、河水和挑担拉车的农民的脸上，秦岭陡峭的崖壁上红光闪耀。

我坐在操场边角的草地上，温习算术。我的语文课似乎不成多大困难，算术就吃劲了。因为是速成班，课程相当重。要命的是那些实际并不复杂的算题，我用心算就可以得出正确的结果，可是一用算术的严格的算式计算，就全乱了套。我自然把学习的重点搁在算术上。

蓝袍先生　205

"呀！你找了个好清静的地方！"

是田芳，不用抬头也听得出她的声音，不过，我还是仰起头来，而且很快。我慌忙站起，看着她抿着嘴喷笑着，倒不知该说什么了。该请她在草地上坐下呢，还是就这么站着？我对于女性有一种无法克服的惶恐感，一见着女人，尤其是单独和一个漂亮的女人在一起，我总是感到心里很紧张。

"跟你商量一件事。"她说。

"好的好的。"我诚惶诚恐。

"坐下谈吧。"她先坐下来，"这么站着多难受。"

我在离她两三步远的草地上坐下，拘束得手脚不知该怎么摆着才好。她似乎很自在，双手拘着膝头，坐得很舒服，看着我，像欣赏一只惊疑不安的小兔子。她说："想请你给咱们的《生活园地》板报写字，你愿意服务吗？"

她是班委会的负责宣传工作的委员，编排更换教室后墙上那块《生活园地》板报。我忙说："我……当然愿意服务，只是我的字儿写得欠佳。"

"'欠佳'！只是'欠'一点。"她笑着，没有什么讥诮的意思，抠我的字眼，"我的字写得根本说不上'佳'不'佳'！""我写得不好。"我已经注意自己口头用语中那些文绉绉的词句，尽可能和大家一样用生活中常用的词儿，一紧张时就又冒出一个半个生涩的词句来，"真的，我的字写得不怎么好。"

"你的字写得多漂亮！"她感叹着，流露出欣羡的神色，"咱们班主任王老师都说，你的字儿比他写得好；在整个师范里，也是首屈一指。你还谦虚什么呢？"

我没有再做谦让的姿态。她真诚地对我的书法的赞扬，尤其是由她传递的班主任王老师的溢美之词，使我很受鼓舞。我的字，从五六岁时起,父亲就有计划地对我进行训练了。我先照父亲写下的影格描摹,然后临帖,先柳后欧,先楷后草;父亲常常因为我一捺一竖不像真柳真欧而训斥我。在这个速成班里,我的字是无与伦比的。我说:"我尽力为之。"

这件事已经谈妥,我想她该走了;她却坐着不动,忽然盯住我的眼,问:"你为啥一天到晚不和我说话呢?"

我的心里又一悸。这样直截了当的问话,使我措辞不及,不知怎样回答。班主任王老师指定我和她同坐在一条长凳上,共用一张桌子,至今有两个月了,我没有主动和她说过一句话。到底是什么原因呢?我自己一时也说不清楚。

"我文化水平低,"她说,"你瞧不起我吧?"

我遭到误解了,连忙说:"我……没有没有!"

"那……我是老虎是魔鬼吗?"她讽刺地说,"怕我吃了你?!"

我的脸轰然发热了,不由得低下头。我想起了在宿舍里听到的那个老和尚和小和尚的故事;老和尚威吓小和尚时把女人说成是魔鬼,我似乎就是那个可怜的小和尚了。我和她坐在一条长凳上,听讲或做作业,我从来也没有敢大胆地扭过头去注视她的脸。她长得太漂亮了,漂亮得使我不敢看她的那双水汪汪的眼睛。我只是在她不在意的时候,装作漫不经心地注视过她的眼睛和脸膛。其实我很想和她说话,和她对视,像她和班里的其他男生一样大大方方地交谈或者开玩笑——但我不行。越有这种想法,我却越要摆出一副毫不在意毫不动心的神态。我的心里有一道森严的壁垒、坚硬的外壳,对一切异性实行习惯性的排斥与反弹。我只好掩饰说:"我这人……不善辞令!"

"好啊!'不善辞令'!"她笑了,"你何必那么拘拘束束呢?你自个儿不觉得难受吗?我呀,一天不笑几场,不唱几场,心里就憋得难受。"

蓝袍先生

"我太……古板。"我说。她的话正说到我的痛处，其实我比她说的还要痛苦。我被她拉回学校，班主任王老师在班里严肃地批评了那位恶作剧的学生，大伙也不再当面把我当作笑料了，可也没有人和我亲近，我的孤寂的心并没有得到拯救。我说："我不会交际……"

她笑着，恳切地说："咱们速成班，在一块儿不过两年，大家难得遇在一搭，毕业后就各自东西南北地去工作了，再见面也难了。你甭摆出那么一副老学究的样儿好不好？甭老是做出一派正儿八经的样儿好不好？走路就随随便便地走，甭迈那个八字步！说话就爽爽快快地说，甭那么斯斯文文地咬文嚼字！你看……我心里有话都端给你了！"

我难为情地笑笑。我想象不出，我斯斯文文说起话来和迈着八字步走起路来的样子究竟可笑到怎样的程度，却明白大伙对我摆出正儿八经的老学究的样子是不屑一顾的。我想告诉她，走惯了八字步倒不会随随便便走路了，咬文嚼字的说话习惯也难于一下子改过来，父亲苦心孤诣给我训诫下的这一套，像铁甲一样把我箍起来了。我说："改是要改，一下子还是改不掉！"

"先把你的蓝布长袍脱了吧！"她说。

"那我穿什么？"我问。

"'列宁服'，而今时兴。"

"我能穿'列宁服'吗？"

"当然能。"她肯定地说，"你正年轻，身段也好，穿一身'列宁服'，保险好看。"

"有卖现成的吗？"我受到鼓舞，尤其她说我"身段好"，肯定在她看来，我的身材长得并不难看，"山门镇上能买到不？"

"你把长袍改一改。"她说，"山门镇上有个裁缝铺，花一点钱改成'列宁服'，还能省一点。"

"那我现在就去！"

"咱们一块去，我给你参谋。"

三天以后，吃罢晚饭，回到教室，她向我挤一挤眼，使我有一种暗中默契的喜悦。她在和我到裁缝铺去改做衣服回来时，给我说："暂时保密，一俟'列宁服'穿到身上，让速成二班的男女同学大吃一惊吧！"我知道她挤眼的意思——今天是取衣服的时限日。我早已按捺不住一种稀奇的心情，就和她走出学校的大门。

那个秃顶的老裁缝，取出改好的衣服，又取出剩余的布头，交给我。

"试试，"她说，"看看合身不合身。"

我有点难为情，觉得当着她的面脱袍子，不大雅观，就说："我回去试。"

"在这儿试吧，有不合尺寸的地方，老师傅看了也好改。"她说。

"试试吧！"老师傅也这样说。

我不好推辞，就背过她，脱下蓝布长袍来。尽管袍子下有两层衬衣衬裤，我心里还是止不住惶惑，似乎这蓝袍一揭去，我的五脏六腑就全部暴露无遗了。

她提起那件改制的蓝色"列宁服"，帮我穿上，又帮我结上纽扣，我感觉到了那只灵巧的手指的温柔。我一低头，胸前两排纽扣，一排是扣着的，另一排完全是装饰品，两条宽大的领条分别摆在脖子两边。

"到镜子前头去照照。"师傅说。

我站在穿衣镜前，看见了陌生的自己，竟然不好意思了。说真的，我在镜子里第一次发现，我的模样是很俊的——眉骨耸高了，脸上的棱角也明显了，再不是像父亲骂我的那样一种女子气儿的少年了；只是那个酒窝，在我不好意思的羞怯中又隐隐现出来。我看见她站在我背后，一眨不眨地看着镜子里头的我的脸；发觉我看见之后，她有点惊慌地摆开头去了。

"挺好。"她说,"刚合身。"

我听到她的话,有点不满足,甚至怅然若失。她怂恿我改做衣服时,曾经热烈地赞扬过我穿上"列宁服"一定很好,因为我的"身段好";我现在穿上了,自己已经觉得确实很好的时候,她却平淡地只说"挺好""刚合身"。我希望听到她热烈的欢呼,却没有了。

无论如何,我感到一种从来没有过的轻松。我像卸下了钢铸铁浇的铠甲,顿然感到浑身舒展了。天呀!走出裁缝铺的门,踏上山门镇石板铺成的街道,我居然不会走路了!脱掉蓝袍,穿上"列宁服",那个八字步迈不开了,抬脚举步十分别扭。她刚出门,看着我走路的样子,"扑哧"一声笑了,像是压抑了许久似的。我才理会了,她在裁缝面前是有意保持着与我的谨慎的距离,不敢说出太热情的话来。

"呀!衣服换了,路也不会走了!"我也自嘲地说。

"放开走!随随便便走!想蹦就蹦起来!"她说,像是和谁赌着气,"你敢不敢蹦起来?试试你的胆子,徐老先生?"

她在激我,开我的玩笑,我心里一急,伸手在她肩上打了一下,立即就愣住了——天哪!简直不可思议,在这个栈铺拥挤的街镇上,我居然和一个女生打打闹闹!

"好啊!'蓝袍先生'敢动手打一个女学生了!真是进步了,解放了!"她讥诮地斜过我一眼——使人感到亲切的讥诮呀!她说,"再勇敢一点,蹦起来!"

我鼓了鼓勇气,连着蹦起来三次。蹦起来,挥一下手臂,落到地上的时候,我脸红耳赤,索性不去看街道上那些市民的脸色。我对她说:"我今天才解放了!"

"对对对!"她连声附和,也很激动,"为啥不蹦呢?为啥不说不笑不唱呢?旧社会,尽让别人尽性儿蹦了、尽情儿笑了唱了,而今解放了,轮着我们妇女了!"

"我可不是妇女！"我分辩说。

"你比妇女还封建！"她哈哈笑着。

"我究竟是什么且不管，"我也笑着说，"反正我自由了！自由多么好哇！"

"唱歌吧！"她说，"有勇气，跟我唱着走过去！"

"我不会唱……"我不承认我没有勇气。

"跟我顺着溜吧！"她说着就唱起来。我和她并排走着，顺着她唱的音调溜唱：

解放区的天是明朗的天

解放区的人民好喜欢

……

临近校门的时候，她突然站住，回过头来，煞有介事地说："你把八字步全忘了！"

我心里一惊。真的，唱着歌走过街道的时候，我的脚步从八字步里解放了，自由了！

第二天，我按照她的吩咐，在教室后边的黑板上换写《生活园地》的内容。她把一篇编成的稿子交给我，要我按照这篇稿子的内容和长短安排版面。我低头看稿，看见了一个刺眼的题目：

"蓝袍先生"穿上了"列宁服"

我问："谁写的？"

她说："我。"

蓝袍先生

我不知我为什么要问谁写的！如果不是她写的，我就不愿意让它公诸全班？我自己一时也说不清楚，反正我捏着粉笔走向板报了。

整个教室里，为这篇文章欢腾起来。

还俗

田芳一天没有来上课，我的心里很不自在。

她病了，躺在女生宿舍里，一整天没有进教室的门，也没有到饭堂里去吃饭。我看见班里几个女生在一起，给她打饭送饭。我问一个女生："田芳怎么了？要紧不要紧？"她支支吾吾着，只说田芳病了，像是有意回避别人的关心，我也不好意思再问下去。

我感到孤单了。一张长条课桌，过去坐着我和她——两个已经成年的速成班的大学生，我感到拥挤，也感到桌子的面积过于狭窄；现在，我一个人坐在长条凳上，觉得这桌子太宽绰了。

她的书籍和作业本子静静地躺在桌斗里，墨盒儿寂寞地蹲在桌子的右角上——这些被她的手指抚摸、使用过的工具，现在全都失去了生气，使我看见时就有一种惆怅之感。我挪过那只四方形的黄铜墨盒，打开；垫着的丝绵团儿上留下她用毛笔挤压的坑凹，墨汁干了；我便把刚刚磨好的一砚台墨汁倒了进去，干瘪的丝绵团儿被墨汁泡得膨胀起来。我把墨盒合上，重新放到她自己平常搁置墨盒的固定位置上——桌子靠墙边的右角上。这时，我忽然在桌子与墙的夹缝里发现了一根头发，就用手指轻轻儿抽出来。

头发很黑，像墨，又很柔软。这是从她的头上脱落下来的，她自己大概很不注意，更不可惜——她有那么多的黑乌乌的头发，垂在脸颊和后肩上。我忽然似乎真切地有了用手抚摸她的脖颈上的头发的感觉，就把那根头发悄悄地夹在日记本里。

没有了田芳的速成二班教室里，也显出明显的差别来。往常上课之前，老师走进教室门之前的三分钟的等待中，田芳领大家唱歌。她在我的耳畔唱出一支歌的头一句，叫声"一——二"，于是教室里就腾地响起歌声来。我能清晰地感觉到她口中掀起的轻柔的气浪对我的耳朵和脸颊的冲击，随之就跟着大家唱起来。今天，第一节课前，因为没有人领唱而默然了；第二节课开始前，由班长临时代替田芳领唱，却有点别扭，燃不起大家唱歌的热情，纵然唱起来了，歌声也死气沉沉，缺乏生气。

我坐在课堂上，眼睛瞅着在讲台上讲得满头大汗的老师，心里却想：田芳病得一定很重。她那样热情奔放的人，不病到十分厉害的境况，怕是不会躺下的。宽大的女生集体宿舍里，现在只躺着她一个人，一定很孤寂；我要是陪坐在她的床边，肯定能使她的心情宽舒一点。而我也是乐于坐在她的旁边的。

我决定在午休时去看她。好容易上完四节课，草草吃完午饭，我回到教室，放下碗筷，没想到班级篮球队长拉住我，要我写几张篮球比赛的布告。我只好埋头书桌，拔开毛笔。

球赛是一场校际比赛，由我们速成二班对县中的校队。我们班的篮球队是师范的冠军，威震县城。我们的篮球队队长有一个雄心勃勃的计划——要征服县城里的所有单位的篮球队。我已经迷上篮球运动了。虽然球技水平根本不够上场的资格，我却是这支生龙活虎的球队的一个不可或缺的成员——我每次写海报。我的字是可资赢人的，即使在藏龙卧虎的古县城里，我写的海报前也常常围着一堆并不喜欢篮球运动的遗老遗少，他们品评着我的墨迹，使速成二班的篮球队也增加了一点光彩。我的主要职责是替运动员们当"衣服架子"——他们上场时，匆匆地脱下衣衫或裤子，甩到我的怀里，我一律搭到肩上，不会弄脏，也不会丢失。我从开场一直看到结束,从不中途退走,很让运动员们放心。篮球赛结束后,我替他们用网袋背球儿,和他们议论着刚刚结束的战斗,走到小镇街道外边的小河里,洗一洗。为此,篮球队长破例吸收我为篮球队的队员——虽然根本不是指望我上场。我穿上了一个最大号码——二十六号的背心,胸膛上有两个用红布轧成的大字"速成"——既是我们班的班名,又意味着在赛场上速战速决的作风,自然是我的笔迹。

写完海报,我就急忙往女生宿舍走去。下午有球赛,我不能不去;缺了我,队员们的衣服搁哪儿去!走到女生宿舍门口,我有点犹豫起来。那个门里是女性的独立王国,即使再开通的人,甚或是冒失鬼,也会在这个门前放轻脚步,思考一下。我从来也没有进过女生宿舍,倒有点丧失勇气了。

"噢呀!慎行,快来!"我们班的王艾艾正好出门来倒水,看见我,快嘴快舌,"田芳刚才还问你哩!"

我的所有顾虑全都在王艾艾的几句话中烟飞云散了。我跨上台阶,跟着王艾艾走进门,由她引着一直走到田芳的床铺边,这时我却急得说不出一句话。

田芳倚在被子上,向我笑笑,说其实并不要紧,明天就可以上课了。我已学得稍微聪明了,知道女同学有些不便说出口来的疾病,也就不问病症,只是关照她按时服药,悉心养息。

我坐在她旁边的床沿上,看见她的脸色有点黄,眼圈上有一道模糊的晕圈,头发有点散乱地压在被子上,病容的脸颊似乎更加婉丽动人,令人陡生怜惜之情。我忽然想到我早晨捡到的她的那根头发,不由得心悸了一下,竟然觉得鼻腔酸渍渍的。看着左右坐着的本班的几位女同学,我强忍住涌动的眼泪。

"我刚才还问你哩!"她淡淡地笑笑。

"有啥要我做的事吗?"我问。

"离元旦剩下一月时间了，校学生会要各班给元旦晚会准备节目。"她款款地说，忽然眼睛一亮，"咱们班出四个小节目、一个大节目，想排《白毛女》，让你参加演出……"

"啊呀！天爷！我……"我惊慌地摆手。

"其实，你的嗓子挺好的，只是没有经过训练。"她并不急，似乎早就料到我的反应，依然缓缓地说，"把嗓子练顺了，声音挺好。"

几个女同学也都附和着，说我的嗓音不错。我从来也没想到过登台演戏，很不踏实，仍然推辞。几个女同学七嘴八舌，简直说成了非我莫属的情况。

王艾艾问："派他支哪个角儿呢？"

田芳笑笑说："黄世仁，怎么样？"

"不行不行！"我腾地红了脸。

"他不用排就会迈八字步！合适合适！"王艾艾冲着我，在走道上转起八字步，"慎行呀！演吧！"

"这次演出要评奖。"田芳说，"咱们要给速成二班争取荣誉。"

我忐忑不安地垂下头。

"等我病好了，咱们就开始排练。"田芳说，"你甭怕，我给你排戏！"

我支吾一声，自己也没听清说的什么。我想推辞，却怕她不高兴；接受吧，又实在觉得是笨鸭子上架——太难为了；而想到在排戏的较多的课余时间里，可以和她在一起，我又觉得十分快乐，于是就算默认了。

我坐在她的床边，明显地感觉到女生宿舍的气氛比男生宿舍干净、整洁，飘着一丝淡淡的粉脂的气味。诚恳地劝慰她安心养病后，我就告辞了。

晚自习时，我隐隐得知，田芳的家里大约出了什么事。她的父亲昨

蓝袍先生　　**215**

天到学校来找她，有人看见她送走父亲时，憋着气，晚上在宿舍偷偷哭过，今天早晨就起不了床了。究竟发生了什么事，她没有给谁说过，属于一种猜测。

我想不出她会有什么大不了的事。

第二天早晨，她来上课了，我的心里竟是一种急切的期待之情。上早自习了，好多同学从教室里走到外头去，在庭院里的柳树下、在学校的围墙根，朗读或者背诵语文课文。我也喜欢在院子里早读，空气清爽，也不干扰别人。今天早晨，我没有出去，就坐在位子上。我在暗暗等待着田芳来上课。

她来了。走进教室时，屋里的几位同学都和她打招呼，问候她的病情；她笑笑，一律表示感激，说自己今天精神好多了，不要紧了。

她向自己的座位走来。我已经早早站起，像是迎接她归来。她走到我跟前，照例笑着，坐到靠墙的位子上。我忘了问她病况，也随之坐下，心里很踏实了。

"头不疼了吧？"

"不疼了。很好。"

她说她好了，我就再也找不出什么问候的话，不说又觉得心里别扭，就又说了一句热心的关照的话："天气凉了，要注意冷暖变化，甭大意。"

她有那么不长不短的一会儿时间，以一种异样的目光盯着我的眼睛，听我说话；忽而眼睛一闪眨，那种异样的光消失了，又恢复了和一般同学说话时一样普通的神色。那种异样的目光出现的时候，我的心忽闪忽闪跃动了，胸腔里阵阵发热，像一束电石的火光灼了一下——我有生以来从未有过的一种奇妙的心灵颤动。

"谢谢。"她说这句话时，虽然是诚恳的，却没有那种撞动我的心灵的目光。

又过了两天，晚饭后，她召开第一次排演会议，所有参与演出的演员和伴奏、服装、道具人员都参加了，四十来名学生的速成二班，几乎人人都派着了用场——伴唱组的女生，伴奏组的拉胡琴的、打大鼓的、敲锣打梆子的，人才应有尽有；那个拉头把胡琴的男同学，原先当过吹鼓手、喇叭和铙钹，全都能来两下，由他负责伴奏组的训练，缺少的人才由他教导。

我被分配演黄世仁，竟然成了真的。田芳饰演喜儿，在剧中我和她处于两个对立的阶级的地位，毫无感情上的共鸣，使我很遗憾。我甚至忌妒起班长刘建国来，他演大春，正面人物，脸上抹红，又有许多和喜儿表示特殊感情的戏剧情节。但我还是服从了田芳的分派，使她不至为难，再去调整扮演角色，浪费时间。而要在一个月稍多点的时间里排出这一大本戏来，真是够紧张的。

田芳表现出她对文娱工作的非凡的组织才能。她要求大家在五天内全部背过唱词，一周后在一起对词，下来花十天时间排演动作，第四周结合伴奏全面排演。她精神振作，热情极高，同学们都愿意听她的吩咐。

她是够忙的了，既要指挥大家排演，又要自己支角儿，而且是贯穿全剧的主角。我们每个演员，在背会唱词以后，就给她打招呼，向她面背一遍；然后，她弹着风琴，一句一句给我们教唱词，一句一句纠正音韵不准的唱段。我看不到她自己背诵喜儿的唱词的时候，但我并不担心，似乎整个剧本早就扎在她的脑子里了。

黄世仁的唱词儿不多，却有点怪腔怪调儿，唱起来十分拗口。《北风吹》和《红头绳》两段，几乎每个同学都会哼会唱了，而生活中很少有谁喜欢哼一哼黄世仁的腔调的。我对扮演黄世仁这个角儿的兴味提不起来，音调更觉得唱不准了。

"甭急，慢慢来！"

蓝袍先生　217

她用脚踩着风琴踏板，双手按着琴键，侧过头来，对我说。大约是看出了我的不耐烦情绪，她反倒不厌其烦地和着琴声，唱了一遍又一遍，给我示范，给我纠正。我一边跟着独唱，一边盯着她弹琴的动作——端庄、自然、优美，我的心情很快就稳定下来。

我的热情陡地高涨了，精神异常兴奋，心情特别舒畅，几乎每天晚饭后总是第一个走进学校的小礼堂——这个临时借用的排练场，替她做些组织工作，做些零碎的杂事。她提议增补我为剧团的副团长，大家一致拍手赞同。我和大伙相处得很好，进入我来到师范学校之后的最佳精神状态。

新年临近了，排练也进入最后的关键时刻。一场意料不及的事发生了，田芳——我们剧团的团长，《白毛女》剧中的灵魂，被什么一时搞不清的野蛮的家伙绑架了，在师范学校酿成了一场严重的"田芳事件"……

拳头之歌

这天上午的后两节课是作文。王老师在黑板上写下《第一场雪》的题目之后，简单地提示了几句，就走出门去了。

我正在起草稿，忽然看见一个老头走进教室门来，肩头背着褡裢，脸上冻得皱巴巴的，在教室里瞅着一个个男生和女生低垂写字的脑袋。我看他那偎偎的神气有点可笑——这是谁的家长来了呢？他瞅了半天，也没有瞅见要找的对象，就叫道："芳芳！"

田芳猛地仰起头，急忙筒了笔，显出慌慌的样子，离开座位，从走道上走到前头，把老头儿引出教室去了。

那老汉大概是她的父亲，我猜测，从他叫她名字的口气可以判断出来；村乡里那些老农民，叫自己的亲生儿女时都是这种神气，而且不分场合，一律像是在自家屋里呼儿唤女。他来找她，并不稀奇，班里的同学从四面八方汇拢到这个小镇上，一律住宿，一年半载不回家，常常有这个那个的家长找到学校来，少数是家里出了事，父亲或母亲病重了，需得回去看看；多数是给儿女送衣送钱，借机看看自己可爱的儿子或女儿。

田芳跟她父亲出门以后，我的心里却不安了。她的父亲找她，我有什么好说好想的呢？我自己也奇怪了。她抬头看见她父亲的那一瞬间，眼里泄出一道惊恐的神光，随之转换为一种憎恶的气色了，随之一切又都消失了。她的父亲，即使猛来乍到，也不应该令人那样惊恐吧？更不应该有憎恶的样子显现啊！我猜不出其中的原因，心里却有点焦躁，有点担心。

我竟而至于不能继续描绘入冬以来第一次降雪的壮丽景色了，越想，心里越加焦躁了。人对于可能发生的祸事是不是有一种先兆性的心理反应，我说不清，反正我心里已经毛躁得难以在作文本的小格子里写字了。

我拿起茶杯，佯装到水房里去打水，走出教室。甬道上没有田芳和她父亲的影子；一排排教室里，传出这个那个教员的讲课的声音。她大概把父亲引到宿舍里去了。我在水房里打了水，慢步朝回走，忽然看见打铃的校工刘大根跑过来，朝我说："你们班的田芳给人拉走了！"

"谁？"我大吃一惊。

"一帮人！"刘大根说，"我从街道上过来，碰见一帮人把她往马车上拉！"

"在哪儿？"我的心里腾起一股火来。

"山门镇南头……"

我甩了水杯，拔脚就跑了。我蒙了，闹不清究竟是怎么回事。那个

蓝袍先生　**219**

叫她的到底是什么人呢？她为啥要跟他走呢？我只觉得她不能被拉走！怎么会有这种事呢？我奔出校门了。

街道上似乎有人已经在议论什么，我直朝小镇南头跑去，果然看见围着一堆人，议论纷纷。我奔到跟前，大车上站着七八条大汉，扭着田芳，田芳在挣扎，又跌倒在车帮上，几个人趁势压住她。我大喊一声："不准抢人！"田芳猛地回头，哭喊："快——慎行……"赶车的人大约感到事不宜迟，"啪"的一声甩起鞭杆，马拉着大车跑起来了。

我追着马车跑。马车跑得并不快，我追到马前头，面对奔马，毫无办法。我自小没有摸过牲畜，更不会驾车，不知怎样才能使奔驰的马车停止下来。那个赶车的汉子，一挥长鞭，我的头顶一声响亮的鞭声，鞭鞘抽在我的左脸上，火辣辣地疼。在我被抽得晕头转向的一瞬间，马车"哗"的一声跑过去了。

我摸一把脸，继续追。愤怒与急迫中，我从地上摸起半截烂砖头，离开马车稍远一点，跑过奔马，回过头来，照准驾辕的红马的脑袋，鼓足全力甩出砖头，一下子击中了马的鼻梁骨。

那红马尖叫一声，前蹄腾空跃起，前头挂鞘的两匹马站住不动了。赶车人用鞭杆砸辕马的屁股，红马摇头摆尾，尥起蹄子乱踢——马车停下了。

我立即扑上马车，又被一个汉子推下车来。赶车人也跳下车，朝我愤怒地抡起拳头。我已经忘记了危险和孤身无援，迎着他冲上去。这是一个中年汉子，力气很大，却笨拙；我闪过他那沉重的一拳之后，就在他的脸上砸了一下，大约打中了他的眼睛，他立即丢下鞭杆，双手抱住眼睛，蹲在地上了。这是我平生第一次打人，还真的尝到了一点打击对手的痛快。

"打这个野男人！"

我听到一声吼，从车上跳下三四个汉子来，从四面包围了我。我不知该怎样对付，头上一下，腰里一下，被打得无法防备，忙朝车上喊："田芳！快跑！"就被打倒在地上了。

"打这个野男人！"

我被打倒在地上，有人坐压着我的脊背，我爬不起来。他们在骂谁？"野男人"是谁？是把我当田芳的"野男人"打吗？

街巷里一阵呼喊，一阵杂乱的脚步声。坐在我背上的那个汉子蹦走了，我爬起来一看，速成二班的男女同学赶来，正在大车周围的街道上摆开打架的阵势。力量对比一下子发生了绝对的变化，那几个汉子被学生包围住，打得乱爬乱滚。

我跑到马车跟前，看见几个女同学已经解开田芳被绑捆着的双手，扶着她从车上走下来。我看见她的泪痕斑斑的脸颊，忽然心里难过了，流下泪来，一句话没说出口，就跌倒在地上，昏过去了……

我的手被一只温柔的手攥着，紧紧地攥着；我真舍不得那只手松开，离去。我睁开眼，是田芳握着我的手，周围坐着一伙男女同学。她当着大家的面攥着我的手，似乎没有什么不好意思；我也似乎觉得没什么，好像本来就该这么攥着。

我依稀记得，我是在山门镇的医疗所里被救醒的。大夫给我包扎之后，又给我吃了几片药，说是催眠的，我就睡到天色傍晚了。

我感到口渴，张张嘴，没有说话；她意识到了，用一只瓷匙给我嘴里喂水。我看到她从盛水的搪瓷缸里舀起一匙水，用嘴吹吹凉，就准确地喂到我的嘴里。我静静地躺着，闭上眼睛，听着那"咝咝"的吹气声，等待那挨近到嘴唇上来的匙子。我真想抱住她，把头埋在她的胸前，和她痛哭一场。

"你知道不？县公安局把狗日的逮了三个！"班长刘建国说，"我们速成二班这下打出威风啰！太不像话嘛！已经解放了，竟敢抢人！"

我心里很痛快。抓了他们三个人，真是叫人痛快！我坐起来，浑身

蓝袍先生　221

疼痛，背后垫着被子。

"哈呀！了不起，真了不起！"篮球队长说，"咱的'蓝袍先生'会打架了，真是了不起！想想你刚来时的那般斯文……"

大伙瞧着我笑。我也笑了。田芳抿着嘴儿，也瞅着我笑，说："他打什么呀！净挨了打！"

我挨了打，被打得头破血流，鼻青脸肿，可我也打了一拳，砸了一砖头。我那一砖头砸得多准！正好击中了辕马的鼻梁骨，使飞奔的马车停住不转了。我仅仅打出的一拳又是何等的威风，何等的准确，一下子砸得马车把式蹲到地上，双手捂住眼睛，抡不成鞭杆了。我平生没有跟别人打过架，没有体验过打人的滋味，现在才发觉，打人也有乐趣，特别是当你出于一种卫护弱者（这弱者又是你顶要好的同学）的义愤的时候，用拳头击中对方的身体，真会产生一种无与伦比的痛快的滋味。我久久地回味着那一拳击中马车把式时的情景，而把自己得到的几倍的报复忘记了。

"他们怎么敢在光天化日之下抢人？"我问，"田芳，到底是怎么回事？"

"那是她婆家来的一帮子蛮汉，要抢田芳回去拜堂——结婚！"一个女同学代替她说，"甭问了，让田芳又难过。"

我又忍不住问："到教室来找你的那个老汉是谁？你怎么就跟他走了？"

"那是我爸。"田芳说，"我爸在我十岁时就把我许给人家，卖了八石麦子。我而今不愿意这桩事了，他说让我拿出八石麦子还人家；我说我工作以后，逐年还，全部还清。俺爸这一关先打不通，跟人家合在一起，要把我送给人家哩！他说不单是粮食问题，说我丢人丧德，损了他的面子……"

我大致明白了缘由，也不想再细问了，怕引她伤心。这样的婚姻状况，在我们速成二班，不仅是田芳一个人的痛苦，好多男生女生都有类似的遭遇。班里早已有几位学生解除了婚约，还有一些人正在酝酿，两个速成班正在形成一股离婚和解约的风潮。

"打这个野男人！"

那个从马车上跳下来的汉子呼喊着朝我奔来，把我当"野男人"打，现在想起来，似乎也并不觉得有什么不好意思。当时，田芳被绑在车帮上，不知听到这句恶毒的话了没？

"田芳……"我想安慰她几句，却又不知该说什么好，临到嘴边，却说到其他事情上去了，"咱们的戏还排练不？"

"今天……停了。"田芳说，"你的伤势要是到时不能恢复，就难演出了。现在想调换谁来演，来不及了！"

"你先说你——？"我担心她的精神受刺激太重，怀疑她能不能上台，"能上台吗？"

"我能。"她说，"我才不把他们当回事儿哩！反正甭想我进他们的门！"

"我也能！"我说，"你给大家继续排演吧！我一定能上台！"

元旦晚会通宵达旦，夜半时，食堂里给全体师生准备下一顿丰盛的年饭。《白毛女》是压轴戏，排为最后一个节目，吃过年夜会餐之后再化装也是来得及的。我就坐在大礼堂里，欣赏着各个班里的文娱节目。田芳另有一个独唱，我期待着。

终于轮到她了。她站在台上，穿一件红袄，沉静而大方。几天前，由她引起的轰动一时的打架事件，使她成为全校瞩目的人物；现在，她站在台上，再一次让全校师生瞩目。不知出于什么心理因素，哄哄乱乱的大礼堂里倏地静寂下来。她唱起来了——

旧社会

好比是黑咕隆咚的枯井万丈深

井底下

压着咱们老百姓

妇女在最底层

看不见太阳看不见天

数不清的日月数不清的年

做不完的牛马受不尽的苦

谁来搭救咱

　　会场里十分静,静得使人感到压抑,压抑得人想喊,想叫,想蹦起来狂呼狂喊!我的眼泪流下来了。我听见有人抽泣。不知是哪个班的女同学,开始附和着田芳在台下唱起来,歌声很快地蔓延到各个角落,男生们也唱起来了,整个大礼堂里,回荡着这曲《翻身歌》——

共产党,毛泽东

他领导咱全中国走向光明

从此砸断了铁锁链

妇女就成了自由的人

……

　　我仰起头,张着嘴,忘情地唱着,眼泪从脸颊上流进嘴角里来了,咸涩涩的。我是个先生。我是那个小和尚!我是受压迫的妇女!我是一个被父亲禁锢成了没有七情六欲的木偶!我……今天成了……自由的人……了!

新浪潮拍击下的老农民

积雪覆盖着原野。乡村间的大路上，午间融雪时被踩踏得稀烂的泥巴，夜间又冻结成硬块了，路面坑坑洼洼，绊绊磕磕。道路朝南，沿着缓坡而上的原野延伸，在雪地上像一条随意丢下的皮绳，曲曲弯弯。

我们三人——班长刘建国、班主任王老师和我——一行，冒着渭河平原数九隆冬清晨时分凛冽的寒风，正沿着这条乡村大路朝南走，要赶到一个叫田家寨的村子去，找田芳的父亲田茂荣老汉。我们将交给他四百块钱，由他再交给把田芳许订给的那一方的家长，偿还他接受过的彩礼或者说聘金，从经济上彻底割断捆绑着田芳的绳索。这是怎样一个令人鼓舞的壮举！

四百块钱装在我的书包里，沉甸甸地挂在我的肩上，那无异于几百颗"腾腾"跳跃着的心，我怎能不感到沉重呢！

新年晚会上，我们的《白毛女》歌剧获得了极大的成功，田芳的名字销匿了，那些认识或不认识她的外班的同学、那些教她或根本没有教过她的老师，见面都亲切地叫她"白毛女"了，我们班的同学更不用说了。戏剧里的白毛女已经获得了新的生活的权利，获得了幸福自由的爱情，现实生活中的"白毛女"——田芳，笼罩在心灵上的封建的乌云还没有消散。

虽然发生过轰动小镇的抢劫田芳的事件，她的父亲仍不改口，绝不许她毁弃三媒六证确定过的与大张村的婚约。对她压力最大的不是她的父亲，她说她将永不回家，甚至断绝父女关系，也决不回到"黑咕隆咚的万丈深的枯井"里去了；对她压力最大的是那八石麦子——她的父亲把她许订给大张村所接受下的聘礼，早已被全家老少吃掉了，变成粪

蓝袍先生

土，施到田地里去了。八石麦子，一石十斗，一斗三十五市斤，大约整整两千八百斤，折合人民币三百多块钱哪！

一场募捐活动在师范学校掀起来了！

想起这场募捐活动的前前后后，我至今仍然激动不已。起初，只是我们篮球队几个同学的举动，想不到竟然扩大到整个学校里去了。那天与县武装部的篮球赛结束以后，我和队长何长海回校的路上，闲扯着已经过去的田芳被抢劫的事。我说，我要是有三四百块钱，我就愿意拿出来，解除她心上的债务。何长海说，咱们球队凑一凑，能不能凑够呢？十来个篮球队员在一块凑来凑去，不过几十块钱，远远不够。回到学校后，消息传给班里的男女同学，大家纷纷找我捐款；紧接着，外班的同学也赶到我的宿舍、我的教室里来捐款，甚至有十几位老师也捐了……啊呀！短短的三四天内，我的书包里装进了五百多块钱，超过需要的数目了！我和班主任王老师商量之后，决定把多余的一百多块钱退回给那些捐款较多的老师和学生，留下四百元足够了。

"为了砸断封建锁链！我捐三块……"

"再不能容忍我们的姐妹做封建婚姻的牺牲品！我捐一块……"

"为了解放，为了自由！我捐……"

……

那一张张男生和女生的脸在我眼前叠印，那一声声慷慨激昂的话在我耳畔响着，永生难忘！大伙不仅是同情田芳的遭遇，而主要是一种共同的时代要求——刚刚获得解放和自由的新中国的第一代青年，强烈的反封建的意识是共同的要求。这些师范学校的学生，尤其是速成班的学生，来自社会底层，不单是仇恨地主资本家，尤其仇恨封建的婚姻，好多人与田芳有类似的遭遇；离婚和解除婚约，在师范学校不仅不会被人耻笑，而且会得到普遍的支持和同情。

"你离婚了？"

"离了!"

"完全弄'零干'了?"

"'零干'了。你呢?"

"我刚提出来,正离哩!"

"赶紧离了!重新'自由'去……"

这是公开的交谈,不会令人议论……田芳这样引人注目的"白毛女",得到热烈的募捐就不是奇怪的事了。

我按按书包,四百块人民币正在手心,我的心止不住一阵发热,隆冬原野上清晨凛冽的寒风也不那么厉害了。

我们三人走进田家寨,几经打问,终于找到田芳家的门口。

两间厦屋,连个围墙也没有,一眼就可以看出,这是一家十分贫苦的农户。我们三人站在厦屋门口,一个女人走出来,大约四十出头,一眼就可以断定是田芳的母亲——脸形太相像了。她一看见这三个穿戴不同于庄稼人的陌生人,先愣怔了一会儿,继而有点惊恐地问:"寻谁?"

王老师说明了我们的身份,田芳母亲脸上的惊恐立时消失了,却更加慌乱。她把我们让进屋,却无法使我们坐下来。炕上的一张破烂的被子下,围坐着四个娃子和女子,地上竟然没有一个可供人坐下的凳子。她擦擦手,闪身出了门;再进门的时候,端着一条长凳,大约是从邻家借来的。不管怎样,我们三人挨排儿在长凳上挤着坐下了。

她张罗着倒水,取烟,取来了一只装着烟末的木盒子,却找不到烟袋。王老师点燃自己的纸烟卷,劝她再甭麻烦了。她在灶锅下的木墩上坐下,却不知该说什么好。没有经见过世面,也没有和公家的干部打过交道的农家妇女,常常都是这个样子。王老师很和气,问她家里的状况;她头不抬,烧着火,简短地答上一句,半天又没话了。田芳的父亲拾粪去了——她告诉我们,随之就指使坐在炕上的儿子去找。

蓝袍先生　227

老汉回来了,头上裹着一条黑布帕子,鼻子冻得红红的,一进门,大声说:"三位先生来了!抽烟——"把那个短杆旱烟袋依次让给我们三人,随之在门槛上坐下来。

"三位有何贵干?"他仰头问。

王老师和他谈起田芳的婚事,给他解释新社会婚姻自由的道理。老汉低着头,抽着烟,做出一副耐心听着的姿态。一当王老师停住口,他仰起脸,做出深明大义的神气,说:"新社会好,咱农民拥护共产党;儿女的婚嫁之事,应该由家里管,政府和学校管这些事做啥?"

王老师又耐心地给他解释学校应该管的原因。

"人而无信,不知其可也。"田芳的父亲说,"你们都是有知识的人,比我懂得多。我跟人家说下一句话,三媒六证,邻里皆知,而今一水冲了,我在田家寨还算不算人?"

我心里暗暗吃惊。这个老农民,一身黑色家织粗布棉袄棉裤,补丁摞着补丁,肘头露出变成黑色的棉花絮子,满脸皱褶,鼻尖上吊着清凌凌的水一样的鼻涕子,捉着烟袋的手指像树皮一样裂开着口子,嘴里却吐出一串一串半生不熟的词句。我早已从田芳口里得知,她的父亲是个一字不识的粗笨庄稼汉。一个大字不识的粗笨庄稼汉子,谈起话来,却要讲信义,还夹杂些半通不通的古文词;如果是我的父亲这样讲话,也不足怪,而田芳的父亲却叫我奇怪了。

王老师索性问起八石麦子的事。

"有这事。"田芳的父亲一口应承,"家家的女子都卖钱,家家的儿子订媳妇都花钱。我吃了人家的麦子,我不昧良心……"

王老师又讲道理,说那根本不是昧不昧良心的事。我也就一手掏出四百元钱来:"这是我们同学和老师的一点心意,目的只有一个——让田芳能安心读书,再甭逼她上轿了……"

老汉瞪大眼睛,瞅着我递到他眼前的一厚沓票子,愣住了。他显然没有料到我们的这个举动。愣了半天,他忽然醒悟了似的,猛地伸出双手,把我的手推开,并且站了起来:"这不能,这不能呀!"

"我们是为了田芳的前途……"我说。

"为了啥也不能失信!"老汉说。

"你要是不收,我们就——"王老师看说服不下,就使出我们路上商量好的最后的一招,"交给乡政府,由乡政府交给大张村那家人。当然,这样一来,媒人和你难免就不好看了。你知道,上次抢人,县上扣了大张村三个人,刚刚释放……"

"哎呀!"田芳的父亲颓然坐在门槛上,双手抱住头叹息。

王老师示意我把钱放下。我瞅瞅那张破烂的用麻绳扭着腿儿上面摆着盆盆罐罐的小桌子,把钱放下了。

"我们走了。"王老师站起来说。

田芳的父亲抬起头,看见桌子上的那一摞钱,没有推辞,脸上露出愧疚不堪的神色,张开双手,挡住门:"说啥也不能走……不吃饭了,再坐坐……"

我们又坐下了。

"唉,三位同志……"他摆摆头,一脸诚恳的又是惶愧的神色,"解放了,以往的礼行全部不合时了吗?"

王老师笑了:"也不是这么说。你——一个贫农,翻身了,扎实种你的地,把日子往好里过,顾那么多臭礼行做啥?"

"解放了好!确实好!不拉兵了,不抽税了,官人不欺百姓了,确实好!可这新社会——"田芳的父亲现在显出一个老庄稼的天真来,说,"全都没大没小了么?男女不分了么?不顾脸面了么?"

王老师哈哈笑着,摇摇头。

"你看——"老汉举出例证来,"俺田家寨,有五个姓氏,田姓是主,其余是后来添进来的。人说,'歪胡家,捣秦家,恶鬼出在刘、李

蓝袍先生　229

家，仁义礼智大田家'；而今，田家人也不讲礼义了！你看看，那些男男女女，这个离婚呀，那个自由呀！闹得全都乱了套……当然，咱连咱的女子也没管得住！"

"你为啥要管人家哩？"王老师笑着问，"人家年轻人，听啥不听啥，自己有主意了！你拿那些老封建思想管人家，肯定管不住！"

田芳的父亲叹息："咱们人老几辈儿没跟人胡说白道过，穷是穷，可没做下让人指脊背的事……"

"你把我压迫了一辈子！"田芳的母亲说，"而今孩子压不住了……才好！"

"你——"田芳的父亲红了脸，"我看我活不成了！"

"穷得叮当响，臭礼行倒多！"女人更加壮起胆子，"土改时，工作组分给咱一张桌子、两把椅子，他呢，晚上悄悄给人家送回去，让民兵抓住了，审了半夜，说他跟财主有勾搭，他只说……我不能白受不义之财……你们三位听听，这就是他的礼行！"

告别了田芳的父母，我们三人起身返回学校。太阳升起在冬日灰蓝的天际，寒气消散了；道路上开始松冻，泥泞布满乡间大道。我们三人回味着刚才和田芳父亲的有趣的谈话，说着笑着，走到缓坡顶上。

眼前是渭河平原的壮丽的原野，坦坦荡荡，一望无际。一座座古代帝王、谋士、武将的大大小小的墓冢，散布在田地里，蒙着一层雪。他们长眠在地下宫殿里，少说也有千余年了，而他们创造的封建礼教却与他们宫廷里的污物一起排到宫墙外边来，渗进田地，渗进他们的臣民的血液，一代一代传留下来，就造成了如我的父亲和田芳的父亲这样的"礼义之民"吗？

230　日子

归来已觉不是家

接到父亲一封信，我才记起，我离家已经四五个月了。父亲关心我的学业、我的身体，问我是否恪守着"慎独"的嘱咐。父亲的很合规范的文言体书信、功夫独到的小草墨迹，把一个遥远的记忆勾回到我的心里来了——那么熟悉，却又那么陈旧。

班级之间的篮球比赛正在进行，我继续履行我的"衣服架子"的职责；父亲的信装在我的口袋里，赛场上激烈的竞争牵动着我的神经。有人在拉我的胳膊，我一回头，是田芳。什么事，等不到球赛结束吗？我实在不能从这紧要关头走开。她却拉着我的袖子，硬把我从人窝里拽出来。

"告诉你一件事。"她说，"县宣传部来人通知学校，让我们的《白毛女》歌剧下乡宣传演出。"

"真的吗？"我忙问。

"真的。"田芳说，"王老师刚才告诉我的，让我叫你去，商量一下。"

"什么时候演出呢？"我问。

"寒假里。"田芳说，"马上要放假了。"

我和田芳来到王老师的住处，完全证实了这件事。这无疑是一个光荣的任务，王老师也很高兴，问我有什么困难。我说什么困难也没有，只是应该回一趟家，放假后就没有时间了。王老师批给我两天假，让我考试前赶回学校，下周就要期终考试了。

"你这次回去，你爸可能要认不出你了。"王老师笑着说，"你把老先生能吓一跳！"

蓝袍先生　231

田芳瞅着我，抿着嘴笑。我也笑了。

从王老师房子出来，我又朝操场走去——我仍然惦记着速成二班的最后的胜输。田芳狠狠拽了我一把："那么球迷呀！我还有事儿跟你说。"

我只好站住。

"你把募捐时记下的花名单给我。"她说。

"要那做啥？"我问。

"有用。"

"干啥用？"

"你甭管。"

"你不说清楚，我不给你。"

她无奈了，只好说："我要保存下来。待我毕业以后，有了工资收入，我要加倍地给每一个募捐的同学偿还！"

"噢！这样——"我说，"这样……不好。"

"为什么不好？"田芳说，"我心里实在过意不去，很不安呀！"

"那样……起码在我，就伤心了！"我说。

"你伤什么心呢？"她问。

"我们募捐，完全是出于一种对封建婚姻的反抗。"我说，"那些外班的同学，有的根本和你连一句话也没说过，你也不认识他们，他们为啥自动捐款呢？你想想……"

"我明白。"她说，"即使这样，我也应该偿还。同学们的心意我明白……"

"当然，怎么处理这件事，由你决定。"我说，"不过，你千万别给我……偿还什么钱！"

"那……好吧！"她沉吟说，"你把那个名单给我，我要保存——比什么东西都珍贵了！"

"这倒好!"我说,"我抄出一份给你,我也保存一份。过多少年,看见这名单的时候,心里会是怎样呢?啊……这是几百颗心呀!"

"你说得真好!"田芳眼里浮出动人的泪光,声音低低的,抖颤着说,"比金子还贵重的心呀!"

从学校吃罢早饭我就动身,回到塬上我的老家杨徐村的时候,暮云四合了。冬日天短,又是步行,八九十里路走回来,整整用了一天时光。我的心情很好,离家几近半年,家里会是一种什么样子呢?

我站到了家门口。门楼兀立在寒冷的暮色里,那令整个家族引以为自豪的"读耕传家"的门匾题字,有点孤寂,也有点过时皇历的冷漠。我走进院子里去了。

院子里发生了很多变化。我和我的媳妇住的那间厢房里,传出牛粪和牛尿的混合气息,我一探头,就看见一头黄牛正在槽头嚼草舔料。走进上房,父母住的房子从中间隔开了,分成两间住屋了。父亲正在小小的南间屋的火炕上坐着,抽着烟;母亲在炕的另一头坐着。天气寒冷,人都坐在炕上了。

昏黄的煤油灯焰下,父亲伸着脑袋,辨认着我。我叫了他一声。他惊喜地从炕上下来,坐在椅子上,就从头到脚打量着我。母亲也溜下炕来,走出门去,从门外领着我的媳妇进来了。

"先生,你擦擦脸。"她把洗脸水放到我面前。

她还叫我"先生",这是结婚以后她对我的称呼;而今我不是先生,是师范学校的学生了,她还这么叫,听来已经恍若隔世了。

"先生,你想用啥饭?"她在身后问。

"随便做点吃的。"我说,听见她又在问母亲,究竟该做什么饭。我的答复反倒使她为难了。母亲总算点出清汤细面的食谱,她轻轻走出屋子去了。我心里清楚,她的言语和行为举措,全是结婚后到我家里养成的——请人洗脸叫"擦脸",洗手叫"净手",吃饭也说成"用

蓝袍先生 233

饭"，全是我父亲的家规。这些我过去司空见惯的东西，现在听来倒有一种好笑的味道了。

父亲在灯下伸着脖子，瞅着我的衣服。我这才想到，我从家里走出去时，穿的是一件蓝袍，小包袱里装着一件备换的蓝袍，头上戴的是礼帽。父亲现在是第一次看见我穿着的"列宁服"和头上的八角帽子，所以就那么狠看。

"你把蓝袍换了？"父亲问。

"换了。"我心里有点忐忑——父亲会生气吗？"我是用蓝袍……改的这身衣服。"

"改了好！嗯，改了好！"父亲笑着点头说，"而今先生不兴穿袍子了。"

我的心里高兴了——父亲也在随着生活的变化而变化。我坐在炕边上，和父亲聊起家常。

在我离家的半年里，家庭分化瓦解了。父亲很伤心，说人心不古了，民风不朴了，连我的两位伯父也在家庭内部捣他的鬼。土改时，兄弟三人感激涕零地抱着我爷爷的神匣儿哭笑一场之后，看看再无什么风险，政府一股劲儿鼓励庄稼人发展生产，二位伯父把爷爷死时留下的遗嘱统统忘记了，要买牛，要置地，要增盖房屋，再不听父亲的指挥了，把爷爷确立的我父亲的主事位置不当一回事了。争论时有发生，矛盾难以掩盖，终于分化瓦解了。

"鼠目寸光！"父亲简单地给我叙述完这种变故，不屑地说，"你大伯、二伯，全是鼠目寸光！"

我一时弄不清家庭里的谁是谁非，不好掺言，也觉得没有多少意思——既然过不下去，各家过各家的日月，也没有什么大不了的事。

"不管怎样，你该去给大伯、二伯问安。"父亲说，"家里分家归家里，你在外边读书，权当过去在一起过那个样子，该走的路要走到，

234　日子

该行的礼要行全,不要跟这些人一般见识。"

我点点头,就去看大伯。

大伯住在上房东边里屋,正在吃晚饭,看见我,放下筷子,忙让我坐。他一句关于家庭矛盾的话也不提,只是夸赞我出息了,完全像个新社会的干部的模样了。

"这新社会真是好!"大伯说,"国民党的官人一进村,吓得百姓鸡飞狗跳墙,躲的躲了,跑的跑了,跑得丢了鞋子也不敢拾!而今共产党的干部一进村,老百姓'呼啦'就围上了,胡拉乱谝,到饭时争着往屋里拉……我的天,那天正在碾子上说闲话,老杨同志顺手从我嘴里拔下烟袋,塞到嘴里就抽!你看看而今的公家干部多亲……"

我也很感动。解放初期,受惯了国民党官匪欺压的老百姓,对共产党干部的作风最敏感,谈论也最多,我虽已不惊奇,却仍然很感动。

"好好念书,日后好好干工作。"大伯说,"你能在外边干事,咱徐家人都光彩!"

我告别大伯父,又走进二伯父的屋门。

二伯父正在给牲口拌草,看见我,扔下搅草棍子,把我引到他住的厢房里:"屋里地方窄,没处坐,你坐炕边上。"

"你走时咱是一家,回来变成三家了。"二伯父笑着。他这样毫不掩饰地说出分家的现实,反倒使我觉得实在。他笑着说,"天下水朝东流,弟兄们再好难到头。我看呢,分了也好,免得好多麻烦。谁有啥本事,谁就成自家的精去!"

我与二伯的想法很接近,就笑着赞同他。

"二伯一辈子说话不会拐弯。"二伯直着脖子说,"你爸过去管家还管得住,而今管不住了,咋哩?新社会了嘛!他在家里想当家做主哩,人家公家干部大讲大唱男女平等哩!所以,过去你爸在屋里说话,没人不服,而今就不服了!惹得他自己也是一肚子气……我说分

蓝袍先生　235

了好！"

"分了好！"我附和二伯说，"我爸那些管家的规矩，肯定行不通了，越往后越行不通。"

"对！大侄子，你跟二伯看了一步棋。"二伯说，"比方说，政府派干部到咱村，成天宣传说，要发展生产哩！你爸还是按照你爷爷在世时的主意，'房要小，地要少，养头黄牛慢慢搞'，不合党的政策嘛！我也不满意。这不，刚一分家，我就买下一头好母牛，一年生一头牛犊，就是半个家当……"

二伯是个耿直的庄稼汉子，我一向很喜欢他，对他坦诚的说话也特别觉得实在。

"做梦也想不到的太平年月！"二伯说，"不拉兵，不收税捐，一年交屁大一点公粮——庄稼人做梦也没敢想的好世道呀！大侄子，二伯说句结实话，而今谁再过不好日月，不光得不到邻里同情，反是要被人耻笑！咋哩？肯定是懒家伙！"

我被他的憨气逗笑了。

弟弟过来叫我吃饭，我告别二伯父，回到父亲住的上房里屋，坐下吃饭。一碗清汤细面，十分可口。吃罢饭，我向父亲汇报了我在师范学校的学习情况。父亲也不显出惊奇，他大约对新社会的诸多变化已经习以为常了。他淡淡地说："人家新学堂那样教，你就那样学吧！反正，不管新学堂老学堂，总而言之一句话，还是韩愈说的，'传道授业解惑也'！当学生，求学问，还是要记住'业精于勤荒于嬉，行成于思毁于随'——这话，新学堂不至于反对吧？"

"学校里提倡努力学习，老师抓得很紧。"我说，"我们的学习还是很紧张的。"

"紧张了好。"父亲说，"要成学问，不刻苦不行。"

我问他分家后，忙得过来忙不过来。

"屋里的事都有我撑着,你弟也行了。"父亲说,"你专心念你的书。记住,要处处留心,甭胡乱张狂!"

我的心一震。我在学校的生活状况,父亲显然还不了解,还在给我打预防针。

"村子里有些人好张狂!"父亲鄙夷地说,"一个大字不识,满世界跑来跑去开会!有几个年轻女人,黑天半夜跑着开会,张狂得要上天了!前日听说,那个杨发奎入党了!那么一个二杆子货,共产党居然看中那号人……"

我的心里潜入一股冷气。父亲看不惯的人和想不通的事,我却在师范学校是有过之而无不及。他对于那些满世界跑着去开会的男人和女人的非难,令我反感;我听不顺他对那些人的讥刺,就劝他说:"农民刚刚翻了身,高兴……你可是甭给人家泼冷水,甭说风凉话儿……"

"我说他们干什么?"父亲不屑地说,"我只看着这些人张狂,啥也不说!你——"父亲瞅着我,"在学校里,要慎行慎言!我看到村里这些人的疯张劲儿,才提示你……甭张狂!"

我低头喝水,避开了父亲的逼人的眼光。

"我给你写的那张'慎独'的字,还记着没?"

"记着。"

"你去歇息。"父亲说。

我走向自己的住屋。原来的厢房变成牛圈了,我的住屋迁到和父亲一墙之隔的上房西屋的北间。

"先生,你喝茶。"我的媳妇说。

"我自己倒。"我说。

"先生,你洗脚。"

"我自己一会儿再洗。"

我坐下,还是接住她倒下的茶水。她坐在炕边上,又捞起鞋底儿,

蓝袍先生　237

并不看我。我坐在椅子上，一时也没话说。我忽然想抽一支烟，尽管我从来没有尝过烟味儿，现在却很想抽一支烟。我对她说："你以后不要叫我'先生'了。"

"那……"她抬起头，旋又低下，"叫什么呢？"

"叫我名字。"我说。

"那像啥话？"她惶然说。

"早就不兴叫'先生'了！"我说。

"我在屋里叫。"她说。

我不再坚持了。她对我的过分尊敬，甚至带着根深蒂固的畏怯，使我很难受。她自愧貌丑，又没有文化，那种卑怯的眼光使我浑身都不自在。我忽然想到田芳，她手按琴键给我一句一句纠正唱音的姿态，她在师范学校礼堂里唱《翻身歌》的动人情景……一个念头在我脑子里像一道电光闪耀了一下，匆匆消失了——我自己也被震住了：如果我提出和媳妇离婚，她会怎么样？我的父亲会怎么样？这个家庭会怎么样呢？

第二天，我就离开了，而且心情是那样急切，渴求立即回到那个温暖的集体之中去。

六十年里的二十天

短短的二十天寒假里，按照县宣传部安排得满满的演出顺序和路线，我们在乡下演出歌剧《白毛女》。我记忆最深的一件事，是第一场演出，我就挨了一砖头。

那个村子叫歇驾村。传说唐朝一位皇帝打猎跑到这里，人困马乏，在此作过一段休息，进了午餐之后，就奔马追猎到终南山下去了。现在，歇驾村变成薛家村了，其实村子里连一家姓薛的人家也没有。

薛家村驻着一位县委的副书记，在那儿搞互助合作的试点工作，村里群众觉悟高，各项工作都是县上的一面红旗，第一场演出搁在薛家村，是理所当然的。在县委副书记的眼皮下，在这样先进的村子演出第一场，我们演出时的心情是不难想象的——认真极了。

薛家村是个大村，又是一个行政村里的中心自然村。村中间有个年久历深的老戏楼，台下坐着或站着黑压压一片人，临近的房顶上、矮墙上、树杈上，全都爬着观众。这样大的场面，我心里真有点怯场。

整个演出还是顺利的，群众秩序也很好——百十名民兵在维持着哩！事情出在《娘娘庙》那场戏里。当我扮演的黄世仁和狗腿子穆仁智到娘娘庙里避雨，遇见白毛女，被白毛女追打时，台下骚动起来了，像雷一样滚动着"打！打！"的吼声。我已忘记了自己是徐慎行，完全像黄世仁一样胆战心惊。当我逃到台角时，我听到一声怒吼："打这狗日的！"随之，我的腿上就挨了重重的一击，我一下跌倒在地。

事态很快被民兵控制住了。我必须立即爬起来再逃，不然就给白毛女抓住了，抓住了就不好办了，剧情就无法往下发展了。我看了一眼脚下的半截砖头，却没能站起来；慌急中，我用手爬着，逃进后台去了。

演出结束后，县委副书记在台上和我们一一握手。他对我说："你挨了一砖头，说明你演得像；这一砖头，是群众对你的最高奖赏！"他的生硬的陕北口音，使我觉得亲切极了。

短短的接见之后，那些给我们管饭的社员已经拥到台前，争着领我们去吃饭。田芳被几个姑娘拉拉扯扯，争着往她们的屋里拉，发生争执了。我是一个恶霸的扮演者，自然不会是受欢迎的角色。这时间，一个小伙子挤上前，问："谁个刚才演黄世仁来？"我一应声，他拖住我的胳膊就走。

黑暗里，我跟他走过陌生的村巷，进入一个小小的独间住屋，只有他的母亲在座。我刚一落座，老人就要我把腿伸出来，在一只粗瓷碗里

蓝袍先生　239

倒下白酒，用火点燃，手指敏捷地在碗里蘸上燃烧着的酒液，在我的伤口上擦洗。她的指头上带着蓝色的火苗，一下子捂到我的挨过砖头的青疤上，灼烫得我龇牙咧嘴。

"我……"小伙子很难受地说，"我实在忍不住了……扔了一砖头！"

哦呀！原来打我的竟是他！

"你打得好！"我拍拍他的背，"这是给我的最高奖赏！"

他不好意思地笑了，就给我端上饭来。

鸡蛋臊子面，我吃得好香。我确实饿了。

母子二人看着我吃饭，说给我一个令人流泪的伤心事。小伙子的姐姐，给村里一家财东的二少爷糟践了——跳井了！他的父亲一气之下，卧炕不起，年底也去了……他把戏台上的我当成残害得他家破人亡的薛家村的恶霸打哩！

田芳来了。

她看看我的伤，用手轻轻按按，问我要不要到邻近的镇卫生所去看大夫，我说大娘已经给我治过了。她不知道这儿刚刚讲述过一个悲惨的往事，随口问："大婶，屋里就你娘儿俩？"

"噢！"大娘应着。

"你媳妇呢？到娘家去了？"田芳问。

"还没哩……"小伙子红着脸说。

"你怎么还不给人家娶媳妇？"田芳笑着说，嗔怪的模样，"你真性凉呀！"

"正……自由哩！"大娘瞅一眼儿子，"我说他，你自由也自由快一点！慢格腾腾的，还不如老早时包办来得快……"

小伙子羞怯地低下头，我和田芳都忍不住大笑了。屋子里洋溢着喜悦的气氛，我的心头十分轻松；好像田芳坐在哪儿，哪儿就特别欢乐。

240　日子

"让我看看你的对象,行不行?"田芳问。

小伙子嘿嘿笑着说:"俺妈乱说的……"

大娘却抿不住嘴了:"刚才跟我在屋里做饭,这面……就是人家闺女擀下的……"

"好哇,慎行,你真有福!"田芳冲我笑着,"你吃了那位新人的面条了——肯定香吧?我来晚了……哈哈哈!"

告别了那母子二人,我和田芳往回走。

街巷里很黑,看不见路面,坑坑洼洼的村巷里的道路,夜间走起来,低一脚高一脚,垫得我挨过砖头的腿一阵阵疼痛,我只好小心翼翼地迈着脚。她走在我的旁边,很自然地用手搀住了我的胳膊。

我没有拒绝,倒希望这段通到我的住处的路更长点,好让那只温柔的手多搀扶我一会儿。我反倒不想说话了,静静地走着。她也没有说话,扶着我的左臂的手抓得更紧了。

她被什么东西磕绊了一下,往前一跪,险乎跌倒,抓着我的手,把我也拽得跟跄两步;黑暗中我踩到一块石头上,垫得我的腿伤钻心似的疼痛,我"哦哟"一声,弯下腰去,半天站不起来。

她轻轻地惊叹一声,双手扶住我的胳膊,把我扶起来;又把我的胳膊架到她的肩膀上,另一只手搂着我的腰,几乎背着我往前走。我的腿伤不痛了,却舍不得让她松开手。我感觉到她的腰部的体温了,温馨的气息扑到我的耳根。我的心在胸膛里狂跳,浑身热烘烘的,脚下乱踩乱踏,也不知道疼痛了。我甚至有了一种莫名其妙的想法:如果就这样互相抱扶着走向断头台,我也会从容得连一丝痛苦都没有。

我抬起左手,大胆地搂住了她的腰。她似乎轻微地战栗了一下,没有说话。我感到呼吸不畅,心要跳出喉咙来了。我猛然折过身,把她搂住了。在我的嘴唇碰到她的嘴唇的时候,我几乎昏厥过去……

……

蓝袍先生 241

我躺在炕上,无法入睡。我的身下,是房主人烧得热乎乎的火炕;同炕挤着的几位演员已经拉起鼾声,油灯下,可以看见他们鼻尖上沁出的细密的汗珠。我吹熄灯盏上的昏黄的煤油焰火,躺在被窝里,心还在"咚咚咚"地狂跳——这就是爱情吗?这样的爱情产生的心火,简直要把我熔化了!

我的父亲按照他的家规和独创的理论,给我娶回来的那个媳妇,即使新婚之夜,我们连一句话也没有说,各人抱着各人的胳膊睡到天明,我连一丝"邪念"也没有产生。

有一个倾心的人儿,怎么可能荒废学业呢?怎么可能都变成沉溺于淫乐而失掉江山的商纣王或唐明皇呢?我现在不仅觉得父亲的理论荒谬无稽,简直令人可笑、令人憎恶了!我翻身坐起来,点着了油灯。

我穿着衬衣衬裤,也不觉得冷了,跳到炕下,打开那只小提箱,翻出那张临行时父亲写给我的嘱咐。

"慎独"!

看见这两个字,我的心紧缩了一下,昏暗的灯光里,似乎隐现出父亲的严峻的脸色。我最后看了一眼,就把那张书页大小的又细又薄的宣纸提起来,在灯火上点着了。

"折腾啥呀!还不睡——"同炕的王友民咕哝了一句。

"咒符!"我说,"咒符!"

他翻了个身,又呼呼睡去了。王友民早已离了婚,正在跟饰演大嫂的郑玉莲恋爱,早已谈妥了,只等两年期满,就去领结婚证。他万事如意,睡得好香。

我看看脚下,那张烧过的宣纸变成一团黑色的纸灰,在地上滚动,滚动,碎了。我的心里松绑了——束缚我的心的最后一道咒符粉碎了。

我没有心思入睡。就着煤油灯的灯光,我打开日记本,记下了这个终生难忘的日子。一个已结婚几年的人,爱情却刚刚苏醒……

我翻翻日记，查到了我寄出离婚申请的日子——正好十天了。从家里返回学校的路上，我就在八九个钟头的步行中思索着这件事，而终于下了决心了。回到学校的当天晚上，我就写下了离婚申诉，第二天就从山门镇的邮政代办所发出去，寄给县法院了。我已经得知，法院接到的此类民事案子堆积如山，最快也得两个月以后才能传审，那时候该是第二年春天了。

可怜的媳妇！我再也憋不住，心里哀叹着：要恨，你恨我爸去！要骂，你也该骂他！他不仅苦害了你，也苦害了我！他把你和我塞进一间屋子，就完事了！如果不解放，我和你就糊里糊涂过一辈子了！解放了，兴得自由了，我的心箍不住了；我要是不享受自由的权利，就亏负了这个梦想不到的解放了！但愿你……也能找个可心的男人，俩人都好……

第二天，我们到史家坪去演出。演出结束后，我和田芳走到村后的小山坡前来了。这是我和她头一次有意的约会，而且是她约我来的。

我挨着她的肩膀坐下，搂住她的肩头。

她挣脱我的手："我给你……看样东西。"

她打开手电，从口袋里取出一沓折叠着的格子纸，只见上面写满密密麻麻的钢笔字。她只露出末尾一页的名字。我一看，是工工整整的"刘建国"三个字，心里一惊，忙问："这是什么？"

"他给我写的信。"田芳沉静地说，"这是第五次了！"

"你……怎么办？"我急忙问。

"你还用问吗？"她瞅我一眼，从口袋里掏出一匣火柴来，划着了。

刘建国的信在燃烧。

我的心也在燃烧。

我高兴得像发狂了一样，抱住田芳。我能听见自己的心跳的声音，

蓝袍先生 243

也听见了她的心跳的声音。我的手插进她的松软的头发——比丝绸还要柔软的头发。她静静地伏在我的胸前，闭着眼睛，两只胳膊像铁箍一样搂着我的脖子；我才知道这个爱着我的人的手臂，这样有劲。

整个寒假，在这个县所辖属的广阔的平原上和深深的秦岭大山里，都留下我们速成二班演出队员的脚印。每一个演出点的村子里、平原上的大路边、山区的小溪旁，也都留下了我和田芳的亲吻和偎依。压抑得愈久愈重的心，一旦获得自由，就有加倍强烈的热情迸发出来。有几次，我吻过她的脖子上，留下了瘀血的痕，整得她给脖子上围上一条毛巾，遮掩过去；她却并不责怪我吻得太狠，照样把脸颊、脖颈和我偎贴在一起……

二十天寒假的巡回演出，太短暂了。春节也是在陌生乡村的演出中度过的，我也不觉得有什么遗憾。这是我一生中最愉快的时期。当然，你只有了解了我的后来的不幸，才会觉得这二十天时间，事实上是我一生六十年生活中活得真正像个人的二十天！

父与子

阴历四月，中午的太阳已经很有力量，我和同学们围蹲在食堂外的浓荫下吃饭，父亲来了。

他站在院子里的阳光下，四下里瞅着；我看见了，连忙跑上前。我要给他打饭，他坚决不要；我引他到宿舍里去歇息、喝水，他也不去。他要我跟他到山门镇上去。

我跟他走出校门，在山门镇的青石铺成的街道上走着。我发现他苍老了，大约刚交五十，鬓发就全白了。从见面到进小镇的一家茶棚，他没有露出一丝笑颜。我的心里乱猜测着——出了什么事呢？

叫了一壶茶,他喝了一口,放下茶盅,既不看我,也不说话,直到一壶茶喝完,站起身又走。我问他要到哪里去,他说走走看吧!

走出街道,在小河边的一棵柳树下,父亲站住了脚,从肩上取下布褡裢,放在地上。我也在他旁边坐下来。

"我今日来,只问你一句话。"父亲说。

我没有话说,期待着。

"你要离婚?"父亲直接问。

"嗯。"我觉得没有必要隐瞒,同时又觉奇怪——法院还没有传票给我,父亲怎么知道了呢?

"不离行不行?"父亲冷静地问。

"爸,你听我说……"我想给他摊开思想。

"不,其他闲话可以不说。"父亲说,"我只要你说声'行'或'不行'。"

"不行。"我只好也直言相告。

"那好!"父亲伸手从口袋里摸出一把剃头刀,拉开锋利的刀刃,"你先收了我的尸首,办了白事,再去离婚,再去办红事!"说罢,就抬起了握着刀柄的手。

我大惊失色,一把抓住父亲捉刀的手,吓得魂飞魄散,连忙说:"爸!有话好说……"

他依然不动声色,冷声静气地说:"没有多余的话好说!你只说'离'或'不离'!"

"不……离……"我无所选择了。

"不离的话,你跟我到县法院去。"他说。

"做啥?"我问。

"撤回你的状子!"父亲说。

"我不离婚就算了,撤不撤没关系!"我说,"或者改日我写信

蓝袍先生　245

去，销了案就完了。"

"不！"父亲说，"我要亲眼看着你把状子撤下来，交给我，我好存着；待我死的时候，好做蒙脸纸啊……"

父亲已经"哇"的一声哭了。这是我平生头一次看见父亲的哭。他哭了三声，突然收住，用手帕擦擦脸和眼，从地上背起褡裢，又恢复了素有的冷静，说："走！"已经扯开步子走了。

如果近旁有一口水井，我可能会一扑跳下去！我的脑子里"嘣嘣"乱响——绷紧的神经折裂的声音。我想到了田芳——我的心爱的人儿，我不能跳井，也不能一气之下撞死在身旁的柳树上，下来再说下一步吧！我硬着头皮，费了好大劲儿，才跨开了这屈辱的一步。

"咱们父子今日也许是最后一次见面。"父亲说，"我也不是小娃娃，我知道，今日撤回状子，明日你还会再寄。我今日给你把话说透彻，日后不管何年何月何日，一旦我在家接到法院的传票，就是我的丧期死日。我好坏是个懂点文墨的老朽，说这不是吓唬你！"

我的心沉到冰窖里去了。

他说，昨天晌午，县法院两位办案人员到家里调查时，他都要气疯了。等那俩干部一走，他给褡裢里悄悄装进一把剃头刀，就上路了；他走了半天一夜，找到学校，本没打算再回去。他说我的离婚案件，把徐家几辈人积下的阴德全给羞辱了，他再没脸在杨徐村见人了！

我相信父亲的话不是吓我。他是注重面子的，讲究礼义的，我提出的离婚的事，对他无异于晴天霹雳。我说服不了他，他也觉得无法再说转我，于是就只有拿出剃头刀子来……

我和父亲都搞错了，法院里欢迎自行销案，却不发还诉状——要存档的。父亲看着人家注销了案子，才咂着舌头走出门。那张他想死时蒙脸的纸，是得不到了。

回到学校，已经放晚学了。

田芳一眼就看出我的神色不好。晚饭后，我和她顺着小河弯曲的河岸散步。夕阳涂金，河岸边齐膝高的麦苗、绿茸茸的稻秧，叶儿上闪着晚霞的金光；散落在麦田里的桃树上，毛桃儿结得蒜瓣儿似的，招人喜欢。我的心里却泛不起诗意来。

"老人来，出了什么事呀？"她着急了，"你说呀！我也好帮你出个主意。"

我说不出口。

"你觉得不好说的事，就不要说了。"她很贤明地说，"我只是劝你一句，无论什么事，都想得开一点，不要愁眉愁眼的。新社会了，还能有多大的事呢？"

她显然没有料到我的困难的严重性。这种局面，迟早要让她知道，再为难也不能不说清楚。我终于向她叙说了今天父亲来的举动。

"哈呀！这么点事，就压得你抬不起头来了？"她撇撇嘴笑笑，嘴角荡出一缕不在乎的神气说，"老封建家长都是这一套办法！我要跟大张村解除婚约，我爸把铡刀提起来，先往我脖子上砍，我跑了；他又砍自个，我妈一拉，他就扔下了，谁也没砍！全是这一套……"

"我的父亲，跟一般庄稼人不一样。"我向她说明我父亲的心性和脾气，"那可不是吓人的。"

"动真格的也甭怕！"田芳说，"慢慢来——没有斗争，就没有自由。我来上学时，俺爸就挡道。他料定我一上学，订下的婚事就毕咧。我跑到我姑家，要了一床被子，就上学来了。现在，我上学了，和大张村的包办婚姻也解决了；要是我无论在哪个节口上一退让，我就被大张村圈住了。"

"我爸的思想，特顽固！"我说，"我没见过他那样顽固的人。"

"慢慢来。"田芳说，"再顽固的人，经得多了，见得广了，也会慢慢开窍的。"

蓝袍先生　247

"我想毕业以后,咱们就结婚。"我说,"我是一天……也离不得你……"

"你给我念过一句古诗,意思说只要俩人心心相印,在不在一块,没啥关系。"她盯着我的眼睛说,"那句诗怎么说?"

"'两情若是久长时,又岂在朝朝暮暮。'"我说了一遍,似乎觉得憋闷的心里透出一点松活的缝隙来,"我……像一只被关在笼子里的鸟儿,好容易飞到蓝天上去了,哪怕被雷电击死在空中,也不会自己重新钻进笼子去!"

"那你愁什么呢?"

"我只怕离开你。毕业后……"

"毕业了,分配了,都在本县,见面有多难呢?"

"我想天天见到你,永不分离!"

"你又来了……'又岂在朝朝暮暮'!"

……

父亲接连写来三封信,要我回家,而且要我至少每个月回一次家。我不能忍受了,我找到舅家,向我舅父说明了原委。我已经向父亲做出了让步,如果他对我逼得太紧,我也可能拿起剃头刀子的;他的下一封逼我的信,可能就是我的蒙脸纸;他把我逼死了,那个媳妇也就不会在徐家门楼待下去了;把我逼死了,他可能在杨徐村更不好活人了!

舅父是个胆小人,怕真的酿出人命来,劝了我,又立即跑到杨徐村去找我父亲,把我的话传过去……果然有效,父亲再没有来信催逼我回家。

僵局就这样保持着,谁也不退让,也不进攻;任何一方的进攻或退让都可能打破僵局,但谁也没有这样的表示。我相信我会撑到底的,甚至用年龄的优势来等待对方——父亲。一直到我在师范学校修业期满,甚至在我开始工作了两年的时间里,这种僵局一直维持不动。

毕业离校的前一晚,我和田芳难分难离。我们坐在山门镇旁小河边的一棵大柳树下,有多少话要说呀,临了却什么也不想说——啰唆的嘱咐显得毫无必要,彼此完全已经心知了。一切最动人的语言都显得那么不精确,也缺乏力量,不足以确切地表述我的依恋之情。一切依恋之情,都融化在无声的信任之中了。初恋时的心的探询、如山瀑一样迸发的热烈的倾慕的话、颤抖着的感情的波浪,全都归于一种生死相依的明澈的无言状态里。她依偎着我,我偎依着她,亲吻是深沉而强烈的,却不像初恋时那么疯狂和如痴如醉,心的交流要比语言的交流准确得多。

我们挽着手,在河边的沙滩上漫无目的地走着;在沙滩的草地上坐下来,仰望星空,倾听河水在夜间发出的清脆的响声,感受大地在夜幕笼罩下的均匀迷人的呼吸……黎明的晨曦照亮秦岭群峰当中最高的那座峰巅的时候,我把一条精心写就的纸签送给她,那上面写着她喜欢的那一句古词——两情若是久长时,又岂在朝朝暮暮。她送给我的,也是那一句古词,而且是用绿色的丝线绣扎在一块白布上的。那块白布中间,两颗重叠在一起的心的图饰,是用红色的丝线扎成的。

有这样一件信物揣在我的怀里,父亲怎么能撑持得过我呢?

然而,我没有料到,生活急骤发展的浪潮,一下子把我冲得丧魂落魄,完全陷入灭顶之灾……父亲竟然胜利了!

惑惶

我成了"右派"。

详细地告诉你我怎么当了"右派"的细枝末梢,意思不大。不过,于今想起来,我只觉得我当时太傻了!

仅仅只是因为一句话——我说了校长一句"好大喜功"的话,我付出了二十多年的代价——生命的代价呀！

我真是太傻了！那年暑假，县里把小学教师集中在县一中里"鸣放"，当时报纸上已经对"右派"进行反击了，我是抱着反击"右派"的决心去参战的，结果自己被弄成了"右派"。

我们学校新提拔的校长，就是我在师范进修时的同班同学刘建国，我俩一同被分配到县西的牛王砭小学。他在速成二班当班长时，已经是学校里为数不多的几个学生党员之一，毕业后工作了一年就转正为正式党员了，第二年就被提拔为牛王砭小学的校长。他鼓励我要"大鸣大放"，要起带头作用。我很信任他，不仅因为他是我的老同学，更重要的是他是我的入党介绍人；我经他介绍，已经获得通过，正在预备期经受考验，他的话我是完全信赖不疑的。于是，我猛烈地反击了储安平对新社会的污蔑，对改进我们学校的工作也"鸣放"了一些意见；说校长刘建国有些"好大喜功"的话，就是那些意见中最尖锐的一条——祸就从此惹下了。

我到现在也搞不清这是不是刘建国对我设下的圈套。他当时鼓励我"鸣放"是十分真诚的，说我们不仅是老同学，而且是在同一个岗位上战斗，我应该把珍贵的礼物——意见，直言不讳地讲出来，帮助他改进牛王砭小学的领导工作，说这不仅是老同学的关系，而且是对我的重要考验。我信下了。我和他在速成二班进修时，同学们对他在政治上的坚定、工作上的积极表现，没有不佩服的，只是他有点好大喜功，这影响了他在同学中的威信。到牛王砭小学工作以后，尤其是在他当了校长以后的半年中，教师们私下的议论就很明显了，主要还是这一点毛病。我曾经不止一次在和他的闲聊中给他提示过，他也不反感；可是，当我在"鸣放"大会上把这正式当作一条意见讲出来以后，居然变成了"攻击党的领导"！

刘建国找我谈话，说他冒着风险替我辩解，领导小组才将我定为

"中右"；要是搁在其他人身上，有十个我就会被定成十个"极右"了。我没有被发落到农场去劳改，而是仍回原单位接受监督改造。

我重新回到牛王砭小学的时候，这所我十分喜欢的小学对我来说变得陌生了。我的预备党员被取消了。我也不能再任高年级毕业班的班主任，而只能是教一些"地理""自然常识"之类的副课了。没有多久，任何课也不能教了，让我打铃、烧开水、扫院子——我完全变成工友了。

世界上的许多事，都是第一次留给人的印象最深刻，三五次以至数年累月以后，就习以为常了。我第一次牵着麻绳撞击吊在学校院中那棵槐树上的铜铃的时候，看着一个个男女教师走出办公室，端着教案本和粉笔盒走向教室的时候，我想我应该立即去自杀！当工友还有一个重要职责，是每天给校长和教导主任送三次开水（教员们的开水，是自己到开水房里去打）。我第一次给校长刘建国送开水的时候，提着水壶，站在门外，又想到了自杀！我硬着头皮推开门，他从办公桌上拧过头来，也有点不好意思，慌忙站起，接住我的水壶，说："我的水……你甭送了！"我的心里感到一种被人了解的委屈，真想痛哭一场。当我再送去开水的时候，我也自然了，他也自然了，随后就一切都习以为常了；甚至我推开门，放下水壶，直到走出门，他连头都不抬起来。

小学校设备简陋，没有餐厅。我打过吃饭的铃声，教员们就到小灶房里买了饭，围成一个圆圈，蹲在院子里吃饭。这个时候，是学校里教师们之间最活跃的时刻，大家一边吃一边聊，净说些各班学生中的洋相和趣闻。我没有勇气再和大家蹲到一起，去度过这轻松愉快的时刻。我总是等那些熟悉的说笑的声音消失以后，才拉开门，端上碗，到小灶房里去吃最后一份饭，好在炊事员杨师傅总不会忘记我。当我端着已经不那么热乎的饭菜走回自己的住屋的时候，我又想到了应该自杀！

我能得到的唯一安慰，是田芳留给我的那件信物。我晚上打过熄灯

蓝袍先生　251

铃之后，躺在我的小住房里，趴在枕头上，就摸出那块绣扎着那句动人心魄的古词的白布，眼泪就涌流出来，滴在那两颗重叠着偎依着的心的图案上。

我和田芳最后一次见面，是在县一中的"鸣放"会期间，那是我们毕业以后的又一次难得的相聚的机会。后来，当我被宣布为"中右"时，她的惊恐并不在我之下。那天晚上，我被监护着，无法与她相会。我想立即向她诉说这一切变化的由来，心情十分迫切，却不能自由地单独来去了。直到"鸣放"会结束那天，她来到我们小组住宿的地方，帮助我捆被子，却不说话；我看见一滴一滴的泪水滴在捆扎被子的白色线绳上。捆完之后，我没有勇气看她一眼，低着头，懊丧地等待她开口。她没有告别，就走了；当我抬起头来，只看见她闪出门口时的一个背影。

当我回到学校，打开被子，发现里面夹有一张小纸条：

我真想打你……你太叫人想不到了！

我永远等你！

我真希望她抽打我，不是用手，而是用皮绳或者木棍，狠狠地抽打我，在这亲人的抽打中，我才能得到一点负罪的解脱。

我天不明就爬起来扫地，而且尽量不扫出声响，以免惊醒正在酣睡的教师；我一天不是三次而是不计次数地给主任和校长打水，接着给所有教师都送水到房间；我打扫了院子，又自动去打扫厕所——教员厕所和学生厕所；我捡来好多烂砖头，把小灶房和走道之间的泥路铺接起来，使教师们下雨天来打饭时不踩泥水；我烧完开水，就捡尚未烧尽的煤渣儿，节约开支；我帮炊事员杨师傅洗菜刷锅……总之，从天不明爬起来到打过熄灯就寝的铃声，我不使自己有一刻钟的闲歇时间。我想向全校一切人——校长、教导主任、男女教员、学生以及炊事员,用我的不懈的努力,证明我改造的诚心。我的老同学刘校长给我谈过,要认真改造,争取重新做人;我要用诚恳的行为,赎回我的"原罪"。我渴望重新做一个人的心情越强烈,我表现出来的改造的心意就越诚恳。我甚至觉得这个六七百名师生的学校里的杂务太少了,不够我表现。

过了一年,没有人找我谈一谈我改造得怎样了。我有点急,又不敢流露出来。这天,刘建国把我叫到他的房子,对我说:

"你这一年的表现不错,同志们反映好。"

我的心"怦怦"直跳——做人的出头之日到来了吗?我按捺不住激动的心情,向他做出一个感激涕零的笑,却说不出话来。

"你的行动表现了你的决心。"刘建国说,"可你心里是怎么想的呢?你应该向党表示一下。"

我的心又慌乱了——行动和内心难道不一致吗?我忙说:"什么时候表决心呢?"

我知道,这个时候,社会上已掀起一个"向党交红心"的运动,学校里早已刷上大红标语了。教师们每天下午开会,向党交心;我没有资格参加会议,只是埋头杂务。刘建国校长让我向党交心,我终于有了一个向全体教师剖白自己的机会。我一夜没有睡好觉,把那个发言稿看了一遍又一遍。我一定要把自己的错误思想深刻地自我批判,争取早日拿起象征着"人"的标志的教案本来。

第二天下午,当我把自己狠狠地批了一通,狠得我痛哭起来的时候,我觉得我的确轻松了一下。紧接着,是大家的评议。第一个人的发言之后,我就没有眼泪可流了;随之而起的争先恐后的发言,一个比一个激烈。没有一个人提及我做了许多不属于我做的事,没有一个人说我表现过哪怕是一分的改造的诚意,而是对我说过的那句"反党言论"——"好大喜功"的话,重新进行批判,甚至比"鸣放"会上定我

蓝袍先生　　**253**

"中右"时的气氛还要严厉,火力还要猛烈。有人在分析我的"反动言论"的根源时,说我本身就是一个不纯洁分子,生活作风有问题……

我彻底垮台了。我回到自己的小房子里,一头就栽倒了。我又犯了一个错误——把自己的罪行看得太轻松了,尤其是把时间的概念完全弄错了。想重新做人,远得看不到头哩!我浑身没有一丝儿劲了。人的绝望,就产生于这种迷茫之中。我决定自杀!

打过熄灯铃儿,我插了门,第一件事就是给田芳写信。我拔开毛笔帽儿,在红格白纸上写下一个"芳"字的时候,眼泪就糊住了眼睛。

这时,我听见敲门声,慌忙收拾了纸笔,拉开门扣儿,门外站着刘建国校长。

这是他第一次走进我的"工友室"。他坐在一把椅子上,很关切地问:"思想压力很大吧?"

我抬起头,看见他很诚恳的关切的脸色,不过,我觉得实际上已经没有压力了。当我一心想通过无休止的劳作来争得重新做人的权利的时候,我的心头压力很沉重;当我从"交红心"会上走回小房子,觉得永远也难得出头之日的时候,就绝望了;绝望了,反倒没有压力了。我苦笑一下,垂下头。

"同志们的分析,不是完全合乎实际。"刘建国说,"关键是你应该有一个正确的态度——有则改之,无则加勉。"

我没有抬起头,又苦笑一下。我该怎样做到"无则加勉"这样纯正的心理修养的境界呢?我现在希望他走开,不要跟我谈话。我要处理我得急切处理的事——给田芳写信。我应酬说:"我明白。"

"明白了就好,你明天继续'向党交红心'。"他说。

"还……"我猛然仰起头——还没完呀?我只说这就完了,明天还要……我说,"我今天讲了我的心里话,明天还讲什么呢?我把自己心里的话都交出来了……"

"同志们不满意啊！意见很大哩！"他用一种假借的口吻说，"比如你的婚姻问题，好多人议论，你……"

"这与我的罪有啥相干呢？"我打断他的话，"我是包办婚姻——《婚姻法》上规定过的不合理婚姻。我在师范进修时，你完全了解情况，你当时也支持我离婚……"

"情况在不断地发展变化嘛！"刘建国说，"同志们现在认为你不仅政治上反动，生活作风也有问题。看来任何事情都不是孤立的，生活作风的腐化，必然导致政治上的……你应该在明天'交红心'时，深刻地挖一挖思想根子……"

"怎么能说成生活作风腐化呢？"我说，"田芳——我和她的关系好，可俺们没有……越轨的行为。再说，田芳也是贫农的女儿，她怎么会将我腐化了！我搞不清了。"

"你不了解她。"刘建国说，"这个人，有很多优点，可也比较轻浮。她向我……我拒绝了！后来，在她入团时，我到她村里去了解情况，党支部介绍说，她爸旧社会在西安混荡，收拾下一个没来历的女人，有人说是……窑子！"

我的天啊！田芳的母亲有人说是"窑子"，田芳被刘建国看成了"轻浮"的女子，于是就将我腐化成反党的"右派"了！

难道就是要我明天在"交红心"会上这样去揭根子吗？我忽然记起田芳当着我的面焚烧刘建国的第五封求爱信的情景——谁更可靠呢？

刘建国走了以后，我再次插上门，掀开墨盒，拿起毛笔。坚决割断和田芳的关系，越早越快越好。我无出头之日的指望，田芳不能真的等我一辈子。我知道，任何劝解她的道理都无济于事，只会招来她对我的更深的依恋。必须找到最狠毒的恶言秽语，骂她一个狗血喷头，才能遏止她朝我跳动的心。我找不出这样一个词来，我想给她安一个不好的毛病也找不到。我忽然想到刘建国刚才的话——只有他才能想到的话，此

蓝袍先生　255

刻帮了我的忙。我咬着牙，大约把嘴唇都咬破了，血滴在信纸上，却没有感觉到疼痛。信纸上留下一行罪恶的墨迹：

你妈是个窑姐，你把资产阶级思想传给我，将我腐化了……

第二天，在又一次"交红心"会上，我只是机械地重复着一句话："我没有红心。我是颗黑心——反党的狼心狗肺，请大家批判我……"我成了一截没有知觉的木桩，任凭四方的污言秽语朝我脸上泼来，而于心不惊了。

这天晚上，我把一条捆书的细绳合了几股，使它可以负起我的重量，挂上了房梁。在把头伸进去的时候，我心里竟是安详的。当田芳接到我的信时，也许同时就听到了我的死讯，她会憎恨我；憎恨我，比恋着我好；于她也好。

……

我没有死。当我恢复知觉时，才知道把我从另一个世界拉回这一个世界的人，竟然又是刘建国。他是一个细心的人、成熟的人，早已看出我"神色反常"，悄悄地防着我了。我不想感激这位救命恩人，倒憎恶他了。

死讯惊动了几十里外的父亲，他惊慌失措地赶到牛王砭小学里来了；他一来，先抽了我两个耳光……

"这下该信我的话了"

父亲推开门，在门口站住了。

我正坐在桌前，抬起头，看见父亲苍白的鬓发、惊急气恨的眼色，就慌忙站起来,去找椅子。我的房子,变成学校的小库房了。办公桌上堆满一摞摞教案本和剩下的课本,全着粉笔盒子;墙角堆着一捆稻黍笤帚和葛藤编成的簸箕;地上放着两只木箱,装着篮球、杠铃、跳绳一类体育用具;那把椅子上,也搁着前几天刚购置回来的羽毛球拍和跳棋盒儿……整个小房子里,只有我栖身的一张窄窄的床和一把坏腿椅子闲着。我想把那稍好点的椅子腾出来,刚走出一步,父亲的巴掌就抽到我的脸上了——

"啪!啪!"连续两下。

父亲第三次举起巴掌的时候,被陪着他走进门来的刘建国校长拉住了。刘建国按着父亲的肩膀,使盛怒的父亲在那把坏腿儿椅子上坐下。他说了一席安慰父亲也安慰我的话,就走出门去了。

我在凌乱得像个狗窝样的床铺边坐着,垂下头,挨过抽打的脸颊烧辣辣的。我没有料到父亲会以耳光和我见面,却也没有惊慌失措。我第一眼看见他从门口走进来,真慌乱得不知如何是好,不知该怎么向他说明白我的处境及这一切的由来;他的两巴掌打过之后,我的心反倒安静了,不必再向他做任何解释了。我的父亲,在我的记忆中,很少对我表示过亲昵,微笑都稀少得像旱季的雨星儿,我们之间更没有通常家庭里父子间的嘻嘻哈哈;然而他也没有动过拳脚,不像一般粗庄稼汉和儿女亲近时没大没小,生气时又动手动脚,骂出一串串秽言污语。他不苟言笑,也不打骂,常是冷着脸教给我怎么说话和待人。今天,他抽我耳光了——两下。

我坐着,低垂着脑袋。我成了"右派",成了打杂的工友,我刚刚被旁人从房梁上的绳套里救下来……我开不得口。父亲也没有开口。我能听见他很粗的喘气声。

父亲端坐在椅子上,没问我为啥上吊,也没有劝解,只用压抑着的口气说:"你把我写给你的那两个字拿出来。"

蓝袍先生　　257

"慎独"！我到师范学校去进修的前一晚，父亲在我临行时写下的嘱言，被我后来当作可笑的废物焚烧了。现在想到这个嘱言，我的心猛然一震，更加抬不起头来，就支吾说："毕业时……弄丢了……"

"丢了！哼！丢了！"父亲悻悻地自问自答，"这下你该明白那两个字的意思了！"

我早就明白那两个字的意思：要谨慎，尤其是单身独处时，一切都要慎重，时时刻刻都要谨慎从事，包括言，也包括行。我的名字是父亲给起的，"慎行"就是这意思；我弟弟的名字也是父亲给起的，叫"慎言"，还是这意思。我在进入师范学校进修以后，父亲自幼给我心理上设起的防护堤，被新的生活的浪潮一节一节冲垮了——我既不慎言，也不慎行了，老师和同学们都说我从封建桎梏下脱胎成一个活泼泼的新人了。现在，父亲以毫不疑惑的语气说的话，证明了他的正确和我的失败。我想，他此刻有更多的话可以说了。譬如说，如果在说话时，慎重地考虑一番什么话该说什么话不该说，那么，今天就不会是这样的局面了；如果在决定给新任的刘校长提意见之前，慎重地考虑一下这种行动的不好的后果，那么，今天也就不会落入这种尴尬的局面；如果……那么……父亲完全可以以胜利者的姿态教训我：如果把我的话在心里稍微当一点子事儿，那么也就不会自寻苦吃了。我想，父亲一定想这样说，也完全可以这样说；可他没有这样说，他只是问他写下的"慎独"的嘱言，让我自己去想。

"病从口入，祸从口出。"父亲沉吟着，"谁都明白这道理，谁也难身体力行。图得一时馋嘴而染病，图得一时畅快而招祸……"

我心里痛苦极了。自从遭祸以来，我耳朵里灌进的全是严厉的批判反驳的正言义辞，没有一个人解析我提意见的真实动机。现在，父亲用他的处世哲学来替我刨根溯源时，我仍然不能服气，心里有一个可怜的声音在叫着"冤枉"。我对父亲说："'鸣放'会上，县长、教育局长,都到会上来做报告,动员我们要'大鸣大放',说'帮助党整风'是'每个党员和干部的革命责任心强不强的大问题'。我是人民教师、革命干部,又是预备党员,怎能不听党的话呢?我……"我又说不清了。

"我一辈子只求自己善处独身,不问人过。"父亲说,"我管不了别人,哪怕男盗女娼,我也无力管约。我只求自己做一个正人君子……"

"党章上批评的就是这样的思想。"我不能同意父亲的话,抱屈地说,"党要求每个党员都要开展积极的思想斗争,不能只是洁身自好;我是预备党员,我听党的话……"

"你该问你自己是怎么回事。"父亲并不觉得我有什么委屈,反而直挖我的心底,"我不是预备党员,不懂党的规矩;你是,你也懂,你说为啥?"

我说不清为啥。我虔诚地拥护"大鸣大放"和"反右派斗争",却没有想到自己会是一个"右派";我自己成了"右派",也没有丝毫的异议怀疑反右斗争的偏颇。这样,我处于痛苦之中。即使处于痛苦之中,我也不能重新接受早已听得心烦耳腻的父亲的处世哲学——那已经从我心里被荡除出去的陈腐发霉的东西了。但是,不管造成我的这种结局和处境的原因该如何解释,而结论却正好证明了父亲的正确。

"我也不想再说这事了;说也迟了,无用了,于事无补了。"父亲此刻平静下来,一种世故的平静,"我想过了,君子不吃后悔药。你也甭太难过。不能做先生,那就当农夫。回乡务农,自食其力。'人到无求品自高'哇!"

我苦笑一下,告诉他,新社会的人民教师是有组织性的,一切要听从教育局的调拨安排,不像旧社会做私塾先生,愿意受聘即去,不愿受聘就不干。

蓝袍先生 **259**

"那么，现在安排你做什么事？"

"打铃，扫地……"

"打铃扫地就打铃扫地，总没判你死刑吧？"父亲倒显得不大在乎，"你愿意打铃扫地就在学校打铃扫地，不愿意打铃扫地了回家去务农。你要再想死，先给我招呼一声，让我跟你娘先死，你把俩老人埋葬了，再死不迟。让我跟你娘给你抬棺下葬，你良心上能过得去？"

我的心里阵阵发酸，终于忍不住，哭出声来。我们父子间平时很少这类骨肉情长的交谈。我看着他的白发、他的苍老的脸……虽然像过去一样严峻而死板，毕竟因为垂暮的神色，令我醒悟出自己对家庭的责任了。我真想放声痛哭一场，无遮无掩，痛痛快快地放开喉咙大哭一场。

"我没有力气来搬你的尸首了。"父亲淌着泪，却说着这样凄惨绝情的话，"我也不会让杨徐村的乡亲来搬尸。你日后怎样活人，自己想想吧！我的话你不听，'子大不由父'，我也管不上了！"

他要走，我也没有实心挽留。我在学校的这种低下的处境，使他也没有脸面再待下去。我送他走上那条爬上塬的官路时，看着他拄着一根粗劣的手杖——实际是一根树枝——缓缓走去的步态，我可怜起他来了，狠狠地捶打自己的胸脯。我落到了一种怎样的地步？学校里把我当作不忠诚分子，父亲也把我当作叛逆者——我算一个什么东西呢？

晚饭以后，校园里呈现出一种松懈下来的恬静的气氛。教师们有的提着水壶，懒洋洋地迈着步子到水房里去打水，或泡茶喝，或羼成温水擦身，再不像上课时那匆匆急急的样子了；有的教师在槐树底下下象棋，有的在井台上洗衣服，谁的舒悦的笛声在一排排教室之间缭绕……我关好开水炉，就提上锨和扫帚，去打扫厕所，这会儿是清除师生们排泄物的最佳时间。

"徐慎行，你出来——"

天哪！田芳在喊我！我手中正在便池里掏挖的铁锨掉在地上，眼前一黑，我差点跌到屎尿池子里去了。我跌靠在墙上，那炸雷一样轰击我耳膜的余音还在回荡，我的心儿慌乱不止——我几乎被震昏了。

"徐慎行，你出来——"

我无处躲，又无处逃。从再次响起的声音判断，她就堵在男厕所的门口。自发出那封臭骂她的信以后，我就没有再想过还会和她相见。偶然的相遇也许不能排除；她有意来找我的事，却大大出乎我的预料。我捂着良心和为人的道德，向她脸上泼去了多么脏的东西！我无脸见她，也不想再做解释。我要她永远恨我，甚至鄙视我，都比依恋我更好……我惶惶然从厕所门里走出来，做好了挨耳光的精神准备。

我一走出厕所门，就看见一双被愤怒的火燃烧得痛苦不堪的眼睛，我立即低下头，再不敢看了。她在看见我的最初一瞬，身子微微颤抖了一下。不容我多想，我就听见一声吓人的呵斥：

"我要批判你！到这边来——"

她的非常举动使我忐忑不安。她要批判我？我当了"右派"也有一段时间了，她现在才想起来要批判我？我机械地走到那个小花坛前头，随她站住了。这是学校里最显眼的地方，房檐下的墙壁上挂着一只大钟，下面写着四个仿宋红字——按时到校。有几个教师站在远处看着。

"徐慎行，你身为人民教师、预备党员，恶毒反党，攻击社会主义，我坚决要批判你——"

她站在那里——离我有两米远的地方，一本正经地对我进行面对面的批判。我垂下手，低着头，不做任何表示。我听见从两边纷至沓来的脚步声——好多教师围过来看热闹了。

"你想自绝于人民，愚蠢透顶！党和人民花了多大代价培养了你，你不知向人民向党报答恩情，反而反党、自杀，你的良心何在？"

我的心在颤抖，头上冒出汗来。这些司空听惯的批判语言，今天由她面对面亲口说出来，我痛苦极了，惭愧极了！周围已经围了许多教师——凡是听到消息的人，都来看热闹了。我不知道校长刘建国在不在场。我没有抬头的勇气。

"你不服气吗？说你反党，你不服气，用自杀来威胁别人，谁吃你那一套！你要明白，党不是抽象的存在；在学校，代表党的就是校长；你恶毒攻击校长，就是反党——"

"田芳，你啥时间来的？"我听见刘建国校长的声音，稍抬一下头，就看见他走到田芳跟前，一副老同学间热诚的口气，"你胡来啥哩！走，快到我房子坐……"

"我是专门来批判他的坏思想的。"田芳说，"我和你是老同学，和他也是老同学。他和你被分配在牛王砭小学，不协助你好好工作，反而攻击党！我看哪，他这个家伙纯粹是想往上爬！借着整党之机，攻击你，自己再爬得高些……"

我的天哪！我想爬高吗？我想借着整风弄倒别人自己往上爬吗？我明白我有许多毛病，却还没有如此恶劣！

"唔！你的心情可以理解……"刘建国说。

"你多虚伪啊！"田芳指着我说，不听刘建国的劝解，而且气更足了，"我们同学两年，我怎么当时就没有发觉呢？你假装积极，实际是想往上爬，不惜攻击同志和领导，踏着别人爬上去——你多虚伪啊！你……速成二班出了你这个'右派'伪君子，是全班同学的耻辱……"

"行啦行啦！田芳——"我听见刘建国的声音里似乎有点尴尬和不自然，"走吧走吧！到我房子坐坐——"

"我要赶回学校去，没时间坐了。"田芳说，"我以速成二班同学的名义警告你，老老实实交代，老老实实改造，老老实实做人！历史从来不包庇虚伪的人……"

她走了。我听见她的脚步声朝门口走去，才敢抬起头来。她又回过头，给刘建国说："我一有空儿，就来批判他！"说罢，昂起头，走出学校大门去了。

我一回头,看见刘建国脸色有点发黄,眼里罩着一层憎恨的气色,气呼呼地走了。那些围观的教师们,有的莫名其妙,有的在神秘地交头接耳——不光是在嘲笑我吧?

我又走回男厕所。抓过锨把儿,我心里猛然豁朗,似乎此刻才完全醒悟——她是在旁敲侧击,痛骂的并不是我。骂我批判我,用不上"伪君子"这个名词;对这个名词更敏感的人,应该是他——校长刘建国。我竟然有一种从未有过的痛快,好像我骂了我想骂的人一样解气、痛快。我的胳膊上陡然涨起力气来,戳得那装着屎尿的便池"哐啷哐啷"响……

大约过了十天,她又来了,故技重演。这次她来时,我正在房子里躺着。她在门外叫我的名字,大喊大叫要我"接受批判";我慌忙跑出来,又站到挂钟下的小花园旁边;她又把我狠狠地批判一番,痛骂一番,挖苦讽刺,比第一次更尖酸了。我低着头,听着她的连挖带损的话,心里舒服极了。

刘建国这回也不客气了:"你不能随便来批判人呀!要批也得通过组织……"

"我一看见这个虚伪的家伙,眼都黑了!连组织手续也忘了……对不起!"

她走了,没有去刘建国的房子办组织手续,也没有进我的房子,径自走了。

她又来了两次。几乎所有教师都知道她的举动中的真实含意,刘建国也更是恼恨。这样下去,又怎么办呢?

她第五次来的时候,我在房子里听见她叫我的声音,便从后窗跳出去,逃走了。

她再没有来。

"自觉"进入

我收到田芳的一封信。她只字不提她几次赶到牛王砭小学来批判我的事——既不解释这种举动的真实动机,也不询问后来产生的效果,纯粹是对于我的那封恶毒地骂她的信的答复。

她在信中说,如果不是信的末尾附着我的名字,她会百分之百地判断成那是刘建国写的呢!在她拒绝了刘建国的求爱信以后,刘建国就说过一句类似的话。狐狸吃不着葡萄,就说葡萄是酸的,甚至说葡萄的祖宗更酸。她不计较我,是因为她认为那恶毒的信并非我的真心……

我实在忍受不了这种感情的折磨。我应该立即奔到她的面前,跪下,说明我的真心,让她抽我,打我。我抓着信纸,贴在脸上,像贴着她的手,饮泣不止。流够了眼泪,冷静一点之后,我就给她写回信了。

我写道,我仍然坚持前信的看法,她解释也没用。而且宣布,从今往后,我再也不写回信,不看来信,接到即投之一炬;我再不和她见面,一切都到此为止……

不要骂我心硬吧!我成了什么人?简直不是人了呀!我怎么能牵连着她跟着我受苦?只有用最冷酷的斧头砍断俩人的纽带,除此无法使她和我的心分开。我只能这样做。

她又来过几封信,我咬着牙扔进烧水的炉膛里,连拆也不拆开。她后来又找了我两次,我仍是从后窗逃避了……我相信我的举动是为着她好。

她到牛王砭小学来批判我的行动,完全撕开了我和刘建国之间的那一层老同学的关系。即使我当了"右派",刘建国表面上仍然是关心我的。他说,要不是他关照,我不会被定为"中右",早该被定成"右派",发落到农场去劳改了;他说,他并不在意我当众说他"好大喜功"的话,只是我的话说得不是时候,在右派猖狂地向党进攻的时候,我的话正投合了"右派"的需要,性质上就变成"右派"反党大合唱的一个音符了,并不是对他刘建国本人的威信有何伤害……我最初相信这些话,也相信刘建国;即使我当了"右派",我也相信他说的我主要是在非常的背景下说了不合适的话。

现在,自从田芳来过几次以后,刘建国再也不对我说什么了,他冷着面孔在院子里喊:"怎么搞的?院子脏成这样?"那无疑是在大庭广众中谴责我没有尽到扫地的义务。

他对我给他每天送水再也不觉得不好意思,甚至连头也不从报纸上抬起来。

每月一次的改造汇报,他都亲自主持。在全体教师面前,我把自己骂一通,让教师们再批判。尽管我觉得那些污水脏物是自己吐到自个脸上的,教师中有几位总是还嫌我吐得少。刘建国过去还会肯定我有一点进步,越到后来,反倒一丁点儿也不肯定了,总是强调我思想深处的东西尚没有触动。我已经从记不清多少次的改造检查中得出一个结论:真诚的检讨和应付差事的检讨,得到的实际效果是一样的。你真诚地批判自己,他说你没有"触动思想根子";你应付差事地乱骂自己一通,他照样说你没有"触动思想深处的肮脏东西"。我索性不再伤脑筋了,居然也能做到面对众人检讨时"脸不改色心不跳"了。

我烧水、打铃、扫地、打扫厕所,替炊事员杨师傅烧火、择菜、洗锅刷碗。我与任何人都不主动说话,而当别人问我一句话时,我竟然感到一种荣幸——似乎我的身价也提高了。久而久之,我完全接受了"右派"的既成事实,自己也没有一丝信心把自己当人看了。过去,有的学生骂我一声"右派",我心里会忐忑一下;现在,我已经于心不惊了,甚至还莫名其妙地对喊着"右派"的学生笑一笑——讨好似的笑一笑。

蓝袍先生 265

和我接触得最多的是炊事员杨师傅。本来,帮他添煤看火、洗锅刷碗,是我为了表示改造的诚意而主动承担的额外事;时日一长,他倒把我当成半个炊事员了。活儿稍一紧,他就叫我,甚至骂骂咧咧地在院子里喊:"徐慎行,你狗日的钻到老鼠窟窿去了吗?火灭屎咧!"或者喊:"徐右派!没水咧!你不绞水,挠屎去了吗?"我一听见他的喊声,就去烧火,就去井台上绞水。我既不恼,也不说明我正在忙着其他活儿,好像我真的躲到老鼠洞里偷闲,或者是在做下流的事——挠屎去了。

他也有对我好的时候,那往往是他受了刘校长批评的时候。那时他就会对我十分诚恳,把两倍于定量的饭菜塞到我面前,赌气地说:"吃!不吃白不吃!你不吃,指望刘建国那个杂种说你的好话吗?妄想!甭那么不顾死活地干!你指望刘建国给你说好话摘帽子吗?妄想!那个杂种没有人的心肝!狼心狗肺!你怕他,我不怕他……"

他有时对我又十分恶劣,那往往是他受了刘校长表扬的时候。那时他就会对我瞪起三棱子眼睛:"你狗日的一天磨磨蹭蹭的,不好好改造,你死到阴司也不是个好鬼!人家刘校长跟你是同班同学,瞧人家而今在啥位位上敬着?你而今在啥洞儿里蜷着?共产党是人民的大救星,你敢反党?真没看出,你后脑勺上长了一根反骨……"

然而更多的是他既没受到刘建国的批评也没受到刘建国的表扬的时间,他就一边揉着面团,一边斜着眼儿,说着损我的话。他一个人做饭,许是太寂寞,教师们一般也不屑于和他有过多的交往——没有共同的语言,他于是就把我当作开心的对象:"徐慎行,听说你的本事很大的哩!能写能画,吹拉弹唱,是个全才哩!听说你能倒背《论语》,学问深沉哩!你没事干了,挠挠屎去嘛,怎么就要长嘴长舌地提意见?这下倒好!放着人民教师的位位不能坐,跟我这号下苦人烧锅燎灶,侍候人家——本来该着我这号受苦人侍候你哩!"

他有时又显出很下流的样子："你这家伙艳福不小哩！那个装模作样来批判你的女先生，长得多疼人哪！听说你跟她念书时，'咕咚'在一搭？嗨！你说实话，你跟她×来没有！哈呵！甭脸红哇！只要摸她一把奶，死了也值了！"

我要是不能忍受而抽身走掉，他就会大喊大叫："这贼驴日的'右派'又钻到哪儿去了？不看看火都灭咧！真是顽固……"

我索性不说话。无论他骂、他损，我都权当是狗放屁。我最怵火的，是他到刘校长面前对我的揭发。刘校长经常通过他了解我的言行。祸从口出——我记下了这个千古名言。时日一长，我甚至能对着他骂我损我的脸孔傻傻地笑笑，讨好地笑笑。

我的妻子的变化，更富于戏剧性。

我自那年暑假成了"右派"，就没有回家去过。我怕见父亲，怕见杨徐村的父老兄弟，尤其怕见我的妻子淑娥。我不知该怎么办。和田芳断绝了，我更愿意孤身独处。在这种情况下，我觉得最难处理的关系是我的妻子：离婚吧，我正是政治上遭难的时候；回去与她凑合着过吧，我心里又觉得自己太下贱了，连个人味儿也没有了。

寒假里，我没处去了，想在学校待着。刘建国安排了轮流护校的人员，居然没有我，更不容许我整个假期都待在学校了。他不放心我，怕我纵火或爆炸吧？于是，我在寒冷的腊月里，回到了有点陌生的家乡杨徐村。

村子里的临着街巷的墙壁上，有用白灰刷写的大幅标语——"社会主义好""保卫社会主义江山，反击右派进攻"。我几乎再不敢东张西望，低着头进了自家的门楼。

我踏进院子，听见小灶房里有"啪嗒啪嗒"的风箱声。我的妻子淑娥大约听见脚步响，从小灶房里探出头，看见我，站直了身子，问："你找谁？"

她装作不认识我了。我也不知该怎么对付这种局面，避开她的恶恨的眼光，径直往里走。

"噢！这是有名有望的徐老先生的好儿子呀！我这笨人笨眼，倒认不得了！"她在灶房门口拍打着手，拍打着膝盖，大呼小叹，揶揄着说，"听说你干阔了，从'左派'升成'右派'了！真气魄呀！给徐家争下光了！"

我的心像是给扎了一锥子，疼得几乎窒息了。我走进自己的住房，瘫痪似的跌坐在椅子上，脑子里麻木了。

她又赶进房里来，手叉在腰里，站在门口，嘲弄地撇着厚厚的嘴唇："你怎么一个人回来了？你的'白毛女'呢？那个野婆娘呢？"

"你……"我的血一下子冲到脑顶，忽地站起，拳头捶在桌子上，"你再……胡说一句？！"

"在我面前凶，算啥本事？"她根本不怕，反而挺挺腰，"有本事在学校里发凶去！"

我想到我在学校的屈辱，顿然软了，坐了下来。

"你的'右派'，也不是我给定的，在我跟前凶啥呀！"她得势了，"你压迫了我成十年，欺侮了我成十年，我低声下气跟了你成十年——够了！你而今落下个大'右派'，跑回老窝儿来了；要是不当'右派'，你还是钻在野窝儿不回来……"

"那……"我说，"你也用不着这样。你不愿意了，随你的便！"

"离婚！"她随口说，"我找个农民，他也不弹嫌我人丑没文化。我早受够了，离……"

"好，既然离婚，再甭说了。"我说，"明天去办手续，各走各的。"

"谁不离就不是娘养的！"她跳起来，更加不可抑制，"我现在就去社主任那儿开介绍信！"

268　日子

她走出门去了。

屋子里很静。父母亲不知做啥去了，屋里没人。我一个人坐在屋子里，开始抱怨父亲。如果当初不是他用剃头刀威胁，何至于此！这个张淑娥，过去像个绵软的蛾子，总是怯怯地看我，从来也没有高声说过一句气话，开口总是叫我"先生"，像旧戏里的侍女一样低声下气地服侍我；现在，她变成凶恶的黑蛾了！扑棱着翅膀，大喊大叫着要和我离婚，从门口沿着街巷喊过去了！我想，这下子，杨徐村人都知道我们的家丑了。

父亲和母亲走进院子，脸色惊恐，问明我和她闹仗的原因，哀叹一声，也不再说谁是谁非，只是母亲连连挥手："快去快去！把她拉回来！让她在街道里大喊大叫，打粪场上的人跟戏台下一样，真是丢尽人了……"

直到天黑，母亲也没能把她拉回来。她在粪场喊，说她坚决要离婚；随之又赶到社主任家，哭一阵子喊一阵子，说要是社主任不给她开离婚介绍信，她就不回家……

连续三天，她从早骂到晚，到社主任家要离婚介绍信。我的父亲是个好面皮的人，这下气得躺下了，茶饭不进。母亲跟前撵后，给儿媳妇说好话，劝解，急得都哭了，仍然不济事。俩老人惊叹：怎么也想不到腼腼腆腆的淑娥，一眨眼变成羞耻不顾的母老虎了。唉唉！

最后只得由我出面，去给社主任说话。我说了话，他才给她开了介绍信。

第二天一早，她洗脸梳头，催我到县法院去离婚。我心里冷冷地跟她上了路。

走进县城，走过一家饭馆，她说："给我买饭，我饿了！"

我忽然有点难受，可怜起她来了。她跟我结婚成十年了，这是第一次进饭馆吃饭。我忽然觉得我过去对她太……我买好米饭，点了几个小

蓝袍先生　269

饭馆里最好的菜,从窗口取出来,放到桌子上。她倒神气,右腿压着左腿,二郎担山坐在桌旁,等着我端来菜又端来米饭,像是报复似的瞅着我:你来服侍一回我吧!

"给我取盐来!"她支使我。

我从另一张桌子上取来盐碟儿,给她。

吃罢饭,她率先走出去,我在后面跟着。走到县百货公司跟前,她走进去了,站在柜台前,对售货员说:"取一双雨鞋。"她试试大小,然后对我说,"开钱!"我连忙给售货员开了钱,心里不由得又酸酸地像潮起醋了——这是我跟她结婚以来第一次亲手给她买东西。

"走,你领路。"她出得门来,精神抖擞,"你认得法院的路。"

我走到法院门口,回头一看,不见她的影子。她大约是第一次进县城,该不会在大十字走错路了吧?我慌忙去找,跑了县城的东关西关,又跑了南关和北关,没见她的踪影。从午间找到午后,我的两腿酸困,只好往回走。走过十里平川,路经一条小河的时候,我在桥头上看见了她冻得发紫的脸。

"你……"我站在她跟前,气呼呼地说不出话,"你……怎么在这儿?"

她缓缓地站起来:"我在这儿等你。"

我看见她的脸色不好,说话也柔气儿了,忙问:"你不是要我跟你到法院吗?"

"到法院做啥?"她装傻卖呆。

"离婚呀!"我说。

"离婚?我才不干那号傻事!"她说,"我要叫杨徐村人都知道,我也敢离婚!这几年你要跟我离婚,女人们都下眼看我,说男人不要我了;现时,我也不要男人了!其实,我哪能真真儿去离婚哩!"

我一下子瘫坐在河边的枯草地上。她在村子大叫大喊,到社主任家大哭大闹，原来是为了挽回她的可怜的面子啊！

她哭了，用袖子揩揩眼泪，一甩头，就踏上了木板搭成的独木桥。

我从干枯的草地上站起，走过去，踏上小桥。冬日惨淡的夕阳的红光，在蓝色的河水里投下淡淡的血红……

我的那间小房子

牛王砭小学坐落在一道砭坡下，门前是一条小河，砭坡上排列着大大小小几十个村庄。缓坡上是纵横摆列着的极不规则的田地，陡坡上生长着一岁一枯荣的杂草酸枣棵子。那些随处可见的红石子堆砌的崾崄，一年四季都裸露着干燥的红色，令人看了难受。村庄周围那些低洼的土层厚而水分足的地方，一团团桃杏的花云，象征着这贫瘠砭坡地带四季中最轻松活泼的季节。冬天里有大雪降落的日子，这砭坡也会呈现出刚柔互济的气魄。顶人不得眼的是夏末秋初，若来一场旷日持久的干旱，就把坡地上的草木渴死了，干枯了，树木早早落了叶子，苞谷苗儿尚未抽出缨花来，就被拔掉喂牛了；整个山坡上，像火烧火燎过一样，看去使人难受。

只有学校门前的这条河川，一年四季里都使人能感受到大自然的美的韵味；即使在干旱炙烤得砭坡上到处冒烟起火的焦灼时节，河川里也生机盎然。

一条条自流灌渠，把河水曲曲折折地引进苞谷地、棉花田和瓜园里；一架架黄牛或青骡拉着的"叮当叮当"响着的解放式水车，把清凉的地下水车上来，灌进刚刚显旱的田地。

我常常打开后窗，坐在我的小房子里，看砭坡和河川四季景色的自然转换。

学校坐南向北，有三排土木结构的房舍。用木椽裹打起来的黄土围墙上，春天有小草小蒿冒出来，入夏稍遇干旱，便率先枯死。校园里有粗大的洋槐，阴凉极厚，春五月的洋槐花香透校园的每一个角落，晚饭后常有教师在树荫下品茶或下棋。三排房舍，教室与教室之间夹着教师的寝室兼办公室。因为房舍欠少，皆是三人或四人一室，一人一张床、一张办公桌，中间只留一个走道出人；似乎没有谁嫌太挤，条件限制，只能如此。只有校长刘建国一人一室——一校之长，负有某些秘密的工作责任的需要，大家也没有异议，也更不会被说成特殊化。

我最初在后排的一间房子，因为是小学高年级的班主任，所以稍为优待，三人一室（初年级的老师和科任老师，一般是四人聚居）。我自从当了"右派"以后，就搬出了那个三人一室的办公室，颇有点依依不舍。三人虽然拥挤点儿，因为脾气相投，处得挺和睦，早晨不怕睡过头，晚上熄灯后可以聊天听闲话，从来不觉得孤寂。

学校的东边，有一排坐东向西的小房子，不做教室、只让人住的小房间。南头两间是灶房，接着两间是水房，第五间就是我后来搬入的房子；第六间是原来的工友韩民民的住房，他因为我的替代而升为事务员了；最后一间是炊事员的住屋。

韩民民是从农村招聘的工友，只在扫盲班里粗识一些常用字，会拨算盘珠儿，人却极灵聪。除了打铃搞卫生，因为上级没有拨调专职事务员，每逢开学结业的大忙日子，常是韩民民帮助买课本以及教案本、粉笔、墨水一类杂物。他最喜欢的是替校长刘建国传达开会或什么临时通知，到各个房子去说一遍。小伙子年轻，有点爱面子，常在上衣口袋里插两根钢笔，小分头用水抿得熨熨帖帖。他努力要把自己提高到一个教员的规格，而不致使人觉得他不过是勤杂工。我的落难，使他得到了做梦也想不到的天赐良机。我来打铃、烧水、扫地之后，他就成为专职事务员了。他住在隔壁，杂物却依旧堆在我住的房子里，不腾不挪；每逢给教员发教案本、粉笔和笤帚，他就到我住的房子里来拿。令我感到安慰的是，他尚相信我这个"右派"不会破坏公物，也不担心我偷盗。

"徐慎行——"他过去一直称我"徐老师"，说不上尊敬，这是学校里教师之间的习惯称呼；现在他直呼其名了，我也能想得通，"我在供销社把炭买好了，你去拉回来，这是票据。我还要去……"要去办的事自然很多——他很忙。

我就拉起那辆学校里甚为宝贵的架子车，从牛王砭供销社把炭拉回来。

每一次我做改造汇报的时候，第一个站起来说我交代得不彻底的总是韩民民。他说某日某次我的铃儿晚打了整整一分钟，又说某日我打扫过的厕所里把脏物遗在了站台上，还有某一回的开水没有足滚（他是看见刘校长把鸡蛋冲成了一碗糊汤得到反证的，因为足滚的开水冲出的鸡蛋是呈絮状的）。他的揭发往往使刘建国显出不耐烦——大约是他的讨好太显露，又在众人面前，且讨好讨不到点上。不管怎样，我也无法记清某日某次的铃儿是否准时、水是不是足开、厕所里是否遗落下脏物，但我都一律做出诚恳接受的姿态：我一定改正，欢迎大家监督……

出门干活，闭门思过。谁的房子我也不想去，怕因此而玷污别人，于自己也惹是生非。我关住门，躺在窄窄的床铺上，看吊着蛛网的顶棚，看房子里堆得满满的杂物——废弃的粗壮的麻拧的井绳、破了口的蔫瘪的篮球、散了架的克郎球盘、缺杆少珠儿的毛算盘……都从墙壁上、地角里、桌子下朝我瞪着可笑的眼睛。我初来时寂寞，而今觉得这堆积有用和无用物品的小库房，是我借以安身立命的最恬静的角落了。

如果韩民民推门进来取什么东西，我立即从床上翻起来，站到地上；等他取到东西走出门去，我再闭上门。他进这间小房，从来也不打招呼，推门而入，端直而出，如入无人之境，我也不觉得他对我有什么不恭。我有一条理由可以排解这种疑惑：这房子本来就是韩民民的库

蓝袍先生

房；他进自己的库房，自然不必有敲门或打招呼这一套麻烦手续了。

我躺在床铺上，不由得思索回味我的父亲给我起下的这个名字——慎行，由此又想到弟弟的名字——慎言，以及父亲临别时嘱咐我的座右铭——慎独。言语和行为，在一个人单身独处的时候，应该慎而又慎，就是这个意思。这个意思，我直到现在才体味出它的颠扑不破的正确性。回想在师范学校的生活，我真有点不敢相信自己——我多么轻狂啊！想唱就唱，想说就说，想玩就玩个痛快，简直跟疯了一样啊！如果我当时能在心里给父亲的嘱言保留下一个小小的角落，让它在"鸣放"会上有一点警策的作用，我就会对自己的言论谨慎了，就不至于说出刘建国"好大喜功"的意见来，也就不会有今天的这种蹲不下又站不直的难受处境了。

我如果彻底被打成"右派"，不是"中右"，跟"右派"们一起劳改，也许猪崽不笑老鸦黑了；唯其因为我是"中右"，和"右派"在性质上有轻重的差别，倒成了糟事——把我继续留在学校使用、改造，生活在许多"好人"中间，我就愈加顾影自怜了。我的体会是，站不直也蹲不下的这种屈腿弯腰的姿势，比站着或蹲着都更难忍受，这大约是人的姿势中最难耐久的一种姿势了。

我再不能不慎言慎行了。

我取出笔和墨盒。墨盒干涸了，毛笔也干涸了，用水泡一泡；我找到一块书页大小的硬纸，蘸了墨，写下了对自己的警告——慎独。我把它贴在床头，使我无论坐着或躺着都能看到。我感到了内心的惶恐，我需要这样一张护身护心的神符来佑护我——再甭出乱子。

过后两天，刘建国走进我的房子。他一来就瞪着两只煞有介事的眼睛，目光在我桌边的墙上逡巡，而终于停在床头的墙上。他严肃地看了一阵子，并不是欣赏我的书法，转过身说："这个东西给我。"未经我应诺，他已经从墙上撕下来了，一句话也未说，径自走出门去了。

当天晚上，临时召开教师会，提前让我做改造汇报。没有人对我的汇报感兴趣，对"慎独"两个字的批判一下子就成为会议的中心主题。我猜想，会议之前，教员们早已得到批判的目标了。其余人的分析可以略去，刘建国的分析是校长的水平，自然高了一筹，深了一层——

"'慎'什么'独'？你的错误难道是不'慎'的结果吗？如果不从思想根源、阶级立场上彻底改造，怎么'慎'得住呢？这种封建修养的方法，怎么能救得了你的反动灵魂呢？"

我的头上冒汗了。尖锐深刻的批判，使我连喘气的力气都没有了。我回到房子，躺在床上。我父亲尊为至明的处世哲学，也不管用了；我想钻在这张护身符下求得安宁，反而招灾惹祸了——怎样才能拯救我的小命？

我清楚地记得，这张座右铭贴上床头后，只有韩民民来过我的房子，一定是他报告了。

为了这个座右铭，我整整交代了三个晚上……

三四年过去了。

我被通知说，可以任课，按教师对待了。

我竟然感动得热泪盈眶。

不过，半月没过，我就陷入自身的烦恼。为了体现按教师对待的精神，我从那间小库房被调出来，插入一个二人居住的教师宿舍——学校里增添了一些房舍，教员住得稍松了。我在这个宿舍里不仅黑天睡不着，白天也不自在。我总是处于一种高度的紧张状态，惶惶不可终日。我总莫名其妙地对人家笑，对同宿舍的老师或到这个宿舍来的老师说下的话，一律说："对对对！"其实许多话我根本就没听清内容，嘴里却不由自主地"对对对"地应诺着，惹得大伙发笑；我愈发窘了，也愈紧张了。

我去上课，突然觉得我不会说话了。我的脑子里的语言仓库全部关

蓝袍先生　275

闭了，一个词儿也拿不出来，而且十分紧张。尽管我教的是地理课，也不敢讲，急得头上冒汗，只会照课本往下念，而学生已经乱得像一窝雀儿了。

一按教师对待，我就要参加许多会议，这是更难受的时刻。往常，我是"右派"，一月里做一次改造汇报，坐在一个偏旁的角落。现在，和别人坐得近了，我很紧张；坐得远了，又显得我不太合群——会议室没有我坐的座位了。尤其是非做不可的表态性发言，我未说先流汗，总怕说错了什么……

我向校长赵永华提出要求：让我做事务工作，让我再回到那间兼做库房的小房子。我再三解释，我不是使性儿，也不是有什么不满意见，而是事务工作更适宜于我，我保证干好。

刘建国在一年多以前，调县教育局当人事干部去了。赵永华调来也一年多了，我很少跟他有什么接触，只是偶尔见韩民民在炊事员杨师傅跟前嘟嘟哝哝新校长什么，我就觉得韩民民可能在赵永华跟前不如在刘建国手下感到畅快如意。赵永华听了我的要求，很随便地说："你如果觉得事务工作更合适，你就干，别人还看不上这工作哩！"他告诉我，正好韩民民要调到县教育局的物资供应点上去，学校正好缺事务员。

一经赵永华允诺，我当下就把被卷行李搬回了我的那间小库房卧室。一躺下来，我闭上眼睛，浑身都舒适了。我忽然想到了蜗牛。蜗牛钻在它的壳里，一定很舒适；要是打碎螺壳，把它牵出来，它可就活不了啦。我刚搬进这小库房时，感到压抑，感到杂乱，感到孤寂，总想到和高年级那两位教师同居一室的愉快时光；久而久之，我像蜗牛一样适应了螺壳，蜷缩在螺壳式的小库房里才舒服，到别的房子里反而觉得活不了啦！

我去买煤，买了煤就亲自拉回来，绝不让从生产队里雇来的校工小朱干这些；我常常抢在小朱前一步打了铃，打罢又向小朱道歉，说全是我过去打铃打下习惯了……尽管如此,我觉得十分满意:我虽不教课,却是事务员;事务员也是教职工,和教师一般对待。

有一件事却伤了我的心。

大伙都去县上听报告,赵永华让我看门。看门其实正适合我的心愿——我怕开会,怕在会上遇见熟人,更怕遇见速成二班的老同学,尤其怕碰见田芳。可是那天晚上,大伙听完报告回来,我才知道,会上有一个震动全国人民的消息,说我们国家发现了一个"大庆油田"。教师们为猜测这个油田的具体地址而争论不休,谁也说服不了谁。我后来才知道,这样重要的报告,上级规定有几种人不能听,以免给"帝修反"泄密。我自然属于那几种不准听的人中的一种。

我暗暗警告自己:老老实实蜷在螺壳里吧!甭张狂!还是没有资格和一般教师同样对待哩!还要——慎独!

哦!故园,故园!

徐慎行同学:

  定于本月二十日上午在母校举行学友聚会,请您拨冗参加。

  专此

致礼

速成二班
1980年8月12日

我的手颤抖着,泪水模糊了眼睛;擦一擦,又涌流出来了。速成二班……速成二班……我的那个速成二班啊!像一道急骤的电闪的亮光,

蓝袍先生 277

把我尘封的脑壳炸乱了,把我的心彻底搅翻了!

多么遥远而又亲切的记忆——速成二班!速成二班——多么温暖而又自由的天地!我的心里一闪出这个名称,几乎承受不了它带进我霉腐的心室里的清新温润的春风,要昏厥了。

田芳——一想到速成二班,第一个蹦到我面前的就是田芳。那个"白毛女",那个从我身上揭掉了蓝袍礼帽的田芳,她肯定要参加这个老同学的聚会的;缺了她,该会多么令人扫兴。不会缺她的,我安慰自己,甚至猜度这个别出心裁的聚会就是她出的点子呢。

八月二十日,一年中极其普通的一天,不是新年佳节,也不是纪念性节日,我却渴盼这一天的到来,比小时候盼望过年的心情还要焦急。

微明中,牛王砭小镇掠过凉飕飕的晨风。我乘头班公共汽车进了县城,又换乘去山门镇的公共汽车,终于站在师范学校的门口了。

校史悠久的师范学校已经改为师范专科学校,属于大专建制了。砖拱木顶门楼变成了四方水泥立柱的钢条大门;从大门通到教学区和宿舍楼的窄窄的砖铺甬道,已经改换成水泥路面了;迎面是一幢三层教学大楼,外观十分漂亮,原先的一排排平房大多已拆除。二十五年的时间,毕竟使我感到了惊奇的变化。

树杈上挂着一块硬纸板,画着一个箭头,把聚会的地点指向后操场。暑假里没有学生,路道上和花坛里,落着一层树叶,有点荒凉和空寂,而我的心仍然止不住激动起来了。

操场的围墙根,高大的洋槐树组成一道屏障,在草地上投下浓密的阴凉。这是我们亲手栽植的,栽时不过酒杯那么细,而今已经桶粗了。草地上,站着或坐着一堆人,在聊着天。我走到跟前,听见有人在叫我的名字;有几个人跑上来,握手,搂肩……老天爷,一个个全都变成老汉老婆了!

我止不住热泪滚滚,和伸到我面前的一双双手紧紧握着。看着一副副皱皱巴巴的脸,我无法与印象中的那些青春焕发的脸膛联系起来,流逝的岁月给我心里留下的巨大的差异无法弥合;他们的心里也是这样感受这四分之一世纪的时间差的吧?我从他们一个个瞧着我的惊异的眼神里看得出来:你怎么老成这样子了?哈呀!瞧你,秃顶多厉害!

我握住了一双手,心里一震,那双细软的手也在用劲儿握着我的手。我相信,闭上眼睛,我也会准确地判断出田芳的手来。她的眼角有细密的几缕纹络,鬓角有几丝银白,而那双眼睛,似乎还是二十五年前的那双眼睛。当我们的眼光相碰的一瞬,我的心似乎一下子沉下去了,脑子里也中止了一切思维。我没有向她问好。她也没有问我好。我们竟然相对无言,默默地呆站着,手却握得粘在一起了。

我和她在草地上坐下。几位同学围住我,问我平反了没有,问我的孩子的安置状况,我也很关心地问他们的工作和家庭情况。田芳坐在我旁边,她什么也不问。我也没有问她,丈夫在哪儿工作,几个孩子,工作或是上学。我不问不是因为我了解,其实我什么也不知底,不知底儿也不想知底儿。

"你……身体……好吧?"我终于问。

"还好。"她笑笑,"你也……好吧?"

我点点头,又流泪了。

录音机在播放着优雅的舞曲,篮球队长何长海已经和一位老太婆——二婶的饰演者跳起舞来,又有三五对儿舞伴也跳起来了。田芳对我说:"咱们跳跳吧?"

我有点慌乱,连忙摇头摆手。

有几个同学在吆喊,催促我和田芳上场。他们或多或少知道我和田芳的遭遇,催促的意思是很明显的。我涨红了脸,对田芳说:"你跟他们跳吧,我上不了场了!"

田芳跳起来,和另一个同学跳起舞来了。我坐在草地上,点燃一支

蓝袍先生　279

烟，看田芳踏着舞步。

有人又出新点子，让大家每人出一个节目，或唱或说，或演或变魔术，谁也不得脱空儿。

有人提议，让田芳演唱《白毛女》。她不客气，跳起来，也不扭捏，有点遗憾地说："就我一个人唱？"

我这才想到，饰演大春的刘建国没有来；他没有来，也没有谁提及，我也不想在这个场合提到这个人。这个饰演正面角色的人啊，在生活中几十年来也一直是正面角色，而大伙现在谁也不想问他为什么不来。饰演杨白劳的人儿已经进入另一个世界——听说在七八年前患下了肺癌，大伙也不愿意提及他，因为太令人觉得伤惨了。于是，有人提议，让我和田芳演唱《扎红头绳》一节。我又慌恐万分，连连摇手——多少年来，我连话都说不顺口了，岂能唱歌？

"唱吧？"田芳看着我说，"你太拘束了。"

我摇摇头，又摆摆手。

田芳无奈了，也不再勉强我，就一个人唱了一段。唱完，她又走回来，坐在我的旁边，说："你太拘谨了！拘谨得……叫我又想到'蓝袍先生'！"

我的心里一悸。我身上的蓝袍早已脱掉了，而我的心哪，又被蓝袍罩得死死的了。我苦笑一下，说不出话。

有人在接着唱，有人即兴赋诗吟诵，有人说幽默笑话，有人耍小魔术变戏法……喊啊笑啊，气氛热烈极了。轮到我，我什么也拿不出来。有人出恶招："什么也不会，那就学熊猫在地上打个滚儿好了！"

我窘迫得六神无主。田芳也笑着，随口说："讲句笑话吧！你真的连一句笑话也不会讲？"她提醒了我。急迫中，我首先想到了《老和尚与小和尚》的笑话故事，那是我刚到师范学校来的第一个晚上，在集体宿舍里听到的……我刚讲完，有人就在哄笑中大喊：

"让老和尚永远寿终正寝！"

"小和尚们，去和'魔鬼'拥抱哇！"

……

有几位同学尚未赶来，野炊午餐还得再等一会儿。我已得知，午餐是大伙随意带来的罐头、面包、点心、饮料和各种水果；我是空手来的，想到山门镇上也去买点东西，田芳就和我散步同去了。

我和她走在校园，不约而同地走到速成二班的老教室前。那里的平房虽然没被拆除，也已经隔间垒墙，分为三室，变成教师宿舍了。门口垒着蜂窝儿煤，火炉上蹲着小锅，"吱吱"地响着。我默默地瞅着这座房子的窗户，又想流泪——我的神经变得如此脆弱，简直不能抑制了。

田芳敲响了一间房子的门板。

门开了，一位年轻白净的小伙儿站在门口。

"这儿……原来是我们的教室。"田芳说，"我们想进去再看看……打搅您了。"

那青年初听时有点惊诧，随之就点头笑了，爽快地邀我们进屋。

我随着主人走进门。屋里一张双人床、一张双人沙发，靠墙的地方支一张桌子，桌上摆着钟表、花瓶、电视机。一个披着长发的女子从沙发上站起，礼让我们坐下。

"我们俩的那张课桌，大约就在这个位置上吧！"田芳站在那个桌子旁，回过头来问我。

"唔……就在那儿！"我应了一声。

"你过来……坐坐……"田芳说着，把一把椅子挪好，自己坐在靠墙的位置上，"让我们再回味一下……当年的学生生活……"

我走到桌前，在椅子上坐下了。我坐得端端正正，仰起头来，却看不到黑板——墙上挂着几张笔迹欠火候的条幅。我的胳臂肘碰到田芳的胳臂肘了。我不由得回过头，看到了她的注满泪花的眼睛，从遥远的天

蓝袍先生　281

空似乎传来了一声声动人心魄的声音——

……你为啥不跟我说话？

……你的字儿写得多好呀！

我们静静地坐了一会儿，站起来，向男女主人歉意地笑笑，就走出这间屋子。

"再不会重返……当年的情景了！"我说。

"梦……二十五年……"田芳摇摇头。

我和她踏着走道上的落叶，走出校门，进入山门镇街道了。街道依旧狭窄，沿街的破旧的木房子有的被拆除了，竖起一座高楼，鹤立鸡群似的。走到一家服装店门口，我和她都停住脚。现在的服装店，无论如何，比当时那个一间门面、一个裁缝师傅、一台缝纫机的小裁缝铺气派得多了。

田芳拉着我，到那个小铺店里，我把那件蓝袍脱下来，由裁缝师傅改成了"列宁服"。我穿上"列宁服"，戴上八角帽，路也不会走了，八字步全乱了套。田芳和我走着，看着我的样子直笑。她说："跳起来吧！蹦啊！你敢不敢？"我跳起来了，蹦起来了，街巷里的行人把我当疯子看，我也不管，只觉得我轻松了，自由了，再也不用按八字步迈步了，蹦蹦跳跳起来了……

"你现在又拘谨起来了。"田芳瞅着我说，"使我又想起你穿着蓝袍时的样子……"

我悲哀地叹口气，说不出话。

"你现在还敢蹦起来不敢？"她笑着问。

我惶惶然连忙摇头。

她没有使我为难，朝前街走去。

我和田芳再回到操场草地上的时候，聚会的主持人宣布午餐开始。各式罐头被打开了，糕点包子被解开了，酒瓶盖子被咬开了……一切可以临时作为酒杯盛酒的瓶盖、水杯全都被注满了酒,被一齐举起来——速成二班万岁!

主持者向大家宣布了一组数字:

师范速成二班:四十一名学生。死亡四人,其中一人死于"文革"武斗,三人死于疾病。现在本地区工作三十人,另七人随家随夫调外省或外地。聚会通知了三十人,实到二十九人,其中三人抱病赶来。

唯一的缺席者:刘建国。

谁也没问刘建国为什么不来。

主持者在大伙的静默中提议:为死去的四位同学祭酒。

清凌凌的酒液泼在草地上,散发出一股清香。

主持者又进行下一项动议:向县委提出一项建议,请领导人把刘建国从教育局调开,随便调到县委所属的任何一个部门去,只要不在教育系统就行。他现在还在任教育局副局长,有他在那个位位上,我们会觉得心里不舒服。就是这一条要求。至于全县的中小学教师有多少人被他整了,不必计算,应该向前看,不究前账。但请把他调开,让教员们再不要听见他的令人讨厌的声音……

鼓掌,呼叫。一个个全都签上了名字。

我捉着笔的手在发抖,终于写上了我的名字。二十五年来,我第一次向这个老同学表示了愤怒……

咒符

一觉醒来,老鼠在顶棚上奔马。

一只老鼠跑起来,像野马驰过草原;一群老鼠奔跑起来,追逐起来,拼杀撕咬,就像万马奔腾。

我刚刚从梦里醒来,一身虚汗。月亮照在南窗的窗格上,屋里静得可以听见窗外大地的呼吸,老鼠的追逐和嘶叫把一切都破坏得淋漓尽致。

我在黑暗中摸到烟,摸到火柴。火柴划着的一瞬,顶棚上的老鼠收敛了。我抽着烟,闭眼躺着,等待天明……

我得到平反以后,儿子顶替我去工作了,两个女儿早已出嫁,父母也过世了,屋里只剩下我和老伴。老伴早已不再称我为"先生",看我也不再是怯怯的神色。她手叉在粗壮的腰里,指挥我去种地,干一切过去由她自觉承揽的家务;初时有报复的意味,后来就成了习惯。

"你一天唉声叹气做啥?"她问我,"想那个野婆娘了吗?"

我说我背着"右派"的包袱,叹气成了习惯了。

"'右派'怕啥?只要给工资,啥尿派还不是一样叫!"她不在乎地说,"我看当个'右派'倒不错——你变得规矩了,再不敢跟野……"

我不能发火。我要是一张口分辩,她就会大喊大叫,故意让左邻右舍都听见。

"你去洗衣服吧?"她吩咐我,"我腰疼了。"

农村里,男人洗衣服的习惯还不普遍,我抱着衣服走向井台的时候,男人女人都在拿眼睛瞟我。我硬着头皮也就过去了。

"你来擀面吧。"她说。

我学会了做饭。

我明白,她不光是为了享受,其实她倒不是懒女人;她要我洗衣,要我做饭,就会在村人尤其是女人伙儿里提高她的身份——她觉得过去的状况太叫别人瞧不起她了。

我退休回家之后,她也变得好起来了:"咱俩种那二亩地,够吃了;你领下的退休钱,够花了。只要你再不想野……我好好待你,咱欢欢乐乐过到死……"

说下这话一年，她突然死了——跌了一跤，心肌梗死。

我一个人躺在这祖传的屋子里的炕上，听老鼠奔马。

别人给我介绍下一个女人。子女都反对，说我快六十岁的人了，难道连面子也不顾了？娃他舅更是怒气冲天，说我败坏了徐家读书识礼的门风……

我的老姐和小弟看我生活艰难，劝我的儿子和女子，加上你给我大女儿做工作，他们总算勉强同意了。

我的这件事，按说该办成了；可是，事到临头，要我办这事的时候，我又动摇了。你问为啥？我也说不清……我总觉得我还在牛王砭小学那间小库房里蜷着。那间小库房，容不得旁人进去打破里面凝结的空气；同样，我也在离开那小库房以外的其他地方，感到了不自在。尽管我退休回到家里，我的心，似乎还在那间小库房里蜷曲着，无法舒展了。田芳能够把我的蓝袍揭掉，现在却无法把我蜷曲的脊骨捋抚舒展……

我送我的启蒙先生到山坡下。

春风吹绿了河川，也吹绿了塬坡，又是杏花纷谢桃花呈艳的阳春三月。坡地上的麦苗绿色葱郁，塄坎上的杂草蓬蓬勃勃，只有沟壁间的断崖的红石土色，显露着黄土高原地区残破丑陋的面貌。

他朝坡上走去，回他的塬上那个杨徐村去了。他的背脊弓起来，一步一踩，缓缓地沿着蜿蜒的坡间小路走上去。

我的心似乎也被什么东西箍住了。

1985年8月至11月
草改于西安东郊

陈忠实主要著作目录

长篇小说

1.白鹿原.北京：人民文学出版社，1993.

2.白鹿原（修订本）.北京：人民文学出版社，1997.

3.白鹿原（百年百种优秀中国文学图书）.北京：人民文学出版社，2000.

4.白鹿原（大学生必读本）.北京：人民文学出版社，2003.

5.陈忠实小说自选集.长篇小说卷（共三卷）.武汉：长江文艺出版社，2004.

6.白鹿原（"中国文库"版）.北京：人民文学出版社，2004.

7.白鹿原（中国当代名家长篇小说代表作）.北京：人民文学出版社，2004.

8.白鹿原（"中国文库"精装本）.北京：人民文学出版社，2004.

9.白鹿原（茅盾文学奖获奖作品集）.北京：人民文学出版社，2005.

10.白鹿原（评点本）.雷达评点.北京：文化艺术出版社，2008.

11.白鹿原（"陈忠实集"之长篇小说卷，精装本）.北京：北京十月文艺出版社，2008.

12.白鹿原（"新中国60年长篇小说典藏"精装本）.北京：人民文

学出版社，2009.

13.白鹿原（"共和国作家文库"）.北京：作家出版社，2009.

14.白鹿原（"1949—2009共和国作家文库"精装本）.北京：作家出版社，2009.

15.白鹿原（"当代陕西文艺精品"）.北京：人民文学出版社，西安：太白文艺出版社，2010.

16.白鹿原（"语文新课标必读丛书"节选本）.长春：时代文艺出版社，2011.

17.白鹿原（线装本，三卷）.北京：作家出版社，2011.

18.白鹿原（"20周年纪念版"，有插图）.北京：人民文学出版社，2012.

19.白鹿原（手稿本，全四册）.北京：人民文学出版社，2012.

20.白鹿原（"现当代长篇小说经典·陈忠实小说自选集"）.武汉：长江文艺出版社，2014.

21.陈忠实文集（十卷）.北京：人民文学出版社，2016.

短篇小说集

1.乡村.西安：陕西人民出版社，1982.

2.到老白杨树背后去.西安：陕西人民教育出版社，1991.

3.陈忠实短篇小说选萃.西安：西安出版社，1993.

4.陈忠实小说自选集.短篇小说卷（共三卷）.武汉：长江文艺出版社，2004.

5.关中故事.北京：昆仑出版社，2004.

6.第一刀（"陈忠实集"之短篇小说卷，精装本）.北京：北京十月文艺出版社，2008.

陈忠实主要著作目录 287

7.回首往事.北京：中国盲文出版社，2009.

8.失重.武汉：长江文艺出版社，2012.

9.日子（"中国短经典"丛书）.上海：上海文艺出版社，2013.

10.白鹿原纪事.成都：四川文艺出版社，2015.

中篇小说集

1.初夏.上海：上海文艺出版社，1986.

2.四妹子.郑州：中原农民出版社，1988.

3.夭折.西安：陕西人民出版社，1992.

4.陈忠实中篇小说选萃.西安：西安出版社，1993.

5.蓝袍先生.北京：中国文学出版社，1993.

6.蓝袍先生.北京：作家出版社，1994.

7.陈忠实小说自选集（三卷）.北京：华夏出版社，1996.

8.陈忠实小说精选.西安：太白文艺出版社，1996.

9.陈忠实文集（五卷）.西安：太白文艺出版社，1996.

10.康家小院.郑州：河南文艺出版社，1999.

11.陈忠实小说自选集.中篇小说卷（共三卷）.武汉：长江文艺出版社，2004.

12.康家小院.北京：中国社会出版社，2005.

13.陈忠实精选集.北京：北京燕山出版社，2006.

14.四妹子.长春：时代文艺出版社，2008.

15.蓝袍先生（"陈忠实集"之中篇小说卷，精装本）.北京：北京十月文艺出版社，2008.

16.夭折.武汉：长江文艺出版社，2012.

17.蓝袍先生.郑州：河南文艺出版社，2019.

中短篇小说集

1.陈忠实爱情小说选.西安：太白文艺出版社，1993.

2.中国当代作家选集.陈忠实卷.北京：人民文学出版社，2002.

3.走向诺贝尔.陈忠实卷.北京：文化艺术出版社，2002.

4.陈忠实文集（七卷）.广州：广州出版社，2004.

5.关中风月.北京：东方出版中心，2007.

6.陈忠实自选集（中国当代著名作家自选集系列）.海口：海南出版社，2008.

7.吟诵关中——陈忠实最新作品集.重庆：重庆出版社，2008.

8.秦风.雒志俭等绘.上海：华东师范大学出版社，2008.

9.陈忠实小说（评点版）.何西来评点.北京：文化艺术出版社，2008.

10.陈忠实精选集——轱辘子客.北京：北京燕山出版社，2009.

11.蓝袍先生（"茅盾文学奖获奖者小说"丛书）.南京：江苏文艺出版社，2013.

12.霞光灿烂的早晨.重庆：重庆出版社，2013.

13.康家小院（"茅盾文学奖获奖作家丛书"）.北京：中国社会出版社，2013.

14.陈忠实小说自选集.北京：新世界出版社，2013.

15.猫与鼠 也缠绵（"有价值悦读"丛书）.北京：人民文学出版社，2014.

16.陈忠实精选集.北京：北京燕山出版社，2015.

17.陈忠实小说精选集.天津：天津人民出版社，2017.

18.李十三推磨（"共和国文库典藏书系"）.北京：作家出版社，2017.

19.十八岁的哥哥.西安：太白文艺出版社，2016.

20.四妹子.西安：太白文艺出版社，2016.

中篇单行本

1.初夏.西安：陕西人民出版社，1994.

小说散文集

1.日子.西安：陕西旅游出版社，2002.

2.原下集.上海：上海人民出版社，2002.

3.原下的日子.西安：太白文艺出版社，2004.

4.陈忠实解读山西人.西安：陕西师范大学出版总社有限公司，2012.

5.释疑者（"茅盾文学奖获奖作家的短经典"书系）.北京：人民文学出版社，2013.

散文随笔集

1.生命之雨（陈忠实自选散文集）.西安：陕西人民教育出版社，1996.

2.告别白鸽.长沙：湖南文艺出版社，1998.

3.陈忠实散文典藏本.北京：华夏出版社，1999.

4.家之脉.广州：广州出版社，2000.

5.走出白鹿原.西安：陕西旅游出版社，2001.

6.陈忠实散文.北京：解放军出版社，2002.

7.关于一条河的记忆.北京：中国社会出版社，2006.

8.凭什么活着——我的人生笔记.长春：时代文艺出版社，2007.

9.我的行走笔记.长春：时代文艺出版社，2007.

10.我的关中我的原.北京：学林出版社，2007.

11.乡土关中.北京：中国旅游出版社，2008.

12.原下的日子（"陈忠实集"之散文卷，精装本）.北京：北京十月文艺出版社，2008.

13.陈忠实散文精选集.北京：新世界出版社，2008.

14.陈忠实散文（评点版）.吕耙评点.北京：文化艺术出版社，2009.

15.默默此情.北京：中国盲文出版社，2009.

16.在河之洲（"名家经典点评系列"）.何启治点评.广州：广东教育出版社，2010.

17.接通地脉.北京：作家出版社，2012.

18.漕渠三月三（"当代大家散文"丛书）.北京：线装书局，2012.

19.白鹿原上.南京：江苏文艺出版社，2013.

20.拥有一方绿荫（"当代著名作家美文书系"）.北京：中国文史出版社，2013.

21.白墙无字.西安：西安出版社，2013.

22.此身安处是吾乡:陈忠实说故乡.武汉：华中科技大学出版社，2014.

23.生命对我足够深情.长春：时代文艺出版社，2016.

24.白鹿原头信马行.成都：四川文艺出版社，2016.

25.原上少年.西安：未来出版社，2017.

26.儿时的原.西安：太白文艺出版社2018.

27.我走在这活泼泼的人间.长沙：湖南文艺出版社，2018.

28.人生就是欢声和泪盈.贵阳：贵州人民出版社，2018.

29.好好活着.北京：北京联合出版公司，2019.

30.愿白鹿长驻此原.郑州：河南文艺出版社，2019.

繁体版及少数民族语言版本

1.白鹿原（繁体版）.香港：香港天地图书有限公司，1993.

2.白鹿原（繁体版）.台湾：台湾新锐出版社，1994.

3.地窖（繁体版）.台湾：台湾汉湘文化事业股份有限公司，1994.

4.陈忠实小说精选（二卷）（繁体版）.台湾：台湾金安出版社，1999.

5.白鹿原（上下册）（繁体版）.台湾：台湾金安文教机构，2000.

6.白鹿原（蒙古文版）.敖特根，色旺吉格吉德，等译.呼和浩特：内蒙古人民出版社，2000.

7.白鹿原（维吾尔文版，四册）.吾买尔江·阿木提译.乌鲁木齐：新疆美术摄影出版社，新疆电子音像出版社，2013.

8.白鹿原（柯尔克孜文版，上下册）.吐尔地·买买提吐尔孙，哈择别克·哈热别克，阿斯卡尔·库尔曼译.克孜勒苏柯尔克孜自治州：克孜勒苏柯尔克孜文出版社，2013.

9.白鹿原（锡伯文版，上下册）.孔淑端，林昌译.乌鲁木齐：新疆人民出版社，2013.

外文版

1.白鹿原（日文版）.林芳译.日本：中央公论社，1996.

2.白鹿原（五卷）（韩文版）.韩国：韩国文院，1997.

3.白鹿原（越南文版）.越南：岘港出版社，2000.

4.白鹿原（法文版）.邵宝庆译.法国：法国色依出版社，2012.

其他

1.创作感受谈.西安：陕西人民出版社，1991.

2.陈忠实创作申述（文论集）.广州：花城出版社，1996.

3.寻找属于自己的句子——《白鹿原》创作手记.上海：上海文艺出版社，2009.

4.寻找属于自己的句子——《白鹿原》写作自述.北京：北京大学出版社，2011.

5.梅花香自苦寒来：陈忠实自述人生路.武汉：华中科技大学出版社，2014.

6.我与白鹿原.天津：天津人民出版社，2017.

改编、移植

1.接班以后（连环画）.茹桂，王韶之改编，华山机械厂王三县，延安画刊记者绘图.西安：陕西人民出版社，1975.

2.高家兄弟（连环画）.何忠社，王永祥改编，陕西省艺术学院美术系连环画学习小组绘画.西安：陕西人民出版社，1976.

3.白鹿原（连环画）.石良改编，李志武绘画.北京：人民美术出版社，2002.

与书友一起品味陈忠实笔下的平凡世界

加入本书交流群
微信扫描二维码

【入群步骤】

1. 微信扫描二维码；
2. 根据提示选择并加入交流群；
3. 群内回复关键词获取阅读资源和应用服务。

建议配合二维码一起使用本书

【使用说明】

本书配有读者交流群，群内配有丰富的读书活动和资源服务，您可以根据喜好选择并加入社群，找到志同道合的书友，通过回复关键词获取优质的阅读资源、参与精彩的读书活动，享受卓越的阅读体验。

【群分类及服务介绍】

[读书活动群]　群内配有书评文章、音频、陈忠实作品阅读理解题、经典语录、获奖作品目录等，您可以回复相应关键词获取资源，与其他书友一起同读世间百态。

[读者交流群]　您可以在群内找到志同道合的书友，交流阅读心得，共同提高，共同进步！

陈忠实笔下的平凡世界